Heibonsha Library

ーイデス

Heroides

女性たちのギリシア神話

オウィディウス著
高橋宏幸訳

平凡社

本著作は平凡社ライブラリー・オリジナル版です。

目次

凡例

一、本書は、プブリウス・オウィディウス・ナーソー『ヘーローイデス』全二十一歌の翻訳である。

二、底本として、第一、二、五、六、七、十、十一、十五歌については、Knox, P. E., *Ovid Heroides. Select Epistles*. Cambridge 1995を、第十六―二十一歌についてはKenney, E. J., *Ovid Heroides XVI-XXI*. Cambridge 1996を、それ以外については、Showerman, G./ Goold, G. P., *Ovid Heroides and Amores*. Cambridge, MA/ London 1977を用いた。その他、翻訳に当たって参照したテクストは巻末「解説」に掲げた。

三、各詩篇の最初に記した「伝承」は読者の便宜のために訳者が用意したものである。

四、訳文の下段には、各詩篇の行数を五行ごとに示した。訳註および「解説」では、この行数を用いて「二一・一二三」(＝第二十一歌一二三行)のように略記して個所を指示する。

五、固有名詞については原則として、ギリシア人名はギリシア語形で、ローマ人名はラテン語形で示し、長音は音引き記号を用いて表記した。ただし、神名についてはラテン語固有の名称がある場合、こちらを採用した。また、地名については慣用もしくは、それに近い形で表記した場合がある。

六、［ ］はテクストの真正が疑われる個所を示す。

第一歌　ペーネロペーからオデュッセウスへ

伝承　オデュッセウスはトロイア戦争に出征したギリシア軍将兵の中でもっとも知略にすぐれた英雄とされる。トロイアを陥落させるには、いくつかの条件が運命によって定められていたが、それらの多くをオデュッセウスは知略によって実現させた。たとえば、トロイアが守るパッラディィオンと呼ばれる神像を盗み出したり、援軍に駆けつけたトラーキア王レーソスの馬を横取りしたり、ヘーラクレースの弓をもつ英雄ピロクテーテースを先陣に復帰させたりした。そして、トロイアの木馬の策略では中心的働きをなしたとされ、この策略によってトロイアは陥落、十年にわたった戦争に終止符が打たれた。

しかし、その栄光と裏腹に、トロイアからの帰還に際して、悲運に見舞われた英雄も多かった。たとえば、テウクロスの子アイアースは女神アテーネーの怒りを買って海の藻屑となり、総大将アガメムノーンは故国ミュケーナイに戻ったところで、情夫アイギストスと謀った妻クリュタイムネーストラーによって殺された。オデュッセウスも海神ポセイドーン（＝ネプトゥーヌス）の怒りを招き、十年のあいだ幾多の冒険と苦難を乗り越えながら、大海原を放浪することになった。

こうしてオデュッセウスが領国とするイタケー島を二十年も留守にしているあいだ、妻ペーネロペーは英雄の帰りを一日千秋の思いで待ちつつ、操《みさお》を守っていたが、そこには大きな困難があった。すでにオデュッセウスは死んだものとして、ペーネロペーに対する求婚者が大勢でイタケーに押しかけ、その一人を夫に定めるまではと館に居座ったあげく、いまや毎日、オデュッセウスの身代を潰そうかというほど贅沢な飲食を続けていたからである。この狼藉にペーネロペーは力で対抗することはできなかった。男手はオデュッセウスの年老いた父ラーエルテースと、成人近くとはいえ、まだ一人前とは言えない息子テーレマコスしかなく、館の召使いの中にも求婚者と通じる者があった。そこで、彼女は舅ラーエルテースに贈る経帷子を織り上げたら決断すると言いつつ、じつは昼間織った分を夜にほぐすという時間稼ぎの策でしのいでいた。しかし、この策略も求婚者に知られるにいたり、もはや、オデュッセウスが帰還する以外に状況の打開は難しくなった。息子テーレマコスは父の消息を求めて、オデュッセウスがトロイアでともに戦った英雄ネストールとメネラーオスを、それぞれピュロスとスパルタの都に訪ねるが、確かな情報は得られずにイタケーに戻ることになる。

しかし、それとほぼ時を同じくしてオデュッセウスは故国の土を踏む。用心深い英雄は誰が敵で、誰が信用できるか見きわめるために年老いた乞食に化け、息子とのみ示し合わせたうえで、いまは求婚者らがわが物顔で占拠する自分の館へ入る。自分はオデュッセウスと会ったことがあるという作り話をして、二十年ぶりに妻ペーネロペーの面前にも出るが、正体は明かさない。二人の話が終わるとき、ペーネロペーは、明日、弓競技を催し、その勝利者と自分は結婚する、と宣言する。競技の場に用意された弓はオデュッセウスにしか引けない強弓で、これを手にした英雄は息子とともに求婚者たちの成敗を果たした。こうして見事に英雄本来の力を示したオデュッセウスに対して、しかしながら、ペーネロペーはさらに念を入れ、寝台にまつわる夫婦だけの秘密を知っていることを確認してから、ようやく、喜びの涙に濡れながら、夫の腕に身を任せた。

お帰りが遅いので、オデュッセウスよ、ペーネロペーが一筆啓上します。
　でも、ご返事はいりません。ご自身がお戻りください。
トロイアはたしかに倒れました。ギリシアの娘らから憎まれましたが、
　プリアモス[*1]にも全トロイアにもそれだけの価値はありませんでした。

願わくは、あのとき船でラケダイモーン[*2]を目指してきた
　間男[*3]が荒れ狂う海の藻屑となっていればよかったのです。
私が取り残された床に凍える体を横たえることもなかったでしょうし、
　一人残って日々の過ぎるのが遅いと嘆くこともなかったでしょう。
また、私が長い夜の時間を紛らそうとして
　夫を失った手の疲れるまで機《はた》を織る[*4]こともないでしょう。
いつも私は恐れていました。それも実際より大きな危険についてです。
　愛とは恐れと不安でいっぱいなものですから。
あなたに向かってトロイア軍が激しく突き進むさまが心に浮かびました。
　ヘクトール[*5]の名を聞くといつでも血の気が引きました。
アンティロコス[*6]がヘクトールに倒されたと誰かが話していると、
　アンティロコスが私に恐れを呼びましたし、
偽りの武具をまとったメノイティオス[*7]の子が落命したと聞けば、
　策略が成功に終わらぬこともあるのだと涙を流しました。
トレーポレモスの血がリュキア人の槍を温めた[*8]とすると、

トレーポレモスの死が私の心配を新たにしました。
要するに、アカイア勢[*9]の陣営に加わる誰が討ち取られても、
　愛する女の胸は氷よりもなお固く凍りつきました。
でも、神様は貞淑な愛に味方して、しっかり庇ってくれました。
　トロイアが灰燼に帰したとき、夫は無事だったのですから。
アルゴス勢[*10]の将軍らはすでに帰還して、祭壇に煙が上がっています。
　異国からの戦利品が祖国の神々に捧げられています。
嬉しそうに女たちが無事に戻った夫に代わって供物を運んでいます。
　夫たちは彼らの運命がトロイアの運命に勝ったと歌っています。
これを公正なる老人たちと気弱な娘らが賛嘆して見つめ、
　妻は夫が物語る口元からひとときも目を離しません。[*11]
食膳の肴に激しい戦闘を物語る者もいます。
　少量の酒を絵の具代わりに全ペルガマ[*12]を描いてみせます。
「こちらにシモエイス川が流れ、こちらにはシーゲイオン[*13]の地があり、
　ここに高く聳え立っていたのが老プリアモスの王宮だ。

そちらがアイアキデースの孫、[14]あちらがオデュッセウスの陣屋の場所だ。
　切り刻まれたヘクトールの遺体に驚いた馬たちはここで疾駆した[15]」。
これはすべて、あなたを捜しに遣わした息子に
　老ネストールが話し、息子が私に話してくれたことです[16]。
彼の話ではまた、レーソスとドローンが剣で倒された[17]とか。
　レーソスは寝込みを襲い、ドローンには策略を用いたそうですね。
豪胆なお手並み、――ああ、身内の者のことはすっかりお忘れか――
　夜陰に乗じた策略でトラーキアの陣営に踏み込み、
あれほど多くの勇士を一度に屠りながら、手助けはただ一人だったとは。
　以前のあなたはとても用心深く、いつも私を思ってくれましたのに。
恐ろしくて胸が張り裂けそうでしたが、ついに勝ち誇って友軍の
　陣中へあなたがイスマロス[18]の馬を引き連れるさまが語られました。
でも、私になんの役に立つでしょう、あなたの腕でイーリオス[19]が
　打ち破られても、城壁がただの土となっても。
私は相変わらずトロイアがもちこたえていたときのまま待ち続け、

果てしなく夫を遠くに奪われたままでなければならないのですから。
他の人にとっては滅びたペルガマも私にだけはまだ存立しています、
　そこに勝者が入植し、戦利品の牛で耕作しているとしても。[*20]
いまやトロイアのあったところに作物が実り、鎌での刈り取りを待つ
　大地はプリュギア[*21]人の血をたっぷり含んで肥沃[*22]です。
反った鍬の刃を走らせれば、勇士たちの埋葬が十分でない
　遺骨に当たり[*23]、廃屋となった家々は草に覆われています。
あなたは勝利者なのに戻らず、私には何が遅れの原因であるのかも、
　あなたが鉄の心で世界のどこに隠れているのかも知りえません。
誰であれこの島の海岸へ他国の船を寄せる者はみな、
　立ち去るまでに私からあなたのことを何度も尋ねられます。[*24]
これをあの人に届けてください、どこかで会う機会があるかもしれません、
　と言って、この指で記した紙片をその人に託します。
私たちはピュロスへ、ネーレウスの子、老ネストールが治める土地へ
　使いを送りましたが、ピュロスからはあやふやな噂話が戻りました。

スパルタにも使いを送りましたが、スパルタも真実を知りません。
　あなたはどんな国に住んでいるのか。どこでぐずぐずしているのか。
どれほどよいでしょうか、ポイボスの城郭[*25]がいままだ立っていたほうが。
　――ああ、気まぐれな私は自分の掛けた願《がん》に腹を立てています――
それなら、あなたの戦いの場も分かるでしょうし、恐れるのは戦争だけ、
　それに、私は多くの人と嘆きを共有できるでしょうから。
いまは何を恐れるべきか分からず、でも、血迷ってなにもかも恐ろしく、
　目の前に開けるのは私の心配をつのらすものばかりなのです。
海にあるどのような危険、陸にあるどのような危険を見ても、
　これほどまで遅れるのはそれが原因ではないかと思えてきます。
こんなことを私が愚かしく恐れるあいだに、あなた方の肉欲を思うと、
　あなたは他国の女への愛に捕らわれている[*26]かもしれません。
話しているのではありませんか、あなたの妻はまったくの田舎者で、
　粗雑ですまさぬのは糸紡ぎだけの女だと。[*27]
これが私の思い違いで、こんな嫌疑は風に紛れて消え去りますよう。

　いつでも自由にお帰りください。留守がよいとは思いませぬよう。
父イーカリオスは寡婦の床を去るように
　迫り、いくら待っても埒がないと叱り続けています。
ずっと叱らせておきましょう。私はあなたの妻、そう呼ばれるべきです。
　ペーネロペーはいつまでもオデュッセウスの連れ合いです。
ただ、父も私の貞節と操にかけた懇願に
　折れて、自分から説得の語調を弱めています。
ドゥーリキウム[*28]やサメー、また、高きザキュントスに生まれた者たちが
　私に結婚を求めて押しかけ、大勢で贅沢三昧をしています。
誰一人止める者がないので、あなたの屋敷で王様気分です。
　私の心血、あなたの身代が食いちぎられているのです。
どうしてあなたにペイサンドロスやポリュボスや忌まわしいメドーン、
　また、強欲な手をもつエウリュマコスとアンティノオス[*29]やら、
その他すべての名を語る要があるでしょう。留守のために情けなくも、
　あなたが血を流して築いた財が食い物にされています。

乞食のイーロスや、羊を駆り立てて食事に供するメランティオス[*30]まで
　あなたへの打撃に加勢して恥辱の仕上げをなしています。
私たちは戦いに不向きで、数も三人のみ。腕力のない妻に
　老人のラーエルテースと少年のテーレマコスです。
息子はつい先頃、策略によりあやうく私から奪われかけました。
　みなが反対するのにピュロスへ行こうとしていたとき[*31]のことです。
神々よ、お願いです、どうか命じてください、運命の順序に狂いなく
　息子が私の瞑目を、そして、あなたの瞑目を見届けるようにと。
こちらの味方には牛飼いと高齢の乳母[*32]と、
　あと一人、不潔な豚小屋を忠実に世話する男[*33]がいます。
しかし、ラーエルテースは武器を使える体ではありませんから、
　敵のただ中で王権を保持することはできません。
テーレマコスもやがて、生きてさえいれば、強者の年頃となるでしょう。
　でも、いまの年頃では父親の補佐と保護が必要でしょう。
私も敵を館から追い出す腕力はありません。

急いで戻ってください。あなたこそ家族を守る港にして聖域です。
お願いです、どうか息子の命がまだあるうちに。彼は若いあいだに
　父親の技量を身につけるよう鍛えられねばならないのです。
ラーエルテースのことを考えてください。あなたに瞑目させてもらうために
　運命の最期の日をもちこたえているのです。
きっと私も、あなたが出征したときはまだ小娘でしたが、
　いますぐお戻りでも、老婆になったと見えることでしょう。

第二歌　ピュッリスからデーモポオーンへ

伝承　デーモポオーンはアテーナイの英雄テーセウスの息子で、トロイア戦争に出征し、その帰途のトラーキアにおいて、その地の女王ピュッリスから歓待を受けた。二人は恋仲になったとも、ピュッリスが求愛したのだとも言われるが、いずれにしても、デ

ーモポオーンはピュッリスのもとへまた戻ってくると約束して、故国へ帰った。しかし、約束の期日に彼は戻らなかった。ピュッリスは待ち焦がれて九度も海岸へと走った（そこから、彼女の走った道に「九回道」の名がつけられた）のち、悲しみのあまり自害した。ある伝承では、彼女が自害に際して、アテーナイ人に彼女が走った同回数、九回の不幸が起きるように呪ったといい、ある伝承では、彼女の墓前に樹木が生え、ある定まったときに葉を落としてピュッリスを悼む（そこから、ギリシア語で「葉」を意味するピュッラという語は彼女の名に由来する）といい、また別の伝承では、彼女が首を括って死に、葉のないアーモンドの木に変身したあとにデーモポオーンが戻ったとされ、彼がその幹を抱くと、木は彼が分かったように葉を出した（そこから、「葉」はそれまでペタラと言っていたのがピュッラと言われるようになった）という。

デーモポオーンよ、あなたをもてなしたトラーキアの女ピュッリスです。
　どうして約束の期日を過ぎても戻らないのですか。
月が両端を合わせて空に円をひとたび結んだときに
　あなたの船の錨が私たちの海岸に降ろされる取り決めでした。
もう四度も月が姿を隠し、四度もまんまるに戻りました。

でも、アッティカの船はシートネス[*1]の波に運ばれてきません。
何日になるか数えてごらんなさい。私たち恋する者は勘定が上手です。
　私が愚痴をこぼしても当然の日数が経っています。
希望も愚図でした。もしやと思うと辛いことはなかなか
　得心できませんから、恋心はいまもあなたの裏切りを信じません。
私は何度も心中であなたを弁護する嘘をつきました。何度も考えました、
　荒々しい南風が白い帆を連れ戻してくれる、と。
私はテーセウスを呪いました。あなたを放さないのだと思ったからです。
　でも、おそらく、あなたの行く手を阻んだのは彼ではありません。
心配したこともあります、あなたがヘブロス[*2]の川瀬へ向かっているとき、
　船が座礁して白い泡とともに水中に没したのではないか、と。
私は何度も神々に祈りました。罪深い人よ、あなたが元気でいるように
　祈りの言葉とともに供物に香を燃やして礼拝しました。
空と海に順風が吹くのを目にするたび、私は何度も
　心の中で言いました、「彼が元気なら、きっと戻る」と。

とにかく愛は忠実ですから、急ぐのを邪魔するあらゆる障害物を
　考え出しました。私には言い訳を見つける才覚があったのです。
でも、愚図なあなたは帰りません。あなたが誓いを立てた神々にも
　戻す力はなく、私への愛が心を動かして連れ戻すこともないのです。
デーモポオーンよ、あなたは約束も帆も風まかせにしました。
　帆が帰還を、約束が信義を知らないのはどうしてでしょうか。
言ってください。私が何をしましたか。分別を忘れて愛しただけです。
　それが私の罪なら、あなたを私のものにできたはずです。
私の過ちはただ一つ、罪深い人よ、あなたを迎え入れたことです。
　でも、この過ちには手柄に近い価値があります。
誓約は、信義は、いまどこに、右手に右手を重ねた信託や
　あの神はどこでしょう。繰り返し語った口は偽りだったのですね。
いまどこでしょう、永の年月連れ添うと約束されたヒュメナイオス[*3]は、
　私に婚約と結納を届けてくれた神は。
海にかけて——いま一面に風と波が翻弄しています——、

　あなたが以前と同じく、これから乗り出そうとした海にかけて
あなたは誓いました。また、これもでまかせでなかったら、あなたの
　お祖父さん、つまり、風で波立った海面を鎮める神[*4]にかけて、
ウェヌス[*5]と、私には効き目のありすぎる武器、
　一つが弓矢で、一つが松明という武器[*6]にかけて、
恵み深く結婚の床をお守りくださるユーノー[*7]にかけて、
　松明をかかげる女神[*8]の秘儀にかけて誓いました。
蔑《ないがし》ろにされたこれほど多くの神々がみな自分の威光を
　保つために罰を下せば、あなたの体は一つでは足りないでしょう。
ああ、狂気の沙汰でした。ぼろぼろの船まで修繕したのですから。
　捨てられるために、船を堅牢にしたのでした。
櫂まで用意しました。あなたが私から逃げるのに使うためです。
　ああ、私が耐えているのは自分の武器でつけた傷です。
私は信じました、あなたがお手の物の甘い言葉を。
　私は信じました、あなたの生まれと名声を。

私は信じました、涙を。あるいは、涙もこしらえる方策があるのですか。
　涙にも技術があって、出したいときに出せるのでしょうか。
私は神々も信じました。なぜあれほど多くの確約をくれたのでしょう。
　そのうちのどの一つでも十分に私を欺けたでしょうに。
あなたに港と住まいを与えて助けたことで憤慨してはいません。
　でも、私の親切もそこまでとすべきでした。
歓待のうえに、あろうことか、婚儀の床を加えたことを、
　そして、体と体を結び合わせたことを悔いています。
あの夜の前夜が、願わくば最後の夜であったらよかったのに。
　それなら、私は貞淑なピュッリスとして死ねましたから。
もっとよいことを期待しました。それだけ親切にしたと思ったからです。
　親切にして抱く期待はどのようなものでも正当です。
信じている娘への裏切りは雑作もなく得られる
　栄光です。純粋さこそ喝采に値します。
私はあなたの言葉に騙されました。愛している女だったからです。

神々がどうかあなたの誉れもこれまでとしてくださいますよう。
アイゲウス[*9]の子孫に混じり、あなたの像を町の真ん中に立てなさい。
ですが、まずは、偉大なお父上の像を立て、その碑銘に
記すことです、スケイローン[*10]や居丈高なプロクルーステースの名前、
シニスや雄牛と人間が混ざった姿をした怪物[*11]のこと、
テーバイを戦争で平定し、双形の怪物[*12]を潰走させたこと、
黒い神の闇の王宮の扉を叩いた[*13]ことなどを。
そのあとに、あなたの像にはこのような銘を刻みなさい。
これは愛と歓待を与えた女を策略で欺いた男。
お父上のあれほどさまざまな偉業の数々のうちで
あなたのお心に残ったのはクレータ女を置き去りにした[*14]こと。
お父上がただ一つ弁解していること、それだけにあなたは感心します。
不実な人よ、欺瞞は父譲りの遺産なのですね。
あちらの女は、妬ましくはありませんが、ずっとよい夫に恵まれ[*15]、
轡をはめた虎が引く車の上高く座していますのに、

私との結婚は目もくれたことのないトラーキア人までが避けています。
　私が国人よりよそ者を大事にした女だと言うのです。
ある人はこう言います、「いますぐ彼女を学あるアテーナイへ送るのだ。
　武器を担うトラーキアを治める者は他にもいよう。
何をしても結末がよければいい」と。願わくは、成功しませんように、
　誰であれ結果によって行為の指弾をなすべきと考える者は。
でも、私たちの海があなたの漕ぐ櫂で泡立つことがあれば、
　すぐにも私は私自身と私の民の利益を図ったと言われるでしょうが、
現実は違っていました。あなたが私の王国に着くことはないでしょうし、
　疲れた四肢をビストネス[*16]の水で洗うこともないでしょう。
あなたが去り行く姿は私の目に焼きついて離れません。
　私の港を艦隊が埋めたのも、やがて去るためでしたけれど。
あなたは大胆でした。抱擁し、愛する者の首にしがみついて、
　唇を押し当てたままずっと長いあいだ離れず、
あなたの涙に私の涙を一つにしてあふれさせ、

　帆を後押しする風があるからいけないんだ、と言いながら
私に最後の別れの言葉を告げました。
　「ピュッリスよ、君のデーモポオーンを待っていてくれ」。
待つのですか、私に二度と会うつもりもなく去ったあなたを？
　待つのですか、私の海を拒まれた帆を？
でも私は待ちます、あなたが遅くても戻りさえすれば。それが愛です。
　それで、あなたの約束破りも時間だけのことにしましょう。
なぜ祈るのでしょう、不幸な私は。あなたはもう別の奥さんのもの、
　きっとそう、私にはつれなかった愛に囚われているのでしょう。
あなたはもう私を忘れ、ピュッリスなんて女は知らないでしょう。
　ああ、ピュッリスが誰でどこの者かとお尋ねなら、
デーモポオーンよ、駆り立てられるまま長い放浪をしたあなたに
　トラーキアの港と歓待を差し出した女です。
あなたの資産は私の資産で増えました。私の富はあなたの窮状に
　多くの贈り物を差し出しましたし、まだ差し出すつもりでした。

私があなたの支配下に移したリュクールゴス[*17]の王国はあまりに広くて
　女の名前で治めるのはあまり適切ではありませんでした。
そこには凍てつくロドペーの山並みが木陰濃いハイモス山まで延び、
　神聖なヘブロス川が勢いよく川水を注ぎ出しています。
あなたに私の純潔を捧げたとき鳥の兆しは不吉で、
　汚れない帯を解いたのは偽りなす手でした。
ティーシポネー[*18]が新婦に付き添い、あの閨房で唸り声を上げましたし、
　表通りを避ける鳥[*19]が悲嘆の歌を歌いました。
アッレクトーもいました。小さな蛇が巻きついていました。
　灯りは葬儀の松明から点されたものでした。
私は悲嘆に沈んではいても崖の上や茂みの覆う海岸へ足を運んでいます。
　視界に入るかぎり広い海原のどこまでも、
昼の温もりが大地をゆるめるときであれ、冷たく輝く
　星々のもとであれ、どんな風が海峡に吹きつけているか見渡し、
どのような帆でも遠くから近づくのを目にすると、

　これは私の願掛けに神々が応えているのだと思います。
私は海に向かって駆け出します。波にも押し止められず、
　潮が打ち寄せる水際まで行きますが、
船が近づけば近づくほど、立っている気力が薄れ、
　意識を失って倒れ、侍女たちに抱きかかえられるのです。
入り江が一つ、緩やかな弧を描いて鎌の形をし、
　その先端は断崖絶壁です。
ここから眼下の波間へ身を投げようと私は
　決意しました。あなたの裏切りが続くかぎり、決意は変わりません。
波が私をあなたの海岸に運んで打ち上げてくれますように。
　私の葬られぬ姿があなたの目に飛び込みますように[*20]。
薄情さでは鉄にもまさり、金剛石やあなた自身にすらまさるあなたでも
　「ピュッリスよ、こんな追い方をするなんて」と言うでしょう。
何度も私は毒薬が飲みたくなります。何度も血まみれの
　死、身を剣で刺し貫いての死に心を惹かれます。

また、この首が不実な腕に抱かれるように
　差し出されたので、括り縄にかけることに心を惹かれます。
いさぎよい死で柔弱な操を贖う覚悟です。
　死に方の選択にさして時間はかからないでしょう。
私の墓に疎ましい死因として刻まれるべき人よ、[*21]
　次のような歌があなたを有名にするでしょう。
ピュッリスの愛に客人デーモポオーンは破滅を与えた。
　彼が引導を渡すと、彼女はみずから手を下した。[*22]

第三歌　ブリセーイスからアキッレウスへ

伝承　トロイア戦争の十年目、ギリシア軍総大将アガメムノーンにアポッローン神官クリューセースが娘クリューセーイスの返還を求めて嘆願したのに対し、アガメムノーンが拒絶したことから、神官の祈願を聞いてアポッローン神が悪疫をギリシア軍に送った。そのため、対処を審議する大将らの前でアガメムノーンはクリューセーイスを返すことに同意したものの、代わりに、ギリシア軍中随一の英雄アキッレウスが寵愛する女性ブリセーイスをもらい受けるとして、彼女を奪った。これに怒ったアキッレウスは戦線離脱し、ギリシア軍は苦戦を強いられることになる。そのため、アガメムノーンはアキッレウスに戦線復帰を乞う使者を送ったが、アキッレウスの怒りは収まらず、要請を拒絶した。第三歌は、この拒絶を聞いたあとにブリセーイスがアキッレウスに宛てて自身の辛い思いを綴る手紙という体裁を取りながら、ホメーロス『イーリアス』の主題である「アキッレウスの怒り」をブリセーイスの視点から描く。

あなたがお読みの文は拉致されたブリセーイスから届いたもの、
　蛮族の女が記したのですから、上手なギリシア文字ではありません。
汚れにお気づきでしょう。どれも涙でできたものです。
　でも、涙にも言葉が背負われているのです。
もし私に、主人であり、夫でもあるあなたへの恨み言が少しは
　許されるなら、主人と夫に少し恨み言を申しましょう。

いいえ、私が王[*1]の要求どおり即座に引き渡されたことは
　あなたのせいではありません——でも、これもあなたのせいですね。
だって、エウリュバテースとタルテュビオス[*2]が私を連れに来るとすぐに
　私はエウリュバテースとタルテュビオスに渡され、つき随いました。
彼らは互いの顔へしきりに視線を投げながら、
　口には出さず訝っていました、私たちの愛はいまどこにあるのかと。
猶予は可能でした。罰を待ってもらえればありがたくも思ったでしょう。
　ああ、それなのに、別れの口づけも私はできなかったのです。
ただ涙がとめどなく流れ、私は髪を引きむしりました。
　虜囚の不幸を私は二度も身に享けたのです。
何度も私は見張りを欺いて戻れたらよいと思いました。
　でも、怖くてなりません。逃がさぬように敵がいたのです。
心配だったのです。少し行き過ぎたら、闇夜のもとで捕らわれ、
　プリアモスの嫁の一人への贈り物にされかねません。
でも、引き渡しがやむなしとしても、もう幾晩も留守にしているのに、

私は戻れと言われません。あなたは遅い。あなたの怒りは腰が重い。
他でもないメノイティオスの子[*3]が、連れて行かれる私の耳元で
　言いました、「どうして泣くのか? すぐにここへ戻れるよ」と。
返還要求の放棄はまだしも、アキッレウスは私の返還に抗っています。
　さあ、早く、気の逸る恋人と呼ばれるようになさい。
あなたのもとを訪ねましたね、テラモーンの子[*4]とアミュントールの子[*5]——
　一人は血筋が近く、もう一人は長いつきあいの者です——、
それにラーエルテースの子[*6]が。彼らの介添えで私は戻れるはずでした。
　たいそうな贈り物[*7]で嘆願の説得性も高まりました。
意匠を凝らした青銅製の金色を帯びた大釜が二〇、
　重さも細工もそろいの鼎が七つ、
加えて、金塊二〇タラントン、
　つねに優勝が当たり前の駿馬一二頭、
おまけに、器量にすぐれる娘たち——
　彼女らは故国レスボス陥落のとき囚われの身となりました——、

これだけでも多いのに、あなたに嫁は不要ですのに、嫁として
　アガメムノーンの娘、三人姉妹[*8]の一人が差し出されました。
あなたが私を取り戻すためにアトレウスの子[*9]に代償を払う立場なら、
　ご自分が差し出すはずのものを、あなたは受け取ろうとしません。
私を安物あつかいするのは、私に落ち度があったのでしょうか。
　愛は私を去ってどこに行ったのでしょう。ずいぶん足早ですこと。
それとも、不幸な者たちには陰鬱な星回りがつきまとって離れず、
　降りかかった災いが手を緩める時は来ないのでしょうか。
リュルネーソスの城市をあなたの軍勢が壊滅させるのを私は見ました。
　私自身も私の祖国の大きな一部でした。
私は見ました、生も死も運命をともにして
　三人が命を落としたのを。三人の母は私の母でもありました。
私は見ました、血に濡れた大地に身の丈いっぱいに沈んだ
　夫が喘ぎながら血まみれの胸を上下させる姿を。
そんなに大勢を失っても、あなた一人だけで代わりになりました。

　あなたは私の主、私の夫、私の兄弟でした。
あなたは私に、海の神格たる母上[*10]の威光にかけて誓い、
　捕らわれてよかったのだ、そうご自身で言いました。
だからですね、持参金つきで来ても、追い返す、
　私と一緒にもらえる資産はご免蒙る、というのは。
それどころか、噂では、明日の曙光が輝いたら、
　あなたは雲を運ぶ南風を受けて出帆するとか。[*11]
そんな罪な行ないが憐れにも恐れでいっぱいの私の耳に届いたとき、
　血の気も気力も抜けて、心がからっぽになりました。
帰るのなら——ああ、そんな——酷い方、誰の手に私を残すのですか。
　誰がひとりぼっち残された私を優しく慰めるのでしょう。
心から願います。突然に口を開けた大地に呑み込まれるほうがいい、
　落雷の赤い炎で焼き尽くされるほうがいい、
私を乗せずにプティーア[*12]の船の櫂が海に白い泡をかき立てるぐらいなら、
　置き去りにされて、あなたの船が行ってしまうのを見るぐらいなら。

あなたがもう帰るとお決めで、父祖の守り神のもとがいいのでしたら、
　私はあなたの船団にたいした荷物にはなりません。
勝者に従う捕らわれ女として参ります。夫に連れ添う花嫁とは申しません。
　私の手は羊毛を柔らかく紡ぐのに向いています。
アカイア女たちのあいだでとびきり一番美しい女性が
　あなたの閨へ行く花嫁となるのでしょうし、そうなればいいのです。
それだけの嫁でないと、ユッピテルとアイギーナの孫[*13]が舅となるにも、
　ネーレウス老神が孫の嫁[*14]に迎えようと望むにも十分ではありません。
私は卑しい侍女としてあなたに仕え、言われただけの糸を紡ぎましょう。
　いっぱいに糸を巻いた糸巻棒も私の糸紡ぎで細らせましょう。
でも、後生です、あなたの奥様が私に辛く当たらぬよう気をつけて。
　だって、なにかと私を色眼鏡で見るでしょうから。
やめてください、彼女があなたの面前で私の髪を引きむしるのを見逃し、
　軽い口調で「彼女も私の女だったんだ」と言うのは。
いえ、見逃してもいいんです、軽蔑して置き去りにしさえしなければ。

　それが私には責め苦です。苦しくて骨まで打ち震える恐怖です。
でも、あなたは何を待っているのですか。アガメムノーンは怒りを悔い、
　ギリシアは悲嘆にくれながら、あなたの足下にひれ伏しています。
あなた自身の息巻く怒りを征服なさい。他はみな征服したのですから。
　なぜヘクトールが勢いよくダナオイ勢[*15]を蹴散らしているのですか。
武器を執りなさい、アイアキデース[*16]よ。でも、まず私を迎えてください。
　そうして、マールス[*17]の加護のもと、ものどもを圧倒し、制圧なさい。
私のために湧き上がった怒りですから、私のために鎮めてください。
　私をあなたの不興の原因とも火消しともしてください。
どうか、私の懇願に屈するのを恥とは思わないでください。
　オイネウスの子は妻の懇願によって戦場に向かいました[*18]。
私は聞いただけですが、あなたはご存じですね、兄弟を奪われて、
　かの母は息子の希望と命を呪いました。
戦争がありましたが、かの者は荒《すさ》んだ心で戦陣から身を引きました。
　祖国への加勢を頑なに拒んだのです。

この勇士の心を妻だけが動かしました。彼女はずっと幸せ、
　私の言葉など少しも重みがなく、ただ地に落ちるばかりです。
でも、私は腹を立てません。妻気取りをしたこともありません。
　何度も閨へ呼ばれても、ご主人様に仕える奴隷女にすぎません。
そういえば、捕らわれ女の誰かが私をご主人様と呼んだとき、
　私は言いました、「奴隷の務めを重々しい名前で呼ぶのね」と。
でも、夫の骨にかけて——不意のことで立派な埋葬はしていませんが、
　私にしてみれば、いつも畏れ敬うべき骨にかけて、
私には神のような三人の兄弟の御霊《みたま》にかけて——
　みな祖国に尽くし、祖国とともに眠っています——、
また、私たちが寄せ合った、あなたの頭と私の頭にかけて、
　私の身内が身に沁みて知るあなたの剣にかけて、
ミュケーナイの王[*19]が私と床をともにすることはなかったと
　誓います。偽りがあれば、どうぞこれっきりにしてください。
いま、誰より勇敢な方よ、「あなたも誓ってください、私なしで

感じた喜びはなかった、と」と私が言ったら、あなたは断りますね。
ダナオイ勢はあなたの悲嘆ばかり見ていますが、実は琴を奏でています。[*20]
あなたは優しい愛妾の温かな懐に抱かれているのです。[*21]
なにゆえにあなたは戦うことを拒むのか、と誰か尋ねる人があれば、
戦いは怪我のもとですが、竪琴と歌と愛の営みは楽しいからです。
ずっと安全ですもの、寝椅子に横たわり、女を抱いていたほうが、
トラーキアの竪琴を指でかき鳴らしていたほうが。
手に大盾と切っ先鋭い槍をもって、
髪の上に重い兜を被ったりするよりずっといいのです。
けれど、あなたもかつては無事でいるより華々しい功業を喜びました。[*22]
戦うことで勝ち得た栄光が嬉しかったのです。
それとも、私を捕らえるまでのあいだだけ、荒々しい戦争を是としたのですか。
私の祖国とともにあなたの武勲も敗れて屍となっているのですか。
神々よ、お助けください。お願いです。どうか頑強な腕から振り出された
ペーリオン山のトネリコの槍がヘクトールの脇腹を貫きますよう。

ダナオイ勢よ、私を使者に立てなさい。私がご主人様に頼んでみます。
　使いの用件と一緒にたくさんの口づけを届けましょう。
私のほうがポイニークスより、能弁なオデュッセウスより、いいですか、
　私のほうがテウクロスの兄弟[*23]よりずっとましな交渉をするでしょう。
それだけの力はあるのです、首に馴染んだ腕で触れたこと、
　自分の姿を間近で目に焼きつけさせたことは。
あなたはつれなくて、母君の波[*24]よりも荒くれています。それでも、
　なにも言わずとも、私の涙があなたの心を打ち砕くはずです。
さあいま——願わくは父君ペーレウスが天寿をまっとうしますよう、
　ピュッロス[*25]があなたのような星回りのもとに出征しますよう——
剛毅なアキッレウスよ、心細いブリセーイスのことを思ってください。
　鉄の心でずっと待たせないでください。身を焼かれる辛さです。
それとも、私を思うあなたの愛は厭わしさに変わってしまったのですか。
　ならば、あなたなしで生きよ、ではなく、死ね、と命じてください。
でも、命令は変わりませんね。肉も落ち、肌の艶も消えましたが、

　まだ気持ちを支えているのは、あなたに希望を抱いているからです。
もしそれも消え去れば、私は兄弟と夫のもとへ参ります。
　けれども、女に死ねと命じてもあなたの自慢にはなりますまい。
では、なぜそう命じるのです？　抜き身の剣でこの体を突いてください。
　胸を貫かれれば、私にも流す血があります。
私を突くのは、あなたの剣でしてください。もし女神が許していたなら、
　アトレウスの子の胸を貫くはずだった[*26]あの剣です。
ああ、それよりも救ってください、私があなたからもらったこの命を。
　あのとき私は敵であなたは勝者でした。いまは女として求めます。
滅ぼすならもっと格好の相手がいるはずです、ネプトゥーヌスの築いた
　ペルガマ[*27]に。殺戮の対象は敵方に求めてください。
私にはどうか、船隊を漕ぎ出そうとのおつもりでも、
　お残りでも、ご主人様の権限で、ついてこい、とお命じください。

第四歌　パイドラーからヒッポリュトスへ

伝承　クレータ王ミーノースの娘パイドラーは英雄テーセウスと結ばれたあと、テーセウスが先妻――女戦士の一族アマゾーンの一人、名前はメラニッペーともアンティオペーともヒッポリュテーとも言われる――とのあいだにもうけた息子ヒッポリュトスに恋心を抱き、乳母の助けを得て、思いを伝える。だが、森と狩猟を司る処女神ディアーナを信奉するヒッポリュトスにけんもほろろに拒絶されたことから、彼によって言い寄られたという讒訴の文を残して自害した。妻の訴えを信じたテーセウスは父神ネプトゥーヌスに息子を滅ぼすよう祈願する。祈願が成就したあと、テーセウスは過ちに気づき、悲嘆にくれた。エウリーピデース『ヒッポリュトス』に描かれてよく知られる物語。第四歌はパイドラーが思いを伝える手段の一つとしてしたためた手紙という体裁を取る。

あなたの厚情に与れずに私は決して息災でいられませんが、ご健勝を
　祈って、クレータ娘がアマゾーンを母にもつ勇者に書き送ります。
ともあれ、最後まで読んでください。手紙を読んでも害にはなりません。
　この書中にはあなたも喜ぶことが書いてあるはずです。
このような書面によって秘密は陸や海を渡ります。
　敵同士でも書面を受け取れば、中身を調べます。
三度あなたと話をしようとして、三度とも躓きました。役立たずな
　舌のせいです。三度とも口から出かかって声になりませんでした。
恥じらいは愛につき従うとき、愛と折り合わなければなりません。
　口にするのを恥じたことを愛が、書け、と命じました。
アモル[*1]が命じたことは何であれ軽んじれば、ただではすみません。
　アモルは王様です。他の神々の領分にまで口を出す権限があります。
私が初めに書くのをためらっていると、アモルが言いました、
　「書くんだ。あの男の心が鋼でも、きっと降参の手を差し出す」と。
アモルの力が――私も骨の髄まで貪る炎で熱くされているのですから――

　どうかあなたの心を射貫き、私の願いを叶えてくださいますよう。
私は火遊びのつもりで婚姻の掟を破ろうというのではありません。
私の評判は——お調べ願いたいものですが——過ちとは無縁です。
愛の病は罹るのが遅いほど重く、私の身中を焼き焦がしています。
　焼かれながら、胸には目に見えない傷を負っています。
お分かりでしょう、若い雄牛が初めての軛《くびき》を痛がるように、
　群から離されてすぐの子馬が手綱を嫌がるように、
そのように、うぶな胸は初めての愛と上手に向き合えません。
　この背負子《しょいこ》は私の心には座りがよくないのです。
過ちも若い年頃からよく見知っていれば、扱いようがありますが、
　年頃を過ぎて訪れる愛は苦しみが大きいのです。
あなたが摘み取るのは評判を守り通してきた初穂の捧げ物、
　それに私たち二人がそろって傷をつけるのです。
どれほどのものでしょう、枝もたわわに実る果樹園での収穫、
　また、初咲きのバラを爪で細やかに摘むことは。

とはいえ、これまで過ちなく私が身上としてきた
　無垢な輝きにまれな汚れの痕をつけざるをえないとしても、
私を焼き焦がす炎が似つかわしいものであるのは幸運でした。
　密通よりさらに悪いのは密通の相手が恥知らずであることです。
仮にユーノーが兄であり夫でもあるユッピテルを私に譲るとしても、
　私はユッピテルよりヒッポリュトスを選ぶと思います。
いま私は初めて学ぶ芸に傾倒しています。嘘ではありません。
　無情な獣たちのあいだを進みたくてうずうずするのです。
いま私が第一に崇める女神はしなる弓でその名も高き
　デーリア[*2]です。私もあなたの選択に倣っているのです。
嬉しいのは、森の中へ入り、鹿を網へ追い立て、
　駿足の猟犬に檄を飛ばしながら尾根を渡ること、
腕から振り出した槍で空を鳴動させるか、さもなくば、
　草地の上に身を横たえることです。
楽しいのは、砂塵の中、軽快に馬車を旋回させようと、

　疾駆する馬の首を手綱で横へ引くときです。
私が進むとき、そのさまはバッコス神の狂気に憑かれた女たち、
　また、イーデー山の麓でタンバリンを響かせる女たち、[*3]
あるいは、半神のドリュアスたちや二本の角もつファウヌスたち[*4]の
　力に打たれて驚愕した女たちのようです。
その様子を私は、狂気が引いてから、まわりの人の話で聞きます。
　何を聞いても私は黙ったまま、愛が身を焼くのを感じています。
おそらくこんな愛を抱くのは私の一族の運命のせいでしょう。
　ウェヌス女神が血統全体から捧げ物を求めているのでしょう。
私の血統の祖であるエウローペーをユッピテルが
　愛したとき、神の正体を雄牛の姿で隠しました。[*5]
私の母パーシパエーは、雄牛を欺いて身を委ね、
　己の腹から重い過ちを産み落としました。[*6]
アイゲウスの子である不実なテーセウスは導きの糸を辿り、
　七曲がりの館を逃れました。私の姉[*7]に助けられたのです。

そうです、私はいま、本当にミーノースの娘だろうかと疑われないよう、
　血統を引く最後の者として一族を律する掟を奉じます。
これも運命です。ただ一つの家に二人の女が思いを寄せました。
　私はあなたの美しさの虜になり、姉はお父上の虜になりました。
テーセウスとテーセウスの子が姉妹二人をものにしました。
　さあ、私たちの家を攻略した戦勝碑を二柱建てなさい。
ケレース女神の聖地エレウシースを私が訪ねたとき、
　クノッソス[*8]の地が私を引き留めてくれていればよかったのに。
それ以前からあなたに好意を覚えていましたが、そのときとりわけ
　鋭い愛が骨の髄まで染み渡ったのです。
衣服は白く輝き、髪には花冠が巻かれ、
　褐色の顔に恥じらいの赤みが差していました。
顔つきが強情で怖そうと言う女たちもいますが、
　パイドラーから見れば、強情というより力強いお顔でした。
女のようにおめかしする若者なんか私に近づかないで。

　男の美しさが好むお手入れはほどほどのものですから。
あなたには、あなたらしい強情さと無造作に垂らした髪、
　際立った顔についたわずかな砂塵が似合います。
あなたが荒馬の抗う首を曲げるとき、
　狭い馬場を周る足並みを見て私は賛嘆します。
あなたが強靱な腕からしなる投げ槍を放つとき、
　荒々しい腕が私の目を捉えて離しません。
あなたがミズキの柄に幅広の穂先を付けた狩猟槍を摑むとき、——
　要するに、あなたが何をしても、私の目は喜びます。
どうか情の強《こわ》さだけ森の奥に棄ててください。
　あなたの性分ゆえに私が身を滅ぼすいわれはありません。
何が楽しいでしょうか、帯を締めたディアーナの仕事に励んでも、
　ウェヌスからその信徒を奪ってしまっては。
あいだに休息を挟まなければ、仕事は長続きしません。
　この休息が力を回復させ、疲れた手足を甦らせるのです。

弓も、ずっと弦が張られていたら、弱くなるでしょう。
　あなたの信奉するディアーナの武具を見習うべきです。
ケパロス[*9]は森で名高く、彼に突き刺されて、
　多くの獣が草地に倒れました。
でも、その彼もアウローラの愛に身を委ねて憚りませんでした。
　賢《さか》しらな女神は老いた夫[*10]から彼のもとへ通いました。
何度もウェヌスはキニュラースの子アドーニスとトキワガシの木の下、
　気に入った草の上に二人して身を横たえました。[*11]
オイネウスの子もアルカディア娘アタランテーへの思いに燃えました。[*12]
　彼女への愛の証に野獣の獲物を与えています。
私たちも、できるだけ早くこの仲間の中に数えられましょう。
　あなたがウェヌスを遠ざければ、あなたの森は粗野なままです。
私はあなたについて参ります。決して動じません、危険が潜む
　岩場にも、横ざまに抉る牙が恐ろしい猪にも。
二つの海の潮流が地峡へ攻め寄せ、

　細い陸地ではどちらの海の響きも聞こえます。
ピッテウス王の領国、ここトロイゼーン[*13]に私はあなたと住みたいのです。
　ここはいまや、私の祖国より愛しく感じられます。
ネプトゥーヌスの子なる英雄[*14]は折しも留守です。留守は長引くでしょう。
　親友ペイリトオス[*15]の国に引き留められていますから。
テーセウスが大事にしたのは——明白な事実を認めるかぎりは——
　私よりペイリトオス、あなたよりペイリトオスです。
彼が私たちに加えた不当な仕打ちはこれだけにとどまりません。
　私たちは二人とも重大な被害を受けました。
私の兄[*16]の骨を三つ瘤の棍棒で打ち砕き、
　地面に撒き散らし、姉[*17]を獣の餌食となるよう置き去りにしました。
斧を振るう乙女らのあいだで武勇随一の女性[*18]が
　あなたを産みました。息子の力強さにふさわしい母親です。
彼女はいまどこでしょう。テーセウスに脇腹を剣で刺し貫かれました。
　これほどの形見を残した母親も無事ではなかったのです。

婚礼も挙げず、夫婦契りの松明に迎えられてもいませんでした——
　なぜ？　あなたを私生児にして、父の王位を継がせぬためです。
あなたの弟たちまで私とのあいだにもうけましたが、その全員を
　嫡子として育て上げる理由は私よりも、彼のほうにあったのです。
ああ、世界で一番美しいあなた、あなたに仇なすくらいなら、
　このお腹が陣痛の最中に破れてしまえばよかったのです。
さあ、おいでなさい。お父上の寝床を表敬なさい。そうして当然です。
　お父上が避け、自分のものではないと行為で宣言していますから。
それに、私の望みが継子と継母の交わりに見えるからといって、
　怖じ気づいてはいけません。そんな呼び名は空虚なものですから。
そんな道義心は古めかしく、やがて来る時代には滅び去るでしょう。
　サートゥルヌスの統治する時代[*19]においてすら野暮だったのです。
ユッピテルの定めでは、楽しいことは何であれ道義に適います。
　妹[*20]が兄の妻なのですから、どんなことも道に背きません。
命を生む結合は堅固な鎖によって交接します。

　その結び目はウェヌスが手ずから結んだのですから。
私たちは過ちを犯すとしても、愛情を隠す苦労はありません。
　親族という名によって、罪は覆われるでしょうから。
抱き合っているのを誰かが見ても、私たち二人を褒めてくれるでしょう。
　私は自分の継子に誠実な継母と言われるでしょう。
あなたは暗い中で厳しい旦那のいる家の門戸を
　こじ開け、門番を欺く必要もありません。
これまで二人を守ってきた同じ一つの家はこれからも変わりません。
　これまで人前でくれた口づけも同じように人前でできるのです。
あなたは安心して私と一緒に過ごせます。罪を犯して称賛に浴します。
　仮に私の寝床にいる現場を見つけられたとしてもです。
どうか、ためらいを打ち捨ててください。急いで契りを交わしてください。
　それで、私に辛く当たるアモルもあなたには手加減しますから。
私は嘆願者としてひれ伏し、懇願することも厭いません。
　ああ、私の意地と高慢な言葉はいまどこに？　地面に倒れています。

私はいつまでも抗い、罪に身を委せはしないと
　決意していました。でも、決意など愛の前には無意味です。
私は負けました。懇願し、あなたの膝に差し伸べています、王妃の
　この両腕を。なりふりにかまって恋する者などいないのです。
恥は捨てました。恥じらいの心は軍旗を放棄して逃げ去りました。
　赦してください、こんな告白をして。頑なな心を和らげてください。
たしかに、私の父は海をわがものとするミーノースです。
　たしかに、曾祖父[*21]の手から雷電が投げ落とされます。
たしかに、祖父[*22]は額を鋭い光芒で囲まれ、
　真紅の馬車で暖かい日輪を運びます。
でも、高貴な出自も愛の前にひれ伏します。先人たちを憐れみ、
　私には嫌だというなら、私の一族に目をかけてください。
私が婚資とする地所には、ユッピテルの島クレータがあります。
　王宮をそっくり私の愛するヒッポリュトスに仕えさせましょう。
荒ぶる方よ、心を曲げてください。私の母は雄牛を誘惑できました。

　あなたのほうが暴れ牛よりなお非情なのでしょうか。
なによりも大切なウェヌス様にかけて願います。私をお救いください。
　どうか、あなたを袖にするような女に恋をなさいますな。
そうして、あなたが人影ない森で俊敏な女神[*23]の加護を得られますよう。
　森の奥で獣たちを獲物にできますよう。
サテュロスたちや山の神パーンの応援を得られますよう。
　正面から槍の穂先を突き込んで猪を倒せますよう。
あなたが娘らを嫌っていると言われてはいても、ニンフたちから
　からからの渇きを癒す水をもらえますよう。
この懇願に私は涙も添えます。懇願の言葉を
　読み終えるとき、目の前に私の涙も思い描いてください。

第五歌　オイノーネーからパリスへ

伝承　パリスは別名アレクサンドロスともいい、トロイアの皇子で、王プリアモスと后ヘカベーのあいだに生まれたが、トロイアに破滅をもたらすとの夢占いのために、イーデー山の牧童として育った。成人した彼は河神ケブレーンの娘であるオイノーネーに恋して、彼女を決して捨てないと誓約したうえで妻に迎えた。しかし、オイノーネーは予言の術を授かっていたので、パリスがいまは自分を愛していても、やがてギリシアに渡って新たな妻を連れ帰り、それがトロイア戦争の原因となることを知っていた。

ヘーラー（＝ユーノー）、パッラス・アテーネー（＝ミネルウァ）、アプロディーテー（＝ウェヌス）という三女神がその美しさを競ったとき、パリスがその審判役に任ぜられたが、女神たちが自分を選んだ場合の見返りとして、それぞれ強大な王権、戦争の栄光、絶世の美女を示したのに対し、パリスは絶世の美女を選び、アプロディーテーに軍配を上げた。この絶世の美女がスパルタ王メネラーオスの后であったヘレネーで、パリスは、オイノーネーが思い止まらせようとしたにもかかわらず、ヘレネーをさらってトロイアへ連れ帰った。メネラーオスはギリシア全土からの他の求婚者を抑えてヘレネーとの結婚を果たし、その際、二人の絆を破る者が現れたときはこれら求婚者全員が非を正すべく立ち上がると誓っていたので、ギリシア全軍がトロイアへと攻め寄せることとなった。

ある伝承では、オイノーネーはパリスとのあいだに父より美形のコリュトスという息子をもうけた。彼女は嫉妬から、息子にヘレネーと情を通じさせたが、気づいたパリスが彼を殺してしまう。オイノーネーは呪いをかけて、パリスはギリシア軍により負傷して彼女が通じている医薬が必要になり家に戻る、と言った、という。

のちにパリスはピロクテーテースの弓矢によって負傷したとき、懇願の使者をオイノーネーに送った。いったん彼女は拒絶したが、思い直し、薬草をもってパリスのもとへ行くものの、手遅れとなっていた。彼女はパリスの遺骸を抱いて自害した。

第五歌は、パリスの船がヘレネーを乗せてトロイアに戻ってきたあと、なおまだ一縷の希望を捨てないオイノーネーが不実な夫に訴える手紙という体裁を取る。

全部読んでくれますか。新しい奥さんが邪魔しても全部読んでください。
　これはミュケーナイ人[*1]の手で書かれたものではありません。
ペーゲーのニンフにしてプリュギアの森に知らぬ者なきオイノーネーを
　あなたが傷つけたなんて。わが夫と呼びたいあなたですのに。
どの神のお力が私たちの願いに障害となったのでしょうか。
　私に罪障があるから、あなたのものでいられないのでしょうか。
耐え忍ぶのが当然のことはすべて穏やかに耐えねばなりません。
　でも、受けるに値しない罪は痛憤をもたらします。
まだ偉くなかったあなたを私は自分に似合いの夫だと思いました。
　私は大河から生まれたニンフでしたのに。
いまのあなたはプリアモスの子でも——憚らずに真実を言います——、
　かつては奴隷で、ニンフが奴隷との結婚を受け入れたのです。
よく家畜に囲まれながら、木陰で休みましたね。
　木の枝に草の葉を重ねて寝床にしましたね。
よく藁の上や積み上げた飼い葉の上に身を横たえ、

　みすぼらしいあばら屋で朝露をしのぎましたね。
誰があなたに教えたのでしょう、狩りに絶好の森や
　獣が子を隠している岩場などを。
よく私はあなたの供をして目の粗い狩猟網を張りました。
　よく長い尾根づたいに駿足の犬たちを駆り立てました。
ブナの木にあなたが刻んだ私の名はそのまま残っています。
あなたが鎌で記したとおり、オイノーネーと読めます。
「そう言えば、ポプラの木が一本、川の流れに植えられていて、
　私たちの思い出を記しましたね。」[*2]
幹の成長に応じて私の名前も大きくなります。
　大きくなれ。真っ直ぐ伸びて私の勲章となれ。
ポプラよ、どうか健やかに。おまえは川の堤に植えられ、
　皺深い樹皮にこの歌を刻んでいるのですから。
パリスがオイノーネーを捨てたあとも息を吸えるなら、
　クサントス川[*3]が水源へ逆流するだろう。

クサントスよ、急いで戻れ。水よ、逆流せよ。
　パリスがオイノーネーを見捨てて平気でいるのだから。
私に不幸をもたらす運命が告げられた日、そこから
　愛が一転して最悪の嵐が吹き始めた日、
それはウェヌスとユーノーと、武者姿のほうがよく似合う
　ミネルウァが裸身であなたの審判を仰ぎに来た[*4]日でした。
驚愕で胸が震えました。走り抜ける冷たい
　戦慄は固い骨を貫きました。あなたの話を聞いたからでした。
私は相談しました——尋常でない恐れゆえです——、老婆にも
　長命の老人にも。背徳[*5]があるのは明らかでした。
モミの木が伐られ、材木が切り出され、艦隊の用意が整い、
　群青の波間に漏水止めの蠟を塗った船が浮かびます。
別れ際にあなたは泣きました。このことまで否定しないでください。
　過去の愛よりいまのあなたの愛を恥じるべきです。
あなたは泣きながら、泣いている私の目を見ました。

　私たち二人は悲しみの涙を一つに合わせました。
ブドウの蔓がニレの木にもたれてしっかりと巻きつくといっても、
　あなたの腕が私の首に抱きついたほどではありません。
ああ、あなたが何度も、風で足止めだと愚痴を言うと、そのたびに
　お仲間は笑いました。追い風が吹いていたのですから。
一度離れてはまた何度も繰り返し口づけをくれましたね。
　本当に舌が「さようなら」とも言えないほどでした。
軽やかな風が直立したマストにかかる帆布を
　揺らし、水面が櫂で掘り起こされて白く泡立ちます。
私は悲しみに満たされ、去り行く帆を見送ります、目で
　追えるかぎりは、と。涙で砂浜を濡らしながら、
あなたがすぐに戻るよう、ネーレウスの緑色の娘たちに[*6]祈ります。
　そうです、あなたがすぐに戻って私を傷つけるように、です。
では、ご帰還は私の願いに応えるはずが、他人のためだったのですか。
　なんということか、忌まわしい愛人のために懇《ねんご》ろに頼んだとは。

計り知れず広大な海を望む自然の突堤があります。
　かつては山で、青い海に立ちはだかっています。
ここからあなたの船の帆に最初に気づいたのは私です。
　私は潮の流れに分け入りたい衝動に駆られました。
でも、ためらううちに舳先の天辺に緋紫の輝きが見えました。
　恐れが走りました。あなたが身に着けるものではなかったからです。
船が近づいてきます。風も推して接岸しました。
　女の頬を見ただけで私の心は震えましたが、
そのうえに――私は気が触れたか、じっと見つめていました――、
　汚らわしい愛人はあなたの胸にすがりついています。
それを見て私は衣を引き裂き、胸を拳で打ちました。
　涙に濡れる頬に硬い爪を突き立て、
神聖なイーデーの全山に嘆きの声を響き渡らせました。
　そこにある私の岩屋へ涙を運んだのです。
ヘレネーも夫に見捨てられた痛みと嘆きを味わうがいい。

　私が先に嘗めさせられた苦汁を自分でも呑むがいい。
いまあなたの心にかなうのは、あなたを追ってどこまでも広がる
　海を渡り、婚礼を挙げた夫を見捨てるような女たち。
でも、かつて貧しく、家畜を追う牧人だった頃、
　貧しいあなたの妻はオイノーネーの他にいませんでした。
私は富を賛嘆せず、心動くこともないのです、あなたの王宮にも、
　数多きプリアモスの嫁の一人と呼ばれることにも。
とはいえ、プリアモスはニンフの舅となることを拒まず、
　ヘカベーも私が嫁であることを隠すはずがありませんけれども。
私は領主の奥方にふさわしく、また、そうなりたいと思います。
　私の手には王笏がよく映えるはずです。
あなたと一緒にブナの葉の上に身を横たえたからといって
　見下さないでください。私には緋紫の床《とこ》のほうがぴったりですから。
なんといっても私の愛は安全です。あなたに仕掛けられる
　戦争もなく、波頭を越えて復讐に来る船もありません。

駆け落ちしたテュンダレオスの娘[*7]の返還を敵が武力で求めています。
　あの横柄な女はこんな婚資を携えてあなたの閨房へ来ました。
彼女をダナオイ勢に返すべきか否かを兄上ヘクトールか、
　デーイポボス[*8]とプーリュダマース[*9]にお尋ねなさい。
慎重居士のアンテーノール[*10]や、他でもないプリアモスの助言を
　聞いてごらんなさい。彼らには長寿ゆえの知恵がありますから。
醜悪な愚行です、祖国よりも略奪してきた女を大事にするなど。
　あなたの言い分は恥ずべきもの、夫の挙兵は正当です。
よく考えてください。スパルタ女[*11]が誠実だなどと信じてはいけません。
　あなたに抱かれるためにあんなにも素早く心変わりした女です。
いまメネラーオスが結婚の盟約を蹂躙されたことを
　糾弾し、他人の愛から受けた傷に憤慨しているように、
あなたも糾弾するでしょう。どんな巧みの術でも治せぬものなのです、
　操の傷は。一度失われれば、二度目はありません。
あなたを熱愛中ですって？　メネラーオスにも同じ愛し方でした。

いま、あのお人よしはやもめの床に寝ています。
アンドロマケー[*12]は幸せ。律義な夫とめでたく結ばれたのですから。
私を妻にするなら、兄上を見習うべきでした。
あなたは木の葉よりも腰が軽い。それも水分の重みを失って
干涸び、風に吹き飛ばされる枯れ葉より軽いのです。
あなたには麦穂の先ほどの重々しさもありません、
陽射しに絶えず焼かれたため、かさかさで軽い麦穂ほども。
そう言えば、思い出します、妹さん[*13]が歌っていました。
髪を振り乱して私にこんな予言をしてくれたのです。
「何をしているの、オイノーネー？　どうして砂地に種を蒔くの？
海岸を耕しても牛の苦労を無にするだけよ。
ギリシアの雌牛が来るわ。あなたと祖国と一族を
滅ぼす雌牛よ。さあ、閉め出しなさい。ギリシアの雌牛が来るわ。
いまのうちに、不浄な船を海に沈めなさい。
ああ、あの船はなんと多量のプリュギア人の血を載せていることか」。

言い終わると彼女は狂おしく駆け出しますが、侍女らが連れ去りました。
　私はと言うと、金髪が逆立ちました。
ああ、あなたはあまりにも真実のままに私の不幸を予言しました。
　ご覧なさい、あの雌牛がいま私の牧場をわがものにしています。
どれほど飛び抜けた器量よしでも、姦婦にすぎません。
　客人に心を奪われ、夫婦の契りを司る神々を捨てた女です。
あの女は生国からテーセウス――名前に勘違いはないでしょうね――、
　テーセウスだったか誰かに以前にもさらわれたことがありました。[*14]
逸る心の若者が乙女のまま返したなんて信じられますか。
　誰からそんな詳しい話を聞いたのか、とお尋ねですか。私の愛です。
それを暴行と呼んで、その呼び名で過ちを隠すこともできるでしょう。
　でも、何度もさらわれたのは、彼女が自分で手を貸していたのです。
オイノーネーは夫が裏切っても貞操を守ります。
　ただ、あなた自身の流儀を借りれば裏切ることもできましたが。
私が森の住み処に身を潜めていると、身軽なサテュロスたちが、

　悪戯《いたずら》好きの連中ですから、駿足をもって探し回りました。
それに、角の生えた頭に尖った松葉の冠を巻いた
　ファウヌスも広大な尾根が聳えるイーデーを探し回りました。
私には竪琴に秀でたトロイアの建設者[*15]も恋しました。
　神は私から純潔を勝ち得ましたが、
抵抗も受けました。私は髪の毛を爪で引きむしり、
　顔を指で引っ掻いてやりました。
恥辱の見返りに宝石や黄金を求めもしませんでした。
　高貴な体を贈り物で売るのは恥ずべきことですから。
神も私をふさわしい女と考えて医術を伝授してくれました。
　私の手が自分の奥義に触れることを許したのです。
効能すぐれる薬草や医者が用いる草木の根、
　その地上に生えるかぎりが私のものです。
ああ情けない。恋は薬草で治せないとは。
　技術に長けていても、自分の技術を役立てられないのです。

医術を発見した神もペライの牛に草を食ませた[*16]と
　伝えられ、私と同じ火で心に傷を負いました。
草を育む豊穣の大地にも
　神にももたらしえない救いを、あなたなら私に与えられます。
与えられるのですから、報賞にふさわしい娘を憐れんでください。
　私はダナオイ勢に与して血まみれの武器を執りはしません。
私はあなたのもの、幼いころからあなたと一緒でしたし、
　これからの年月もあなたのものでありたいと願っています。

第六歌　ヒュプシピュレーからイアーソーンへ

伝承　イアーソーンは、名だたる英雄たち（ヘーラクレース、ペーレウス、カストールとポリュデウケース、オルペウス、ゼーテースとカライスなど）を乗せたアルゴー

号と呼ばれる船を指揮し、テッサリアはパガサイの港を出て、ギリシアから遠く黒海東岸のコルキスまで金羊毛皮を求める航海と冒険をなした英雄。航海の往路に立ち寄ったレームノス島は、そのとき、ヒュプシピュレーを女王に戴いていた。神の怒りから、男たちが不義を働いたため、憤った妻たちは――ヒュプシピュレーが逃がした彼女の父トアースを除く――すべての男を殺し、住むのは女だけだった。女王は、アルゴー号が島に着いたとき、事の露見を恐れる一方で、子孫の存続のために英雄たちから子種をもらうことを目論見、彼らを歓待した。英雄たちの滞留は長引き、ヘーラクレースの叱責によって、ようやく出発することとなったが、そのあいだにヒュプシピュレーは目的を果たし、イアーソーンとのあいだにエウネーオスとネブロポノス（もしくはデーイピロス）という二人の息子をもうけた。レームノスでのエピソードの主要な典拠はアポッローニオス『アルゴナウティカ』一・六〇九―九〇九に語られる。

　第六歌は、コルキス王女で黒魔術を用いるメーディアに助けられて目的を達成し、彼女を連れてギリシアに帰還したイアーソーンに宛てて、彼の薄情さをヒュプシピュレーが詰る手紙という体裁を取る。

テッサリアの海岸に船を着けて、帰還されたそうですね、黄金の羊毛皮という富も手に入れて。
ご無事をお慶び申し上げてよろしいのでしょうか。ご無事の
　知らせはあなた自身の便りが届けるべきでしたから。
なるほど、お帰りの途次、私があなたに約束した王国[*1]に立ち寄るには、
　お望みになっても、よい風が吹かなかったのかもしれません。[*2]
でも、どんな向かい風でも手紙は書けます。
　ヒュプシピュレーには挨拶があってしかるべきでした。
どうして噂が手紙より先に知らせに来たのでしょうか、
　マールス神の神聖な牛が湾曲した軛に従ったこと、[*3]
蒔いた種からできた作物が勇士に成長したが、
　互いに殺し合って、あなたが手を下す必要もなかったこと、
羊の毛皮を大蛇が不眠不休で守っていたが、
　それでも、黄金の毛皮は勇敢な手によって奪われたことなど。
これを本当とは思えない人たちに言えたらよかった、「そういうふうに
　彼が自分で書いてきたのよ」と。どれだけ鼻が高かったでしょう。

でも、なぜ私は夫[*4]がいつまでも務めを果たさぬと愚痴を言うのでしょう。
　私があなたの女であるかぎり、思いは応えられているのですから。
噂では、異国の魔女があなたと一緒にやって来て、
　私が入るはずだった臥所《ふしど》に迎えられたそうですね。
恋は信じやすいもの。浅慮の女と言われたいものです、
　濡れ衣を夫に着せたのでしたら。
少し前に私のもとへハイモニア[*5]の岸辺からテッサリアの客人が
　来ました。彼が門口に着くか着かぬかのうちに
「わがイアーソーンはどうしています」と私が尋ねますと、恥の念から
　地面に目を据えたまま立ちつくしました。
即座に立ち上がるや、私は胸から肌着を引きちぎって
　「生きておいでか、それとも、私も天に召されるのか」と叫びます。
「生きています」と、おずおず答える彼に私は誓いを立てさせました。
　私には神が証人でもご存命を信じられないほどでしたから。
気持ちが落ち着くと、私はあなたの果たしたことを尋ね始めました。

その人の話では、マールス神の青銅の足をもつ牛が畑を耕し、
大蛇の歯が種として地面に蒔かれると、
　突如、勇士たちが武器を携えて生まれました。
この大地が生んだ者どもはうちわの戦をして滅び、
　たった一日で自分の寿命をまっとうしたそうですね。
［大蛇も打ち負かしたとか。もう一度、イアーソーンが生きておいでか
　私は尋ねます。希望と恐れが交互に心を揺さぶりました。］
事細かに話すうちに、その人も熱が入って口調も速くなり、
　図らずも私の負っている傷を暴いてしまいます。
ああ、交わした信義はいまどこに？　どこにいったのか、結婚の契り、
　葬儀の薪積みに火を点すほうがふさわしかった松明は。[*6]
私とあなたの仲は人目を忍ぶものではなく、ユーノー[*7]が付き添って
　居合わせ、額に花冠を巻いたヒュメーン[*8]もいました。
でも、ユーノーでもヒュメーンでもなく、陰鬱な復讐女神が私の前に
　不吉な松明を捧げもっていたのです。血まみれの姿でした。

ミニュアイの英雄たち[*9]やトリートーニア[*10]の船など私に関係ありません。
　船乗りのティーピュス[*11]など私の祖国に関係ありません。
ここには黄金の毛も見事な羊はいませんでしたし、
　老王アイエーテースの王領はレームノスではありませんでした。
最初は心を決めていました。悪しき運命に引きずられてしまいましたが、
　宿営する軍勢を女の手勢で駆逐するはずだったのです。
レームノス女は男を成敗するすべを知りすぎるほど知っていますから、
　それほど勇敢な兵によって名声を護るべきでした。
でも、私は一人の男を寡婦の都に、屋敷と心に迎え入れました。
　ここであなたは二度の夏と二度の冬を過ごしたのです。
三度目の秋を前に、あなたは出帆を余儀なくされ、
　涙をあふれさせながら、こう言いました。
「行かねばならぬが、ヒュプシピュレーよ、戻れる運命にありたいもの、
　私はここから去ってもそなたの夫、いつまでもそなたの夫だから。
だが、お腹に潜んでいる私の胤を

　育ててくれ。二人してこの子の両親になろう」。
ここまで言うと、偽りの口に涙が流れ落ちて
　それ以上はもう話せなかったことが思い出されます。
あなたはお仲間の最後に神聖なアルゴー号に乗り込みます。
　船は飛ぶように進み、風が帆をふくらんだまま保ちます。
群青の波が突き進む船首の下へ引き込まれ、
　あなたは陸地を、私は水面を見やります。
四方に開けた眺望から波間が見渡せる櫓があります。
　私はここへ向かい、涙で顔と懐を濡らします。
涙を通して眺めると、熱い思いを応援して
　私の視線もいつもより遠くのものまで捉えます。
それに、汚れない祈りと、恐れが入り交じった願掛け——
　いまでも、あなたがご無事なら私は成就の御礼をすべきです。
満願成就の御礼をすべきは私ですか？　御利益はメーディアにあるのに？
　心が痛み、怒りが混じった愛があふれています。

神殿に捧げ物をすべきですか？　イアーソーンを生きたまま失ったのに？
　損失を受けたのに犠牲獣を倒して屠るべきでしょうか？
私の心が安らかだったことはありません。いつも恐れていました、
　お父様がアルゴリス[*12]地方の都から嫁を迎えるのではないか、と。
アルゴリスの娘らを恐れたのに、蛮夷の愛人が私に害をなしたとは！
　思いもよらぬ敵から傷を受けたものです。
あの女の長所は容貌や献身にあるのではなく、呪文を知っていて、
　魔法の鎌で忌まわしい薬草を刈り取ることにあります。
月をむりやり軌道から引きずり下ろしたり、
　太陽の馬車を暗闇に隠そうと努める女です。
あの女は水に轡を食ませ、流れ下る川をせき止めます。
　あの女は森や自然の岩山を別の場所へ動かします。
帯を緩め、髪を振り乱して墓場を徘徊し、
　まだ熱い薪積みから狙った骨を集めます。
遠く離れた人を呪って、蠟人形に魔法をかけると、

　憐れな肝臓めがけて細い針を打ち込みます。
知らないほうがよいこともします。薬草で悪しき求愛をするのです、
　心ばえと美貌で果たすべき求愛を。
こんな女を抱けますか？　一つの閨房に二人だけになったとき
　不安になりませんか？　静かな夜に眠りを貪れますか？
きっと、雄牛にするように、あなたにも軛を担わせたのですね。
　獰猛な蛇を手懐けるのと同じ手だてであなたを手懐けたのですね。
それにどうでしょう、自分のこともあなたや英雄たちのお手柄に
　並べて記せと言い、夫の栄誉に妻が余計な口出しをしています。
ペリアース[*13]の一派には偉業を毒薬のおかげだと
　言う者もあり、それを信じる人々もいます。
「アイソーンの子ではなく、パーシス河畔育ちのアイエーテースの娘だ、
　このプリクソス[*14]の羊の黄金の毛皮を掠め取ったのは」。
アルキメデー様が承知しません。お母様にお聞きなさい。
　お父様も許しません、寒々とした極北から嫁が来ることなど。

あの女にはタナイス川やスキュティア[*15]の沼沢地や
　パーシス川が流れる生国で夫を探させればよいのです。
移り気で春のそよ風より当てにならないアイソーンの子よ、
　どうしてあなたの約束には口先だけの重みしかないのですか。
ここを発つとき私の夫だったのに、戻ったら私の夫ではないなんて。
　戻ったのだから妻にしてください。発つときも妻だったのですから。
高貴な家柄や名高い系譜がお心を動かすなら、
　ほら、私だってミーノースの血を引くトアース[*16]の娘と言われます。
「バッコスが祖父です。バッコスの奥方は額に冠を載せ、
　かわいい星座となって星の光を輝かせています。」
レームノスを婚資としましょう。農夫のために心優しい土地です。
　私を結納の奴隷の一人にしてもらってもかまいません。
私は出産もしました。二人のために喜んでください、イアーソーンよ。
　私が身籠った重荷は授けてくれた人のおかげで快いものでした。
私は数のうえでも幸運[*17]です。双子の子供を

　授かりましたから。ルーキーナ[18]様のご加護で倍の目が出たのです。
誰に似ているかとお尋ねですか。あなたの子だと分かります。
　裏切ることは知りませんが、その他は父親似です。
もう少しで彼らを母親の名代として送り出すところでしたが、
　非情な継母のせいで踏み出した道のりを思い留まりました。
メーディア[19]が怖かったのです。メーディアは継母以上ですし、
　メーディアはどんな悪事にも手を染めるのですから。
兄[20]の体を八つ裂きにして野原に撒くことができた女です。
　私の子らに容赦することなどあるでしょうか。
ああ、コルキスの毒薬に魂を抜かれたのか、こんな女を
　あなたはヒュプシピュレーの褥よりよいと思ったそうですね。
恥知らずなあの女は乙女の身で妻ある男と不義を結びました。
　私をあなたに、あなたを私に結びつけたのは貞淑な松明です。
あの女は父親を裏切りました。私はトアースを殺戮から救いました。
　コルキス人は見捨てられましたが、私はずっとレームノスにいます。

でも、それがなんでしょう？　罪深い女が心正しい女を負かし、しかも
　罪悪を婚資として妻の座を勝ち得たのですから。
イアーソーンよ、私はレームノス女の所行を非難し、褒めはしません。
　どれほど臆病な者も悲憤に駆られれば武器を執るのです。
さあ、言ってください。意地悪な風に流され、そうすべきだったとおり、
　あなた自身もお仲間も私の港に入ったとしてみましょう。
そして、私が双子の赤ん坊を連れて出迎えたとしてみましょう。
　きっと、あなたは、大地よ、わがために裂けよ、と願ったはずです。
罪深き男よ、どんな顔を息子らに、どんな顔を私に見せるのでしょう？
　不実を贖うためにどんな殺され方がふさわしかったでしょう？
でも、あなたの身柄は私のおかげで安全に保護されたでしょう。
　それがあなたにふさわしいからではなく、私が心優しいからです。
妾女は血祭りに上げて、この目で見届けてやったでしょう。
　そして、あの女が毒薬で奪い去った目にも見届けてもらいます。
メーデイアには私がメーデイアになりましょう。でも、もしや天から

公正なユッピテルが私の祈願[*21]に手を差し伸べてくださるなら、
私の褥をくすねた女も、いまヒュプシピュレーが嘆いているとおりの
　悲嘆に沈み、自分の遣り口を身に沁みて分かりますように。
いま私に妻としても二人の子の母としても頼れる人がないように、
　あの女も同じ数の息子と夫を失いますように。
悪しき儲けを持ち続けることなく、倍返しで手放しますように。
　国を逐われ、世界中に逃げ場を探しますように。
妹として兄に、憐れな父に
　娘としてしたように、息子らにも夫にも冷酷でありますように。
海でも陸でも万策尽きて、空に望みをかけますように。
　放浪の中で困窮し、絶望し、自分の流血で赤く染まりますように。
このようなことを私、結婚で騙されたトアースの娘は祈願します。
　新婦も新郎も呪われた寝床でどうか末長く。

第七歌　ディードーからアエネーアースへ

伝承　フェニキアの王女ディードーは夫シュカエウスを、その財を狙った実の兄ピュグマリオーンに殺され、夢枕に現れた夫の霊の忠告に従って、仲間とともに故国を捨て、アフリカ北岸、現在のチュニジアのあたりに渡り、そこに新たな国を建てようとした。この建設途上の都カルターゴーに、ギリシア軍との戦争に敗れた故国トロイアから落ち延びた英雄アエネーアースの船団が漂着する。英雄の使命はのちのローマとなる国の礎を築くことにあり、シキリア西端のエリュクスから出港したあと、トロイア人に怒りを抱くユーノー女神が風神アイオロスに引き起こさせた嵐により、目指したのとは正反対のカルターゴーに甚大な損害を蒙りながら流されてきたのだった。助けを必要とするトロイア人をディードーは手厚く遇した。さらに、アエネーアースの母である女神ウェヌスの介入により英雄に恋心を抱き、ユーノーもそこに介在して夫婦の契りを交わしたと信じた。しかし、アエネーアースはイタリアに向けて出発せねばならず、二人の関係は破局を迎え、ディードーは――のちのポエニー戦争を予示しつつ――カルターゴーが永遠にローマと敵対するようにという呪詛とともに自害する。ウェルギリウス『アエネーイス』第一、四歌に語られたところを主要な典拠とする物語。

第七歌は、ディードーが自害の直前にアエネーアースに宛てて、後悔、未練、痛憤、怒りなど交錯する心情を吐露する手紙という体裁を取る。

さながら、運命に召されようとして湿地の草の上に身を横たえ、
　マイアンドロス[*1]の川辺で歌声を響かせる白鳥[*2]のよう。
そなたの心が私の嘆願に動かされると期待してはいない。
　私の呼びかけは神の意志に反しているのだから。
でも、これまでの功労も名声も体と心の操も
　台無しにしたいま[*3]、言葉など無にしても些細なこと。
心は決まっているのか、やはり行くと。哀れなディードーを捨てると。
　そうして、同じ風が帆と約束の言葉を一緒に運び去るのか。
心は決まっているのか、アエネーアースよ、盟約とともに纜《ともづな》を解き、

　どこにあるとも知らぬイタリアの王国を求めて行くのだと。
心惹かれぬか、カルターゴーの新都にも、伸張する
　城市にも、そなたの王笏に託された国権にも。
そなたは完成したものに背を向け、未完のものを目指す。世界中を
　探しまわるべき国と、もう探し当てた国とがそなたの前にはある。
だが、国を見つけても、誰がそなたのものだと言って引き渡すだろうか。
　誰が自分の田畑を見知らぬよそ者に手渡すだろうか。
きっと、もう一人の恋人、もう一人のディードーがいるに違いない。
　この女をまた誑かして、もう一度約束の言葉を与えるつもり。
いつになるのか、そなたがカルターゴーに比肩する都を建設し、
　城塞の高みよりそなたの国民を見る日は。
すべてが成就し、そなたの望みどおり順調に事が運んだとしても、
　このようにそなたを愛する妻がどこで見つかるのか。
私は焦がれている。まるで硫黄を含ませた蠟の松明のように、
　まるで煙を上げる祭壇に加えられた香のように。

アエネーアースから私の目はつねに離れず見つめ続け、
　アエネーアースの姿は体を休めた夜も私の心によみがえる。[*4]
あの男はたしかに恩知らず、私の温情に応えることもなく、
　私が愚かな女でなければ、片づけてしまいたい相手。
でも、アエネーアースからどれほど悪しく思われても、私は憎めず、
　不実を嘆き、嘆くほどになお愛の深みに落ちる。
ウェヌスよ、あなたの嫁を助けたまえ。つれない弟を捕まえたまえ、
　兄であるアモルよ。彼にあなたの陣営での軍務に就かせたまえ。
あるいは、私が火をつけ、それでよかったと思うこの恋、
　あの男に私の思いを燃やす薪を出させようか。
いや、血迷うな。こんなのは幻想だ。血迷っているから思い浮かぶのだ。
　あの男は母親とは性質が違う。
そなたは岩や高き崖に生えた
　オークの木、あるいは非情な野獣が産み落とした子か、
さもなくば海の子だ。いまも風で荒れるのを目にしながら、

そなたは潮に逆らってでも海へ乗り出すつもりなのだから。
どこへ逃げるのか。嵐が阻んでいる。嵐よ、私に味方しておくれ。
　そなたも見るがいい、東風が海水を激しく巻き上げるさまを。
そなたに頼めればよかったけれど、いまは暴風に頼むしかない。
　風や波のほうがそなたの心より正義を弁えているのだから。
私はそれほどの女ではないし、そなたのことは見損なっていないはず。
　だから、私から逃げようとして大海原に命を落とすことはない。
そなたが抱く憎しみの値段はとても高いもの、
　そなたは私との片がつくなら死んでも安いと思っているのだから。
やがて風もやみ、波も平らにならされて、
　トリートーン[*5]が群青色の馬車を駆って海原を走るはず。
そなたの心も願わくは風とともに変わるものならよいのに。
　そして、オークの木にも負けぬ情知らずでないかぎり、変わるはず。
まさか、荒れ狂う海がどれほどの力を揮うかご存じないはずがない。
　何度も試みては手ひどく裏切られたのに、まだ波を信じるのか。

たとえ大海にも誘われながら纜を解くとしても、
　それでも、広大な洋上には多くの惨事が起こる。
それに、約束に背いたことは海に挑むとき不利に働き、
　海は裏切りに処罰を科す場所となる。
わけても愛が傷つけられたときにはそうだ。愛神の母が
　裸身を現したのはキュテーラの水面からと伝えられるから。[*6]
でも、わが身の破滅が破滅を呼び、危害に危害を返してはいけない。
　敵が難破して海の水を飲むことがあってはいけない。
どうか、生きて。殺すより生かすほうがそなたを破滅させる上策。
　そなたはむしろ私を死なせた原因と人に言われるがいい。
さあ、想像してみよ――これが凶兆とならねばよいが――激しい
　渦潮に捕まったとき、そなたはどんな心持ちになるのか。
すぐさま心に浮かぶのは偽りの舌による誓い破り、
　プリュギアの欺瞞[*7]により死に追いやられたディードーのこと。
目の前に立つ騙された妻の姿は

　悲しみにくれ、髪振り乱し、血にまみれていよう。
いまが大事ゆえ、そのときになれば「悪かった。赦せ」と言うつもりか。
　降りかかる雷電がすべてそなたを狙ったものと思い至るのか。
海とそなたの非情さに少しの猶予を与えよ。
　待つ見返りは大きい。無事な海路となるのだから。
私はそなたが心配なのではない。幼いイウールス[8]を気遣ってほしいのだ。
　そなたには私の死という勲章があれば十分。
幼いアスカニオスや王家の守り神にどんな罪があるのか。
　猛火から救い出した神[9]を海の藻屑とするのか。
だがいま、不実な男め、その自慢の種をそなたは携えていない。
　そんな神具も父親もそなたは肩に背負ったことはないのだ。
そなたの言うことはみんな嘘。そなたの舌が裏切りを働いた
　手始めは私ではないし、私が痛みを蒙る最初の女でもない。
美しいイウールスの母親[10]はどこにいるか、捜してみよ。
　薄情な夫にたった一人置き去りにされ命を落とした。

そうそなたは語っていた。警告には十分だった。身から出た錆だ。 八五
　この身を焼き焦がせ。私の罪に比べて小さすぎる罰だろうから。
私には確信がある。必ずやそなたはそなたの奉じる神々に断罪されよう。
　海路、陸路で翻弄されていまは七年目の冬。
高波が打ち上げた男を私は安全な船泊まりに迎え、
　名前すらよく聞かぬうちに王国を与えた。 九〇
だが、これだけの尽力で満足していればよかった。
　褥をともにすることで私の名声を葬り去らねばよかった。
仇となったのはあの日、私たちが山腹の洞穴へ
　突然降り出した青黒いほどの雨により押し込められたこと。[11]
私はある声を聞いた。ニンフらが呻ったのだと思った。 九五
　だが、復讐女神が私の運命に合図を送っていたのだ。
処罰を科せ、傷ついた恥の心よ、犯された閨房の 九七
　掟よ、私が灰となるまで保てなかった名声よ、 九七a[12]
そして、私の崇める神霊よ。シュカエウスの魂と灰よ、 九七b

あなたのところへ私は情けなくも恥入りながら参ります。
私は大理石造りの社にシュカエウスを祀った[*13]。
　枝葉を捧げ、白い羊毛皮をかけてある。
ここから聞き慣れた口調で四たび呼ばれているのが分かった。
　他ならぬあの人がか細い声で言った、「エリッサよ、おいで」と。
いますぐ参ります。参りますとも、あなたに定められた妻ですから。
ただ、私の過ちを恥じる心から二の足を踏んでいるのです。
罪を赦してください。騙されても不思議のない騙し手でした。
　私の咎に対する嫌悪を減じるような男なのです。
女神を母親とし、年老いた父親を旅路の荷とする孝行ぶり、
　それに違わず夫として留まってくれると期待させました。
道を誤る定めだったとすれば、誤りの原因は褒められるべきもの。
　約束さえ守れば、どこを見ても申し分ないでしょう。
ああ、最後まで変わらず、わが人生の終点まで
　つきまとうのか運命は、以前のままの足取りで。

夫は屋敷内の祭壇の前で斬殺されて命を落とした。
　そのような大罪から褒賞を兄が手にし、
私は国を逐われた。夫の灰と祖国をあとに残し、
　敵に追われるまま険しい道を進む。
見知らぬ土地に船を着け、兄と海を逃れたとき、
　私は、不実な男よ、そなたへの贈り物とした海岸を買う。
都を造営し、どこまでも広々とうち立てた
　城郭は近隣の地が羨むものとなった。
戦争の脅威がふくらみ、異国女の身で私は戦争を挑まれるが、
　経験不足から都の城門や武器の備えもままならない。
私に求婚した千人の男たちは声を合わせて私を詰った、
　素性の知れぬ男を自分たちとの婚礼より大事にした、と。
何を躊躇する。私を捕縛し、ガエトゥーリアのイアルバース[*14]に引き渡せ。
　そなたの犯す罪のためならこの両手を差し出そうではないか。
兄も控えている。その不敬な手ならきっと

　私の返り血を浴びるだろう。すでに夫の血に濡れたのだから。
おろすがいい、神像とおまえが手に触れて穢している神具を。
　天上の神々を不敬な右手で崇めるのは悪しきことだから。
そなたは神々を崇めるつもりで火炎から救い出しただろうが、
　炎から救い出されたことを神々は悔やんでいる。
ああ、罪深き男よ、置き去りにされるディードーは身重かもしれぬ。[*15]
　そなたの胤が私の胎内に隠れているかもしれぬ。
母と運命をともにする子が不憫ではないか。
　そなたは未だ生まれぬ息子を殺す下手人となるのだ。
母親とともにイウールスの弟が死ぬことになる。
　一度の処刑が二人を同時に奪い去るのだ。
「だが、神が行けと命じる」。神には来訪を禁じてほしかった。
　フェニキアの土をテウクリア人[*16]に踏ませてほしくなかった。
無論、この神の差し金でそなたは意地悪な風に翻弄され、
　荒れる灘で長い時間を費やしているのだ。

そなたはペルガマへ戻るにもこれほどの労苦をかけたろうか、
　それがヘクトール存命中のペルガマであったとしても。
そなたの目指す地は故国のシモエイス川ではない。テュブリス[*17]の川波だ。
　無論、望みの場所へ着いても、そなたはよそ者となるだけだ。
その土地は隠れている[*18]。身を潜めてそなたの船を避けているではないか。
　目指した地にやっと着いてもそなたは年老いていよう。
それよりも、遠回りはやめて、婚資としてこの国民を、
　そして、私が携えてきたピュグマリオーンの富を受け取るがいい。
イーリオンをテュロスの都[*19]へ移し替えよ。そのほうが幸せだ。
　王となって国権と神聖な王笏を握るがよい。
そなたの心が戦争を渇望するなら、また、イウールスの求めるものが
　己の武功により凱旋の行列を勝ち取る相手だというなら、
足りぬもののないように、征服すべき敵をも用意してやろう。
　この地では平和の掟と戦争の具といずれを用いてもよい。
さあ、母なる女神にかけて、兄弟神の武器たる矢にかけて、

　亡命の道連れたる神々とダルダニア[20]の神具にかけて、
そなたが連れ出したそなたの一族の誰もが生き残るよう、
　かの荒ぶる戦争をもってそなたの苦行が終わりとなるよう、
アスカニオスが幸せに寿命をまっとうするよう、
　老アンキーセースの遺骨が安らかに眠るよう祈るゆえに、
どうか、わが家を助けよ。それはそなたのものだ。もう引き渡してある。
　私にどんな罪があるというのか、ただ愛したこと以外には。
私はプティーアの生まれでも大都ミュケーナイ[21]の出でもなく、
　私の夫も私の父もそなたに立ち向かったことはない。
私が妻として恥だというなら、新妻ではなく、宿の女将と呼んでもよい。
　そなたの女であるかぎり、ディードーはいかなる境遇も辛抱しよう。
私はアフリカの海岸に打ちつける潮をよく知っている。
　航路を開く季節と拒む季節は決まっている。
そよ風が航路を開くとき、帆布を風に広げるがよい。
　いまは岸に引き揚げた船を軽い海草が引き留めている。[22]

時機は私が見定めよう。私に任せておくほうが確実に船出できようし、
　そなたが留まろうと望んでも、この私がそうはさせぬ。
そなたの仲間も休息を求め、痛めつけられた艦隊は
　まだ修理半ばで、なおわずかな猶予を求めている。
そなたは私に尽力してくれた。これからも恩義に与るかもしれぬ。
　結婚の期待も抱かせた。それらにかけて、ほんの少し時間を求める。*23
海と愛が静まるまで、時とともに馴れて
　私がしっかりと悲しみに耐えるすべを身につけるまでの時間だ。
それが叶わぬなら、私は命を捨て去る覚悟。
　そなたが私に酷く当たることも長くは続かぬ。
願わくは、いま私が書き記している姿をそなたに見てほしいもの。
　書いている私の懐にはトロイアの剣がある。
いまは頬をつたって涙が抜き身の剣の上へこぼれているが、
　その剣はやがて涙ではなく血に濡れることとなろう。
そなたの贈り物は私の死の運命になんとよく似合うことか。

そなたは安上がりに私を葬り去ってくれる。
しかも、私の胸が剣で突かれるのはいまが初めてではない。
この胸には非情な愛の傷があるのだから。
妹アンナよ、アンナ。わが過ちの共謀者[*24]よ。
すぐにおまえは私の灰に最期の贈り物を捧げるだろう。
私の火葬が済んだら、「シュカエウスの妻エリッサ」との銘は刻まず、
ただ、大理石の墓石にこんな歌を記すように。
「引導と剣とをアエネーアースが渡すと、
ディードーはみずから手を下して果てた」。

第八歌　ヘルミオネーからオレステースへ

伝承　ヘルミオネーはスパルタ王メネラーオスと后ヘレネーの娘で、ホメーロスによ

れば、メネラーオスがトロイア遠征中にアキッレウスの息子ネオプトレモス（別名、ピュッロス）に嫁がせる約束を交わし、ネオプトレモスが帰還したときに婚礼が行なわれた、とされる。しかし、悲劇の伝承では、トロイア戦争前にヘルミオネー（開戦のとき九歳だったとの伝えもある）とオレステースとの婚約が結ばれていたのに、トロイアでメネラーオスがネオプトレモスの加勢を得るためにヘルミオネーを与えることにしたという。このため、オレステースとヘルミオネーの結婚が解消されたが、解消が可能になったのは、この結婚がメネラーオスの知らない間に行なわれたから、あるいは、メネラーオスの留守にオレステースの祖父であるテュンダレオスが主宰したからとされる。ネオプトレモスとヘルミオネーのあいだには子供ができなかったため、その理由を尋ねにデルポイの神託伺いに出かけたときにネオプトレモスはオレステース（もしくは、彼の手先）によって殺された。オレステースとヘルミオネーは再び結ばれ、ティーサメノスという息子をもうけた。

アキッレウスの子ピュッロスが父親譲りの手荒な気性で、
　掟にも人の情けにも背いて私を留め置いています。
私は力のかぎり拒みました。留め置きに同意だけはしませんでした。

他にどんな力が女の細腕にあったでしょうか。
「やめて、アイアコスの裔よ。[*1] 私にも後ろ盾はある」と私は言いました。
「ピュッロスよ、この身にもちゃんとご主人様がいるのですよ」。
でも、あの男は潮の瀬より聞く耳遠く、オレステースの名を叫ぶ私を
己の館へ引きずって行きました。摑まれた髪が乱れました。
これより酷い目に遭ったでしょうか、スパルタが陥落して奴隷女となり、
ギリシアの娘らともども蛮族の軍勢にさらわれたとしても。
アカイアの勝者もアンドロマケー[*2]には手荒な扱いをもっと控えました。
ダナオイ勢の火炎がプリュギアの富を焼き払ったときのことです。
でも、オレステースよ、私を大切に思う気持ちで心が動くなら、
臆することなく、あなたの正当な権利を行使してください。
それとも、囲いを破って家畜を奪おうとする者があれば、
武器を執るのに、妻を奪われたときは二の足を踏むのですか。
父上を見倣ってください。奪い取られた花嫁を取り戻そうとし、
妻を大切に思うばかりに戦争まで起こしたのです。[*3]

もし父上が意気地なく独り身の王宮で鼾《いびき》をかいていたら、
　母はまだパリスの花嫁のまま変わらずにいたでしょう。
でも、用意する必要はありません、帆をふくらませた千艘の船も、
　ダナオイ勢の兵員も。ただ、あなたご自身が来てください。
とはいえ、それが私の取り戻し方でしたし、夫の恥ではありません、
　愛妻のために苛烈な戦争を耐えたとしても。
それに、私たちの祖父は同じです。ペロプスの子アトレウスです。*4
　あなたは私の夫にならなくても、従兄でした。
お願いです。夫が妻に、従兄が従妹に救いの手を差し伸べてください。
　これはあなたの二つの名前にかけて果たさねばならない仕事です。
長命の生涯により意向を重視されるテュンダレオス*5が私をあなたに
　嫁がせました。孫娘についての判断は祖父が下していたのです。
ところが、父はそれを知らず、アイアコスの裔に約束を与えました。
　でも、父よりも、生まれた順が早いだけ、祖父の力がまさります。
あなたに嫁いだとき、私の結婚は誰の障りともなりませんでした。

もしピュッロスと結ばれれば、私はあなたを傷つけてしまいます。

父メネラーオスも私たちの愛を許してくれるでしょう。

　自分が翼ある愛神の矢に屈したことがあるのですから。

自分が愛に身を委ねたことがあれば、婿殿にも愛を譲るでしょう。

　母も助けてくれるでしょう。自身が愛された先例なのですから。

あなたと私の関係は父と母の場合と同じです。昔その役を演じたのは
　トロイアからの来訪者でしたが、いまはピュッロスが演じています。

彼が父親の事績ゆえに際限なく高慢ぶりを示そうとも、
　あなたにだって、父上の功績を語ることができます。

タンタロスの裔[*6]の命令権は全将兵に、アキッレウスにすら及びました。[*7]

　あちらは将兵の一人ですが、こちらは大将の中の大将でした。

あなただって、曾祖父ペロプスからペロプスの父上へと辿れば――

　あいだを数えてみましょう――、ユッピテルから五代目に当たります。

武勇も備えています。あなたが揮った武器は厭わしいものでした。[*8]

　でも、どうしようもありません。父上のためだったのですから。

もっと立派な仇を相手にあなたの勇気が示されたらよかったと思います。
　でも、あなたが事をなす大義は決まっていて選べませんでした。
それでも、あなたは大願を成就し、アイギストスは首を掻かれました。
　先にはお父上の血で濡れた館を彼の血で濡らしたのです。
アイアコスの裔はそれが武勲ではない、罪行だと言って非難します。
　それで私に睨まれても一向に平気です。
私の堪忍袋の緒が切れ、顔まで心ともども怒りで沸き立ちます。
　胸の中を焦がす炎で痛みがつのります。
ヘルミオネーの面前でオレステースを難じた者があるというのに、
　私には力もなく、目にもの見せる剣もないのでしょうか。
たしかに泣くことはできます。泣くことで私は怒りを水に流します。
　胸をつたって涙が川のように流れます。
涙だけはいつもあるのですから、私はいつも注ぎ出します。
　顔は決して乾くことなく、頬が見苦しく湿っています。
一家の運命が私たちの世代にまでつきまとっています。そのせいで

　タンタロスの血筋の女たちはさらうのに格好なのでしょうか。
川に浮かぶ白鳥の偽り[*9]のことは言うまでもありません。
　ユッピテルが羽毛に身を包んで化けたことを嘆きはしません。
長く延びた地峡が二つの海を隔てているところで、
　ヒッポダメイアは異国の馬車で運び去られました。[*10]
アミュクライのカストールとアミュクライのポリュデウケースに
　タイナロス生まれの母はモプソピアの都から返されました。[*11]
タイナロスの母上はイーデー山から来た客人に海の向こうへさらわれ、
　自分のためにギリシアの軍勢を戦場へ向かわせました。[*12]
私もかろうじてですが、たしかに覚えています。どこも嘆きで、
　どこも不安と恐れで満ち満ちていました。
祖父も、母の妹ポイベーも、双子の兄弟も涙を流していました。
　レーデーは天上の神々に、また、父神ユッピテルに祈りました。
私自身も、まだ長く伸びてはいなかった髪をかきむしり、
　叫んでいました、「お母さん、私をおいて行ってしまうの？」と。

夫は留守でした。私もペロプスの血筋でないと思われないように、
　こうして、ネオプトレモスに略奪される用意が整っていました。
ペーレウスの子がアポッローンの弓矢を避けられたらよかったのに。[*13]
　ならば、この息子の不埒な所行を父親が咎めているでしょうに。
アキッレウスはかつて嫌悪しましたし、いまも嫌悪したはずです、
　夫が妻を奪われ、ひとりで涙を流すことを。[*14]
私がどんな悪いことをしたというので、神々は辛く当たるのでしょう。
　どんな星回りが障りとなって私は不幸を嘆く身なのでしょうか。
小さかったとき、母もいなければ、父も出陣していました。
　二人とも存命であるのに、二人とも私から奪われていたのです。
お母さん、私がまだ年端も行かぬ頃、甘える言葉をあなたに
　たどたどしい口調で言うことはありませんでした。
私がまだ短い腕であなたの首を抱きしめることはありませんでした。
　私があなたの胸にだっこされることはありませんでした。
あなたが私の身だしなみに心を配ることはなく、私が婚約したとき、

　移った新しい寝間は母が調えたものではありませんでした。
あなたがお帰りのとき、迎えに出た私は――本当のことを申します――
　母親の顔に覚えがなかったのです。
でも、あなたがヘレネーであることは、まれに見る美しさで分かりました。
　ところが、あなたは自分の娘に向かって尋ねました、誰なのか、と。
私の幸運はただ一つ、オレステースが夫になったことだけです。
　その夫も、自分の身を守って戦わなければ、奪われてしまいます。
父が勝利の帰還を果たしたのに、ピュッロスが私を捕らわれ女としています。
　これがトロイア陥落のもたらした恩恵なのです。
それでも、太陽神が光芒を放つ馬車を駆って高天にあるとき、
　私は不幸の中にもまだそれなりの自由を味わえます。
夜、私はいつでも激しく呻き、咽《むせ》びつつ部屋に
　籠って悲嘆にくれ、床の上に倒れ伏します。
眠る代わりに、両目はそれが自分の務めのように涙をこぼします。
　できるだけ私は仇から逃げるように夫を避けます。

不幸のせいで頭が何度も真っ白になり、現況を忘れ、どこにいるかも
　分からぬまま、私はスキューロス生まれの[*15]男の体に触れました。
でも、その罪深さに気づくや、私は触れてはならぬ体から離れ、
　自分の手を穢してしまったと思います。
何度もネオプトレモスの名前の代わりにオレステースの名が
　口から洩れますが、言い間違いは吉兆に思えて好ましく感じます。
私は誓います、不運な家系と家系の祖なる神にかけて――
　それは海と大地と自身が住む天の王国を統べる神です――
私には叔父に当たるお父上の灰にかけて――あなたのおかげで
　お父様は雄々しい復讐を果たされ、墓の下で眠っています――
私は先に命を断ち、若いうちに一生を終えるか、さもなくば、
　タンタロス家の娘である私はタンタロス家の男子の妻となります。

第九歌　デーイアネイラからヘーラクレースへ

伝承　無双の英雄ヘーラクレースは、カリュドーン王オイネウスの娘デーイアネイラを妻に迎えて帰国の途上、増水したエウエーノス川を渡る際、半人半馬の種族ケンタウロスの一人であるネッソスが英雄の新妻を背中に乗せて渡すと偽りの申し出をしてさらおうとしたことから、これを矢で射貫いて殺した。ネッソスは死に際に、復讐を意図して自分の流した血に浸した衣をデーイアネイラに渡し、ヘーラクレースの心が彼女から離れたときには、これを贈れば愛を取り戻せる、と言った。しかし、ネッソスの血には致死の猛毒が混ざっており、それに浸された衣を着れば、ヘーラクレースの命はない。そののち、エウボイアの町オイカリアを陥落させたヘーラクレースが捕虜とした王女イオレーに心を奪われているという噂がデーイアネイラに届いた。彼女はネッソスに言われたとおり、致命の衣を夫に届けさせたあと、この手紙を書いている、そして、そのあいだに、ヘーラクレースが猛毒に冒されているとの知らせがもたらされた、というのが第九歌の設定である。ヘーラクレースの死にいたる次第をオウィディウスは『変身物語』九・一三四―二七二で描いている。

オイカリアの名が私たちの戦勝碑に加えられたのはめでたいことですが、
　勝者のあなたが敗戦国の女の前に身を屈めてしまったのは残念です。
人づての知らせが突然ペラスゴイ勢[*1]の町々に届きました。
　あなたの功業を見れば間違いと分かる醜聞です。
あなたは決してユーノーにも、数えきれない苦難の連続にも
　屈しなかったのに、イオレーの軛につながれたというのですから。
これはエウリュステウス[*2]なら望むところ、雷神の妹[*3]もそう望み、
　あなたの生涯の汚点に継母の喜びを覚えるでしょう。
でも雷神は望みません。だって、信じてよいなら、たった一晩だけでは
　あなたほどの大きな胤を宿らせるには不足だったのですから[*4]。
あなたにはユーノーよりウェヌスの害が甚大です。ユーノーの迫害は
　あなたの名を高めましたが、ウェヌスは首を踏みつけにしています。

思い出してください、世界を護り、平和にしたあなたの力を。それは
　紺碧のネーレウス[*5]が広く大地を取り巻くどんな場所にも及びます。
あなたこそが陸上の平和の恩人であり、安全な海の恩人です。
あなたの功績は東西両方の太陽の家[*6]のあいだに満ち満ちました。
あなたは天に昇る定め[*7]ですが、その前に天があなたの上に載りました。
　アトラースが支えた星々をヘーラクレースも背負いました。[*8]
でも、それで得たものはひどく恥さらしな悪評以外に何があるでしょう。
　これまでの功業の仕上げに悪徳の汚名を呼び込んでいるのですから。
あなたですね、二匹の蛇を摑んで押さえつけた[*9]と言われているのは。
　揺籃にくるまる幼少時にはすでにユッピテルにふさわしかったのです。
締めくくりより始まりがまさっていました。終着点が出発点より
　後退しています。違うのです、子供のときと成人してからで。
あなたには、千頭の野獣も、ステネロスの子[*10]の敵意も、
　ユーノーも勝てなかったのに、アモルが打ち負かしています。
でも、私は良い結婚をしたと言われます。ヘーラクレースの妻と呼ばれ、

激走する戦車から天高く雷鳴を轟かす神[*11]が舅だからというのです。
けれども、不釣り合いな雄牛同士を一つの鋤につなぐのが難しいように、
　夫の偉大さに比して見劣りする妻は苦労します。
それは栄誉ではありません。見栄えだけで、担ぐと痛いほどの重荷です。
　女が幸せな結婚をしたいなら、似合いの人と結婚することです。
私の夫はいつも留守で、伴侶というより旅人の名がふさわしく、
　怪物や恐ろしい野獣どもを追いかけてばかりです。
私自身は独り身の家で一心に貞淑な祈りを捧げながら、
　敵の攻撃によって夫が倒れはしまいかと、身を苛まれる思いです。
自分のまわりに蛇や猪や貪欲な獅子や
　三つ首で食らいつく犬を思い描いて苦悶します。[*12]
家畜の内臓[*13]や夢に見る空虚な幻影、
　夜の秘儀に求められた予兆に動揺します。
不幸が私にあやふやにささやかれる噂まで追い求めさせます。
　儚い希望で心配を払っても、また心配になって希望が失せます。

お母様は留守で、力ある神[*14]に好かれなければよかったと言っています。
　お父上アムピトリュオーンも息子のヒュッロスもここにいません。
エウリュステウスがユーノーの敵意の執行人であることを
　私は身に沁みて感じます。かの女神の怒りの長く続くこと。
これだけ辛抱してもまだ足りず、あなたが異国の愛人を抱えます。
　どの女もあなたの子を宿して母親になれるのです。
私はパルテニオスの谷で乱暴されたアウゲー[*15]のことや、
　オルメノスの孫のニンフ[*16]の出産のことは言いません。
テウトラースの孫である、大勢の姉妹たち[*17]のことも咎めません、
　あなたは彼女らに一人残らず手をつけましたが。
一人だけ、まだ新しい過ちですし、不義の相手を挙げましょう。
　この女[*18]のせいで私はリューディア人ラモーンの継母になりました。
マイアンドロス川[*19]は、同じ土地の上で蛇行を繰り返し、
　うんざりするほど流れを何度も元のほうへ戻すあいだに、
ヘーラクレースの首に首飾りが掛かっているの[*20]を見ました。

天さえも軽々と支えたあの首にです。
恥とは思わなかったのですか、屈強な腕に金の飾りを巻き、
　頑丈な腕っぷしに宝石をつけても。
もちろん、この腕、これに押さえ込まれてネメアの災い[*21]が息を
　絶やしたので、その毛皮があなたの左肩を被っているのですよね。
あなたは大胆にも剛毛の髪にヘアバンドを巻きました。
　ヘーラクレースの髪には白いポプラのほうが似合いますのに。
あなたがいたずら好きの娘のようにマイオニア[*22]の
　腰帯を巻くのを不面目とは思わないのですか。
あなたには野蛮なディオメーデース[*23]の姿が思い浮かびませんか、
　人間を馬の餌にした残虐な男の姿が。
そんな格好のあなたをブーシーリス[*24]が見たとすれば、
　こんな相手に負けたかと、恥辱に感じるに違いありません。
アンタイオス[*25]はあなたの固い首から首飾りを奪い取るでしょう。
　そうして、女々しい男に屈した悔しさを消そうとするでしょう。

あなたはイオーニア[*26]の娘たちに混じって糸紡ぎの籠を手にし、
　女主人の一喝に怯え上がっていたそうですね。
アルキーデース[*27]よ、あなたは嫌がることなく、千の難業を克服した 七五
　あなたの手をなめらかな糸紡ぎの籠に差し出し、
たくましい指で粗い糸を紡ぎ出し、
　割り当ての量をそっくり美しい女主人に戻しているのですか。
ああ、あなたが固い指で糸を撚るあいだに、
　手の力があまっては、紡錘が何度壊れたことでしょう。 八〇
「本当ですか、鞭に逆らえず惨めに震えながら、
　女主人の足もとで、その一喝に怯え上がっていたというのは。
特別仕立ての行列、称賛の種子……」[*28]
女主人の足もとで……
　あなたが語っていた事績は口にすべきではありませんでした。 八四
つまり、巨大な蛇どもが喉を締め上げられながら、
　尻尾をあなたの幼い手に巻きつけたこと[*29]、 八五

テゲアの猪が糸杉の生えるエリュマントス山に
　ねぐらをかまえ、ものみな薙ぎ倒す重さで土地を荒らした顛末など。[*30]
また、トラーキアの館に打ちつけられた頭や、
　人間の血肉で太った雌馬どものことも、[*31] あなたは黙っていません。
また、ヒベーリアの家畜を豊かに抱えた三つ首の怪物、
　ただし、首は三つでも、体は一つのゲーリュオネースのこと、[*32]
やはり三つ首の犬が一つの胴体から枝分かれし、
　睨みを利かした蛇が髪の毛に編み込まれたケルベロスのこと、[*33]
傷に生命力があって再生し、
　損失を蒙るとかえって豊かになる蛇のこと、[*34]
あなたの左の脇と左の腕のあいだで
　喉を絞められ、ぐったりと重くぶら下がったライオンのこと、[*35]
足にも半人半馬の体にも自信を失いながら、
　あなたにテッサリアの尾根を逐われた騎馬隊[*36]のことなど。
これらのことをシードーン[*37]の衣服で着飾った姿で

　語るなんて。装いが舌の根を押さえて黙らせないのでしょうか。
イアルダノスの娘のニンフ[*38]はまた、あなたの武具で身を飾りました。
　勇者を捕らえて、世に聞こえた戦勝の記念を得たのです。
さあ、さあ、意気を高めて、勇ましい功績を数え上げなさい。
　あなたに代わって彼女が勇者となったのは当然です。
彼女のほうがどれほど偉大でしょうか。あなたは最高の勇者です。
　あなたへの勝利は、あなたが収めたどんな勝利より偉大です。
あなたの功績はそっくりそのまま彼女の手に移っています。
　財産を譲りなさい。あなたの愛人が功業の相続人ですから。
ああ、恥ずべきことよ、剛毛のライオンの脇腹から剝ぎ取られた
　ごつい毛皮が柔らかい女の腰を覆っているとは。
勘違いに気づきませんか。戦利品を奪ったのはライオンからではなく、
　あなたからです。野獣にあなたが、あなたに彼女が勝ちましたから。
女の身でレルナの蛇の毒で黒く染まった矢を携えました、
　羊毛を巻き取った糸巻棒の重みも十分に支えられないくせにです。

野獣どもを征服する棍棒で手を武装し、
　自分の連れ合いの武具を鏡に映して見たのです。
でも、これらは聞いた話ですから、ただの噂と思うこともできました。
　それに、耳から心に感じる痛みは穏やかなものです。
でも、異国の妾女[39]が私の目の前に連れてこられれば、
　私も辛抱しながら、辛抱していないふりはできません。
横を向いて見ないふりはできません。捕らわれ女として街の真ん中を
　行列するのですから、いやでも目に飛び込んできます。
この女は捕虜らしくありません。髪が手入れされていますし、
　隠そうとしても[40]、自分の地位が表情に出ています。
歩く姿はたっぷりの黄金でまわりの人目を集め、
　それは、あなた自身がプリュギアで着飾ったときのようです。
まるでヘーラクレースを負かしたかのように眼差し高く人々を見、
　両親も健在、オイカリアも安泰であるかと思うほどです。
おそらく彼女は、アイトーリア女のデーイアネイラを追い出し、

　妾女の名を捨てて、正妻になるつもりでしょう。
エウリュトスの娘イオレーとアーオニア[*41]のアルキーデースの
　恥ずべき体をヒュメーン[*42]が悪名高く結び合わせるのでしょう。
考えるだけで気が遠くなり、寒気が身体中に行き渡り、
　手は力を失くして胸元から動きません。
あなたは他にいくら女があっても、私への愛は無垢でした。
　後悔なさらぬよう申します。私のために二度もあなたは戦いました。
アケローオス[*43]は涙を流しながら、湿った川岸で自分の角を拾い、
　角の欠けた額を泥水の流れに沈めました。
エウエーノス川を死に場所にして半人半獣の
　ネッソスは馬の血で川水を染めました。
なぜ私はこんな話をするのでしょう。手紙の途中に届いた知らせが
　伝えています、夫が私の送った衣の毒で死にかかっている、と。
ああ、私は何をしたのか。狂気は私の愛をどこへ駆り立てたのか。
　不実なデーイアネイラよ、おまえはなぜ死をためらうのか。

それとも、夫がオイテー山上で無残に切り刻まれているのに、
　これほどの大罪の因をなしながら、おまえは生きていられるのか。
いまだそれを果たすことができれば、私がヘーラクレースの妻だと
　信じてもらえるなら、私は私の死を夫婦の証としましょう。
メレアグロス*[44]よ、あなたも私があなたの妹だと認めるでしょう。
　不実なデーイアネイラよ、おまえはなぜ死をためらうのか。
ああ、呪われた家よ。アグリオスは高い王座に座り、
　見捨てられたオイネウスを惨めな老年が苛んでいます。*[45]
兄テューデウスは見知らぬ岸辺に追放されています。*[46]
　もう一人の兄*[47]の命は運命の火にかかっていました。
母は自分の胸を剣で刺し貫きました。*[48]
　不実なデーイアネイラよ、おまえはなぜ死をためらうのか。
臥所の神聖不可侵な契りにかけて、これだけはお願いします。
　どうか、私があなたの破滅を企んだなどと思わないでください。
ネッソスが、貪欲な胸を矢で射貫かれたとき、

「この血には愛の魔力がある」と言いました。
あなたに送ったのはネッソスの毒を塗り込めた衣でした。
　不実なデーイアネイラよ、おまえはなぜ死をためらうのか。
いざさらば、お元気で、老いた父よ、妹ゴルゲーよ、
　祖国と、あなたの祖国から追い出された兄[*49]よ、
私の眼に映るも今日が最後の光よ、
　夫よ、もし叶うなら、お元気で、わが子ヒュッロスよ、お元気で。

第十歌　アリアドネーからテーセウスへ

伝承　クレータ王ミーノースと妻パーシパエーのあいだには、アリアドネーとパイドラーの姉妹とアンドロゲオースとグラウコスの兄弟があったが、パーシパエーは神の送った美しい雄牛に恋して、これと交わり、半人半牛の怪物ミーノータウロスを産む。

この怪物は、たまたまアテーナイを追放となり、クレータに来ていた工匠ダイダロスの作った迷宮に閉じ込められた一方、アンドロゲオースがアテーナイ人によって殺されたことから、その償いにミーノース王の求めた毎年男女七人ずつのアテーナイの若者の人身御供を食らっていた。テーセウスは志願して、その一人となり、ミーノータウロス退治を試みる。この英雄にアリアドネーは恋し、彼が怪物を殺したあと迷宮から脱出できるように、道標の糸を授けて助けた。事を成就したテーセウスはアリアドネーを連れてアテーナイへと船を出したが、途中の島ナクソスに立ち寄ったとき、彼女が浜でまどろんでいるあいだに出発してしまう。アリアドネーの目が覚めたとき、船は沖合に小さく見えるだけとなっていた。たった一人残された彼女は悲嘆にくれたが、バッコス神に見初められて妻に迎えられ、婚礼の冠は天に昇って、冠座となった。

第十歌は、置き去りにされたアリアドネーが、バッコス神の現れるまでのあいだに、テーセウスに宛てて嘆きを綴る手紙という体裁を取る。

どんな種類の獣でも、あなたより心優しいことが分かりました。
　どんな獣でも、あなたに身を預けるよりはましでした。
テーセウスよ、いまお読みのものを発信したのはあの海岸、

　あなたの船が私を残して出帆した海岸です。
そこで私は自分の眠りとあなたからひどい裏切りを受けました。
　あなたは私の眠りにつけ込んで悪らつな罠を仕掛けたのです。
時刻はまだ、ガラスのような霜が地面に
　降り始め、木の繁みで鳥たちがさえずる頃でした。
私ははっきりと目の覚めぬまま、眠気で力の入らぬ体を動かし、
　身を横にしてテーセウスに抱きつこうとしました。
誰もいませんでした。私は手を引っ込めてから、もう一度試し、
　寝床の向こう側まで腕を伸ばしますが、誰もいませんでした。
恐怖が眠気を振り落としました。驚愕して起き上がると、
　一人残された寝床から勢いよく飛び降りました。
そのまま即座に胸を手のひらで叩く音を響かせ、
　眠っていて乱れたままの髪を引きむしりました。
月が出ていましたから、海岸の他になにか見えないか眺めます。
　視界に捉えられるかぎり、海岸の他に目に入るものはありません。

いまは右、いまは左へと、どちらへも盲滅法に走ります。
　でも、深い砂地が小娘の足を鈍らせました。
そのあいだに私が海岸一面で「テーセウス」と呼ぶ声を上げると、
　くぼんだ岩山にあなたの名がこだましていました。
私が呼ぶたびに、その場所一帯もあなたを呼んでいたのです。
　場所一帯が私の不幸に救いの手を差し伸べようとしていました。
山がありました。頂上にまばらな繁みが見えます。
　そこから轟く波に削られた崖がせり出しています。
私はそこへ登ります。気持ちだけが力のもとでした。そうして広く
　沖の海面まで視線を送って見渡します。
すると、私は風にも残酷な仕打ちを受けたというわけですが、
　吹きつける南風でいっぱいに広がった帆布が見えました。
見たのが遺憾に思えるものが見えたとき、
　私は氷よりも冷たくなり、気が遠くなりました。
でも、悲憤のために気絶は長く続かず、悲憤に駆られ、

　駆られるままに声をかぎりにテーセウスに呼びかけます。
私は叫びます、「どこへ逃げるの？　戻りなさい、罪深きテーセウスよ、
　船首を回しなさい。乗っていない乗員がいます」と。
このように声を上げ、声で足りない分は胸を叩いて補いました。
　声と胸を叩く響きとを一緒に上げたのです。
聞こえなくても、せめて見えるように、
　両手を大きく振って合図をしました。
長い木の枝の先に白い布をつけたのです。
　もちろん、私を忘れた人々に思い出してもらうために。
あなたの姿はいまや視界から消え、ついに私は泣きました。
　それまでは瞼が緩んではいても悲憤のせいで麻痺していたのです。
何をしようにも、私の目には涙を流すことしかできませんでした。
　私がもうあなたの船の帆を見るのをやめてしまったのですから。
私は髪を振り乱し、たった一人でさまよいました。
　まるでテーバイの神バッコスに憑かれた女のようでした。

あるいは、海を見つめながら岩の上に冷えきった体で座りました。
　座った場所が石であったように、私自身も石になっていました。
私たち二人の身を預けた寝床に繰り返し何度も足を運びますが、
　身を預けた人の姿はもはや現れるはずもなく、
あなたに触れる代わりに触れられるのはあなたが残した跡、
　あなたの体の温もりがしみた敷布だけです。
その上に横たわると、こぼれる涙で寝床を濡らしながら、
　叫びます、「寝床よ、ここに寝たのは二人だった。二人に戻して。
私たちは二人一緒にここへ来たのに、どうして二人一緒に出発しないの？
　不実な床よ、私の半身はいまどこなの？」と。
どうすればいいの？　独りでどこへ行けばいいの？　島に人里はなく、
　目に映る人の影も牛の影もありません。
四方を海に囲まれていますが、どこにも水夫はいませんし、
　危うい海路を乗りきるための船もありません。
仮に道連れと船が見つかり、追い風が吹いたとして、

　どこへ向かえばいいのでしょう。父の国には近づけません。
幸運にも静かな海面を越えて船を滑らせたとしても、
　風神アイオロスが風を抑えたとしても、私は流刑の身です。
百の都が連なる島クレータよ、おまえを私が
　見ることはないだろう、ユッピテルが幼いとき知った島よ。
父と公正な父によって治められた国と、
　両方の愛しい名に背く行ないを私はなしたのだから。
あなたが敵を倒したあと曲がりくねる家に足止めされぬよう、
　歩みを元のところへ導いてくれる糸を私は授けました。
あなたはそのとき言いましたね、「他ならぬこの危難にかけて誓う、
　私たちが二人とも生きているかぎり、そなたは私のものだ」と。
私たちは生きていますが、私はテーセウスのものではありません。
　でも、男の偽誓に騙された女は死んだも同然でしょう。
邪な男よ、兄弟[*1]を倒した棍棒で私も殺してしまえばよかったのです。
　あなたの与えた言質が死によって解けたでしょうから。

［いま心に思うのは、これから耐え忍ぶであろうことや
　捨てられた女の誰もが耐え忍ぶはずのことばかりではありません。］
千通りもの死にざまが心に浮かびます。
　死ぬほうが死を待たされるより痛みが少ないのです。
いまにもこちらからか、あちらからか、来るのではないでしょうか、
　がつがつと牙で内臓を引き裂いてくれる狼たちが。
ひょっとすると、この地に褐色のライオンが生まれるかもしれません。
　ディーア[*2]に冷徹な雌虎がいないと誰に分かるでしょうか。
また、海からは巨大なアザラシが上がってくるという話です。
　私の脇腹を剣で貫こうとする輩を誰が止めてくれるのでしょうか。
固い鎖につながれて捕らわれ女にだけはなりたくありません。
　下女となった手で大きな糸玉から糸を紡ぎたくはありません。
私の父はミーノースで、母はポイボス[*3]の娘ですし、
　なにより心の支えとして、私はあなたと契りを結んだ女ですから。
海を見るたび、陸に延びた海岸を見るたび、

　陸にも海にも私は多くの脅威を感じます。
残るは天でしたが、いまの私は神々を思い浮かべると怖いのです。
　打ち捨てられたこの身は飢えた獣の餌食となるばかりです。
もしここに暮らしを営む男たちがいても、私は信用しません。
　痛い目を見て、異国の男を恐れることを学びましたから。
アンドロゲオースが生きていたらいいのに。それならば、不敬な所行を
　ケクロプスの都[*4]が人身御供で贖うことはなかったでしょうし、
テーセウスよ、あなたの右手がこぶのある棍棒を振り上げて
　半ば人間、半ば雄牛の怪物を叩き殺すこともなく、
私があなたに帰り道を教える糸を授けることもなかったでしょう、
　その糸をあなたが両手で何度も手繰り寄せながら元へ戻りました。
私は決して驚きません、勝利の女神があなたに味方して
　怪物の倒れる響きがクレータの大地に轟いたことを。
鉄の心を角で貫くことなどできないことだったのですから。
　身を庇うものがなくても、あなたの胸は安全だったのです。

そこにあなたは火打ち石や金剛石を装備しています。
　そこには火打ち石にも負けないテーセウスがいます。
残酷な眠りよ、なぜ私をなすすべないままにしておいたのか。
　一度寝入ったあとは私を永遠の夜で覆っておくべきだった。
風ども[*5]よ、おまえたちも残酷だ。待ってましたとばかり、
　仕事熱心に吹きつけて、私に涙を流させるのだから。
たしかにあなたの右手は残酷です。私も弟も破滅させましたから。
　でも、私がいただいた信義も残酷です。名ばかりでしたから。
眠りと風と信義が私に対して謀議をなしました。
　娘一人に三人がかりの裏切りが行なわれたのです。
では、私は死を前にして母の涙を見ることもなく、
　指で瞑目させてくれる人もないのでしょうか。
不運な魂は異国の空へ吐き出されるのでしょうか？
　遺体を安置して香油を塗ってくれる親族の手はないのでしょうか。
遺骨は埋葬されぬまま、その上に海鳥どもが群がるのでしょうか。

　このような弔いが私の献身にふさわしいのでしょうか。
あなたはケクロプスの都の港へ行き、祖国で歓迎されるのですね。
　群衆の注目を浴びながら意気揚々と立って
見事な物語をするときは、半人半牛の怪物の死や
　岩をくりぬいて迷いやすい道をめぐらした館に加えて、
私のことも荒寥とした土地に見捨ててきた、と物語ってください。
　私もあなたの栄誉の数からはずされるべきではありませんから。
お父上はアイゲウスではなく、あなたはピッテウスの娘アイトラーの
　息子でもありません。あなたの生みの親は岩山と海峡です。
神々よ、私の姿が艫《とも》の上に立ったあなたに見えるようにしてください。
　そうすれば、悲痛な姿があなたの表情を変えたでしょうに。
いまも、目ではなく、できるかぎり、心で見てください、
　さすらう波が打ち寄せる断崖にしがみついている私を。
見てください、喪に服したように解かれた髪を、
　雨に濡れたように涙で重い肌着を。

体が、北風に打たれる麦穂のように、震えています。
　文字も震える手で刻むので乱れます。
私の献身はよい結果を見ませんでしたから、そのために懇願はしません。
　私がしたことに感謝するには及びません。
でも、罰も必要ないのです。私が救い主ではないとしても、
　あなたが私を殺す主犯になる理由はありません。
嘆きに満ちた胸を叩き疲れたこの両手をあなたへ、
　遠い海の向こうへ不幸なこの身から差し伸ばしています。
これら残っているだけの髪の毛を悲しみにくれて示しています。
　あなたのしたことが流させる涙にかけて懇願します。
テーセウスよ、船首を転じ、帆の向きを変えて戻ってください。
　その前に私が死んでも、あなたに骨を拾ってもらえるでしょうから。

第十一歌　カナケーからマカレウスへ

伝承　風を支配する権限を与えられた王アイオロスには息子と娘がそれぞれ六人ずつあったが、末息子のマカレウスが娘の一人カナケーに恋して、誘惑し、妊娠させてしまう。カナケーには病気を装って姿を見せないようにさせたうえで、マカレウスは父親を説得し、娘と息子が結婚するように仕組む。しかし、組み合わせのくじでマカレウスはカナケーのくじを引き損なってしまう。アイオロスが事に気づいたときに剣をカナケーに送ったことから、彼女はこれを死の命令と解して自害する。マカレウスは父の心を宥めたのちに彼女の部屋へ行くが、死体を発見し、自分も同じ剣で自殺する。

第十一歌は、カナケーが自害の直前、マカレウスが朗報をもって彼女のもとへ向かっているときに、彼に宛てて最後の言葉を残した手紙という体裁を取る。

でも、もし文字がにじんで乱れ、分からないところがあれば、

　それは主《あるじ》の流した血の汚れが書面についたためです。
右手は筆を握り、もう一方の手は抜き身の剣を握っています。
　そして、私の膝の上には開いた用箋が置かれています。
このような姿です、アイオロスの娘が兄に手紙をしたためているのは。
　このようにすれば固陋な父の気に召すかもしれないと思うからです。
父自身がそばにいて私の死を見ていてくれたらどんなによいか。
　事を命じた当人の目で首尾を確かめられましたのに。
酷く、自らが治める東風よりもはるかに厳しい父ですから、
　頬を濡らすこともなく私の傷を眺めたことでしょう。
やっぱり、荒れ狂う風とともに暮らすだけのことはあります。
　父も臣下の民と心ばえが一致しています。
父は南風に、西風に、トラーキアの北風に、
　そして、いたずらな東風よ、おまえの翼に命令を下します。
命令を下すのは、ああ、風にです。膨れ上がる怒りには命令しません。
　掌握する王国は自身の欠点よりも小さいのです。

何の足しになるでしょうか、父祖たちの名をたどって天にいたり、
　家系のあいだにユッピテルを数えることができる[*1]としても。
この剣の威力が減じはしますまい。それは冥途の餞《はなむけ》、
　女の私が手に執るには似合わぬ武器ですけれども。
ああ、願わくはマカレウスよ、私たちを一つに結び合わせた
　あのときが私の死よりもあとにやって来てほしかった。
どうして、兄さん、兄の愛を越える愛で私を愛したりなさったのですか。
　私も、どうしてあなたと妹にあるまじき接し方をしたのでしょう。
私も身と心を燃やしました。どのような神かよく耳にしていた
　どこぞの神、その神を滾《たぎ》る胸に感じました。
顔色が失せました。痩せて体が縮みました。
　無理しても口に入る食物はほとんどありませんでした。
眠るのも容易ではなく、私には一晩が一年にも思えました。
　痛みのない傷を受けて呻き声をもらしました。
どうしてこうなるのか、私には原因が見つかりませんでした。

　恋するとはどういうことか知らず、でも、私は恋していました。
最初に災いに気づいたのは乳母でした。年寄りの直感でした。
　乳母が最初に私に「アイオロスの姫、それは恋です」と言いました。
私は顔を赤らめました。恥じらいで胸元に目を落としました。
　これでもう十分、口には出さずとも、白状したのと同然の証でした。
と、すぐに、落ち度のあった腹の重荷が大きくなり始めました。
　秘め事の残した荷物が体にのしかかり苦しめ始めたのです。
どのような薬草であれ、どのような薬剤であれ、私のもとに乳母が
　携えてきては躊躇のない手で塗布せぬものはありませんでした。
それはすべて——このことだけはこれまであなたに隠していました——
　私の腹中から育ちつつある荷物を振り落とすためでした。
ああ、生きる力の強すぎる子、施した術策にも
　もちこたえ、隠れた敵からも無事でした。
すでに九度ポイボスの妹なる女神[*2]がもっとも美しい姿を現しました。
　ルーナが十度光を運ぶ馬車を駆り立てていました。

何が原因で突然の痛みが襲うのか私は分かりません。
　出産を迎えて私は経験のない新兵でした。
声を抑えもしません。「なぜご自分の罪を漏らすのですか」と言って
　共犯の婆やが叫びを上げる私の口をふさぎました。
惨めなだけで、どうにもなりません。痛くて呻かずにいられませんが、
　恐れと乳母と他ならぬ恥じらいがそれを禁じます。
私は呻きを押さえ込み、漏れ出る言葉を押し止め、
　無理やりにも自分で自分の涙を飲み尽くします。
死が目の前にありました。ルーキーナ女神[*3]は助けを拒んでいました。
　もし私が死んでいれば、死もまた重い咎となっていたでしょう。
そのとき、トゥニカを引き裂き、髪を引きむしって私の上に体をあずけ、
　あなたが介抱してくださった。私の胸にあなたの胸を押しつけ、
あなたは言いました、「生きるんだ、妹よ、なににもまして愛しい妹よ、
　生きるんだ、一人の身で二人を滅ぼすな。
よき希望が力を授けますように。なぜなら、おまえは兄と結婚するのだ。

　おまえを母にした者の妻ともなるのだ」。
私はもう死んでいました。本当です。あなたの呼ぶ声が蘇らせたのです。
　それで私の腹の罪深い荷物がおろされました。
何をあなたは喜ぶのです。王宮の真ん中にはアイオロスが座っています。
　罪業を父の目の届かぬところへ捨て去らねばなりません。
赤ん坊を麦穂と白いオリーブの枝、
　それにふわりとしたリボンで働き者の婆やが隠すや、
偽りの儀式を行ない、祈りの言葉を述べます。
　儀式の進むところ、人々も、また、当の父も道を譲ります。
はや、敷居の近くに来ていました。が、泣き声が父の耳に
　届きました。あの子は自分で自分を告げ口してしまうのです。
赤ん坊をひっつかみ、まやかしの儀式の正体を明かす
　アイオロス、その荒れ狂う声が王宮に響きます。
そよ風に撫でられて震える海のように、
　暖かな南風に揺らぐトネリコの木のように、

私の血の気の引いた体が震えるのが見た目にも分かったでしょう。
　私が体を横たえると寝台も揺れたのですから。
父は駆け込んでくるや私の恥辱を大声で触れ回り、
　躊躇もなく私の哀れな顔を手で打ちます。
私はただ恥ずかしいばかりで、ただ涙をこぼすだけでした。
　凍りつくような恐れに舌が麻痺して動かなかったのです。
いまや、幼い孫を犬や鳥どもにくれてやれ、
　人の住まぬ場所に打ち捨てよ、との命令が下りました。
あの子は泣きました。可哀そうに、事態を了解したかのようでした。
　出せるかぎりの声で祖父に嘆願していたのです。
そのときの私の心中がどうであったとお思いですか、兄さん。
　だって、あなたもご自分の心中を振り返って分かるでしょう。
私の腹を痛めた子を私の目の前で敵が森の奥深く
　山の狼に喰わせようと連れ去っていくのですよ。
父が部屋から出ていったあとで、ようやく私は胸を打ち

　自分の両頬に爪を突き立てることができました。
そのうちに父からの使いが悲嘆にくれた顔をして
　やって来ました。そして、こうあるまじき言葉を発しました。
「アイオロス王がこの剣をあなたに遣わしました」。剣を手渡しながら、
「剣の使い道は身の錆に照らして知れ、との命令です」と言いました。
私は知っています。ですから残忍な剣を勇敢に使うでしょう。
　父からの贈り物を私の胸にしまうでしょう。
これを私の結婚への贈り物に下さるのですか、お父さん。
　これがあなたの娘の結婚の支度金となるのですか、お父さん。
遠ざけてください、欺かれたヒュメナイオス*4よ、婚礼の松明を。
　逃げてください、大慌てで不浄な館から。
私には、真っ黒な復讐女神たちよ、あなた方の松明を届けてください。
　私の葬儀の薪積みはあなた方の火で輝かせましょうから。
姉妹たちよ、よりよき運命のもと、幸せに結婚してください。
　でも、私のいなくなったあとも、私を忘れずにいてください。

子供に何の罪があったでしょう、生まれて間もなくでしたのに。
　生まれたとも分からぬときに何をして祖父を怒らせたのでしょう。
あの子に死なねばならぬ罪がありえたでしょうか。そうだと思っても――
　ああ、不憫な子、身を滅ぼすのは私の過ちゆえです。
息子よ、母の悲痛の種よ、狂暴な獣の餌食となるものよ、
　ああ、なんということか、おまえの誕生日に身を引き裂かれるとは。
息子よ、幸薄い愛が結んだ痛ましき形見よ、
　今日がおまえの最初の日、今日がおまえの最期の日となった。
私にはおまえにしかるべき涙を注ぎかけてやることも、
　髪を切っておまえの墓へ供えることも叶わなかった。
私はおまえの体に覆いかぶさりも、冷たい口づけを重ねもしなかった。
　飢えた獣が私の腹を痛めた子を引きちぎる。
この私も傷を負ってわが子の霊のあとに続きましょう。
　私は子をなくした母と長いあいだ呼ばれはしません。
けれども、あなた、哀れな妹がむなしい望みを抱いた方よ、

お願いです、あなたの息子の四散した体を拾い集めてください。
そして、母のもとへ届け、一緒に同じ墓に納めてください。
どんなに小さくとも一つの骨壺に私たち二人を入れてください。
あなたは生きて私たちのことを忘れず、涙を私の傷に注いでください。
私の遺体を避けないでください。愛する者同士なのですから。
お願いです、あなたがありあまる愛を注いだ妹の言いつけを
果たしてください。この私は父の言いつけをまっとうしますから。

第十二歌　メーデイアからイアーソーンへ

伝承　金羊毛皮を求め、アルゴー号に乗り組んだ英雄たちを指揮して黒海東岸の国コルキスに向かったイアーソーン（第六歌参照）は、目的地に着いたとき、王アイエーテースから、火を吐く雄牛を軛につないで耕作する、その畑に大蛇の歯を蒔き、そこ

から生まれる戦士たちと戦って倒す、番をしている不眠の大蛇から金羊毛皮を奪う、という三つの難題を課される。このとき、王の娘で、暗黒女神ヘカテーに仕え、黒魔術を知るメーデイアがイアーソーンに恋し、彼を助けて難題を達成させた。金羊毛皮を手に入れたイアーソーンはメーデイアを連れて逃げ、裏切られて怒った王は息子アプシュルトスを追っ手として差し向けたが、メーデイアはアプシュルトスを謀殺し、八つ裂きにした四肢をばらまき、それを追っ手が拾うあいだに先へ逃げた。長い放浪ののちにギリシアに帰還したイアーソーンは、父アイソーンから王位を奪い、彼に金羊毛皮を求めさせたイオルコス王ペリアースに報いを果たした。メーデイアが王の娘らに魔術によって王を若返らせるのに、王の血を入れ替えるためと偽り、剣で刺すように仕向けて殺害させたのだった。しかし、この殺害が発覚してイアーソーンとメーデイアはコリントスに逃れた。コリントス王クレオーンは自分の娘クレウーサをイアーソーンに嫁がせ、メーデイアを追い払おうとした。第十二歌はこの時点に書かれた手紙という設定を取る。このあと、メーデイアはイアーソーンへの怒りから、彼とのあいだにもうけた二人の子を殺し、アテーナイに逃れることになる。物語は、アポッローニオス・ロディオス『アルゴナウティカ』、エウリーピデース『メーデイア』などに取り上げられてよく知られ、オウィディウスは『変身物語』第七巻、散逸した悲劇『メーデイア』でも扱った。

でも、たしかに私はコルキスの王女としての時間をあなたに割きました。
　私の魔術で助けてほしいとあなたが求めたときのことです。
そのとき、死すべき人間の運命を紡ぎ出す姉妹たち[*1]が
　私の紡錘から糸を繰り出してしまうべきでした。
それなら、私はメーデイアとして立派に死ねました。あれからどれほど
　長らえた人生も、結局、罰でしかありませんでした。
ああ、どうしてでしょう、若者たちの腕に漕ぎ進められるまま、
　ペーリオン建造の船[*2]がプリクソスの羊[*3]を求めたのは。
どうしてでしょう、私たちコルキス人がマグネーシア[*4]のアルゴー船を見、
　あなた方ギリシア人がパーシス川の水を飲んだのは。
どうして私は度を越えて好いてしまったのでしょう、あなたの金髪、
　優雅さ、好意を見せかけた言葉を。
そうでなければ、ひとたび、見たこともない船が私たちの砂浜に
　着いて、向こう見ずな勇士たちを上陸させたあと、

魔法の薬で守られることもないまま、吐き出す炎で
　焦げた牛の鼻面に恩知らずのアイソーンの子は対峙したはずです。
種を蒔き、種と同数の敵を生み出すことで、
　蒔き手自身が自分の蒔いた種のために倒れたはずです。
それなら、罪深い人よ、多くの不実があなたとともに滅びていました。
　私の身辺からも多くの災いが取り払われていました。
恩知らずに恩義を思い出させて非難すると、それなりに気分が晴れます。
　これで楽しみましょう。あなたから得られる喜びはこれだけです。
処女航海の船でコルキスへ向かえ、と命じられて、
　あなたは私の生まれた幸多き王国に入港しました。
あの地でのメーディアは、いまこの地でのあなたの新婦の立場でした。
　彼女の父が富裕であるように、私の父も富裕でした。
あちらが二つの海に臨むエピュレー[*5]なら、雪深いスキュティアまで、
　こちらもポントスの左岸が広がる全域を治めています。
父アイエーテースが若いペラスゴイ勢を歓待して迎え入れ、

　あなた方ギリシア人が絵柄を施した寝椅子に体を横たえます。
そのとき私はあなたを見て、そのとき初めて、あなたが誰か知りました。
　それが私の心が崩れ落ちる始まりでした。
あなたを見ると同時に自分を見失い、初めて感じる炎で私は燃えました。
　その燃え方は、偉大な神々に捧げる松明の炎のようでした。
あなたは美しかった。私は私の運命に流されるままになりました。
　私の目はあなたの眼差しに奪い取られました。
裏切り者よ、あなたは見て取りました。誰が愛を上手に隠せるでしょう。
　輝き出る炎が自分の秘密を漏らしていました。
そのあいだに、あなたに課題が告げられます。まず、荒々しい牛どもの
　固い首根を押さえて、つけられたためしのない鋤につなぐことです。
軍神が愛でる牛どもの仮借のなさは角で突くだけに止まりません。
　吐き出す息が恐ろしい炎でした。
脚が青銅で固く、その青銅は鼻面まで伸び広がり、
　これがまた自分の吐く息で黒く焦げていました。

これだけではすまず、次の指令は、人間の生まれ出る種子を
　命がけで広い耕地に蒔くことです。
これらの人間は同時に生み出される武器であなたの体を狙います。
　土地を耕した者にすれば理屈に合わない作物でした。
そして、眠りに屈することを知らない見張りの目を
　なんとかして欺くこと、それが最後の難題でした。
アイエーテースが告げたあと、あなた方はみな悲しみにくれて席を立ち、
　高い食膳が緋色の寝椅子から片づけられました。
あのとき、あなたからはるか遠くにいました、王国を持参金とする
　クレウーサも、娘を花嫁として差し出す偉大なるクレオーンも。
悲しげにあなたが立ち去る姿を見送る私の目は濡れていました。
　舌からかすかなつぶやきが漏れました、「ご無事で」と。
私は寝室に戻り、整えられた寝床に横たわると、傷心のあまり、
　夜が明けるまでずっと涙を流して過ごしました。
私は目の前に牛どもと忌まわしい作物を、

　目の前に眠ることのない蛇を思い浮かべました。
一方に愛があり、他方に恐れがあり、恐れると愛もつのります。
　朝になり、私の愛しい姉[*6]が寝室に入ってくると、
私が髪振り乱し、顔を寝床に押し当てて横たわり、
　どこも私の涙であふれているのを見つけました。
姉がミニュアイの英雄らに助けを乞うと、ギブアンドテイクが成立し、
　アイソーンの子のために姉が頼むことを私は聞き入れます。
松とトキワガシの枝葉が生い繁って小暗い森があります。
　そこには陽射しが届くこともほとんどありません。
そこに立つ――少なくとも、かつては立っていた――ディアーナ神殿に
　蛮族の手で作られた黄金の女神像があります。
分かりますか。それとも、私ともども場所も忘れましたか。着いたなり、
　あなたのほうが先に不実な口でこう語り始めました。
「運のめぐりは私が救われるか否か裁定する権限をあなたに
　委ねた。生死はあなたの掌中にある。

力を備えるのみで喜びとする者なら、滅ぼす力があるだけで満足する。
　だが、私を救うことは、あなたにとってもっと大きな栄光となる。
私の災厄にかけて願う——その災厄を減じる力があなたにはあるから——、
　また、あなたの血統と、すべてを見そなわすあなたの祖父[*7]にかけて、
また、ディアーナの三つの顔と秘儀[*8]にかけて、
　そして、あなたの一族の他の神々にもかけて、
乙女よ、私を憐れみ、私の仲間を憐れと思ってくれ。
　私を恩義で縛り、永遠にあなたに仕えさせてくれ。
ただ、もしやペラスゴイ勢の夫でも厭わないなら、言おう、
　——でも、神々がそうやすやすと私の思いどおりにはなるまいが——
私の魂が希薄な空へ消え去らぬうちは、
　あなた以外に私の閨に迎える花嫁は誰一人としてない。
立ち会いには、婚礼の祭儀を司るユーノーを立てよう。
　いま私たちがいる大理石の神殿の女神を証人としよう」。
こんな——いまはその欠片《かけら》しか残らぬ——言葉に心が動いたのは小娘の

純朴さゆえです。あなたの右手が私の右手に結ばれました。
私は涙さえ見ました——あるいは、あれも手管の一つだったのですか。
　小娘の私はもう即座にあなたの言葉に搦《から》めとられました。
あなたは体を焦がすことなく青銅の足をもつ牛どもをつなぎ合わせ、
　命じられたとおりに固い大地を鋤で切り分けてゆきます。
あなたが種子の代わりに毒牙を畑いっぱいに蒔くと、
　生まれ出たのは、剣と盾をかまえる兵士の一団でした。
私は自分が秘薬を授けていたのに、青ざめて座り込みました。
　勇士たちが武具を手に突然現れたのが見えたからです。
でも、結局、大地から生まれた、驚異の業たる兄弟たちは
　互いに切り結んで果ててしまいました。
さあ、眠りを知らない見張り番がガラガラと鳴る鱗を逆立て、
　舌を鳴らし、胴体をくねらせながら地面を這ってきます。
あのとき、どこに婚資があり、どこにあなたに嫁ぐ王女がいたでしょう。
　どこに一対の海面を隔てるイストモス[*9]があったでしょう。

この私は、いまのあなたから見れば、要するに蛮族の女、
　いまのあなたには貧しい女、あなたに邪魔な女と映ります。
でも、私が魔法の眠りで火と燃える蛇の眼光を消し去ったのですし、
　私があなたに金羊毛皮を無事に渡して、持ち帰れるようにしました。
私は父を裏切り、王国と祖国を棄てました。
　御礼にもらったのは、気ままに流浪できることだけ。
私の純潔は、異国の盗賊の略奪品となり、
　愛しい母とかけがえのない姉は、あとに残されました。
でも、兄さんは私が逃げたあとに離れ離れに残されたのではない。
　このことだけは手紙に書けません。
私の右手には、そうする勇気があったことを書き記す勇気がないのです。
　そうして——兄さんと一緒に——八つ裂きにされるべきは私でした。
でも私は、あのあとに恐れるものがありませんでしたから、不安なく、
　身を海に委ねました。女でも、いまや人をあやめた身なのです。
神の裁き、神々の報いがあるなら、相応に海の上で受けましょう、

　あなたは欺きへの罰を、私は軽信への罰を。
願わくは、撃ち合い岩[*10]が私たちを押し潰し、粉々にすればよかったのに。
　そうして、いま私の骨があなたの骨に張りついていればいいのに。
さもなくば、貪欲なスキュッラ[*11]が私たちを犬に食わせればよかったのに。
　スキュッラは恩知らずの男らに仕返しすべきでした。
無数の波を吐き出しては、同じ数の波を吸い戻すカリュブディス[*12]が
　私たちもトリーナクリア[*13]の海の底に沈めてくれればよかったのに。
でも、いま、あなたはつつがなくテッサリアの都に凱旋帰還を果たし、
　金羊毛皮は父祖伝来の神々へ捧げられています。
言うまでもありません、ペリアースの娘らが親思いゆえに罪をなし、
　乙女の手で父親の四肢を切り刻んだこと[*14]は。
他の者たちが非難しようとも、あなたは私を称えなければなりません。
　私が何度も罪を犯さざるをえなかったのは、あなたのためですから。
なのに、鉄面皮、――この当然の痛憤を表す言葉は見つかりません――
　鉄面皮のあなたは「アイソーンの家から立ち退け」と言ったのです。

命じられたとおりに私は家から立ち退きました。道連れは二人の子供と、
　これまでずっと私につき従ってきたあなたへの愛です。
突然、祝婚歌の歌声が私たちの耳に
　届き、点された松明が輝き、
笛が音曲を発すると——それはあなた方には婚姻の曲であっても
　私には葬儀のラッパよりなお悲しげでした——、
私を恐怖が包みました。それまで思いもしない大それた悪行でした。
　とにかく、胸のいたるところが凍りつきます。
群衆が押し寄せ、「ヒュメーン、ヒュメナイオスよ」とみなで叫びます。
　この声が近づけば近づくほど、私の苦しみはひどくなりました。
私の従者たちは顔を背けて泣き、涙を隠していました。
　誰が望むでしょうか、これほどの不幸を報告することなど。
私も、事実がどうであれ、知らないでいるほうがよかったのです。
　でも、まるで知っているかのように、私の心は暗くなりました。
そのときです、年下の子が、見たい気持ちに動かされて、

　観音開きの扉の敷居の端に立ちました。
ここからその子が言いました、「お母様、おいでよ。お父様が行列を
　率いてる。金色の衣装で、車につないだ馬たちを急きたててる」と。
すぐさま私は服を引き裂き、自分の胸を叩きました。
　顔も私の爪から無傷でいられませんでした。
心の声が促しました、列をなす群衆の真ん中へ行け、
　整えられた髪から花冠をもぎ取って奪え、と。
でも、なんとか気持ちを抑えました。髪を引きむしった姿のまま
「彼は私の夫よ」と叫び、手をかけることはしませんでした。
侮辱された父よ、喜びなさい。見捨てられたコルキス人よ、喜びなさい。
　わが兄の亡霊よ、供物を受け取りなさい。
私は寄る辺のない身です。王家と祖国と家を失い、
　一人で私のすべてであった夫も失いました。
ですから、私の力は蛇どもや荒れ狂う雄牛どもには通じても、
　夫だけは征服できなかったのです。

猛火は秘薬の知識で追い払っても、
　自身の胸中の炎から逃れる力はないのです。
呪文と薬草と魔術まで私を見捨てました。
　女神も、霊験あらたかなヘカテーの秘儀もなすすべがありません。
昼の光もありがたくなければ、目が冴えたまま過ごす夜も辛く、
　憐れな胸に穏やかな眠りが訪れることはありません。
私には自分を眠らせる力がないのに、蛇を眠らせる力はありました。
　私の配慮は私より誰であれ他の人に役立つのです。
私が無事に守ったあなたの体をいま妾女が抱いています。
　私が苦労して得たものをあの女が手にしているのです。
ひょっとすると、あなたは無知な新妻にする自慢話の種を
　さがし、偏見をもった耳にもってこいのことを語ろうとして、
私の器量や素行に無縁の非難をでっちあげているかもしれません。
　彼女を笑わせなさい。私の欠点を言って楽しませなさい。
いまは笑わせなさい。テュロスの緋毛氈の上高く寝そべらせなさい。

やがて泣きを見ます。私の炎熱を上回る火で身を焼かれます。
剣と炎と毒薬が手許にあるかぎり、
　メーディアの敵は誰一人として復讐を受けずにはすみません。
でも、もしや懇願が鉄の胸をも打つことがあるなら、
　いま、私の魂に比べて小さすぎる声を聞いてください。
あなたにいま嘆願します。かつてあなたが何度も私に嘆願したように、
　すぐにもあなたの足元にひれ伏してみせます。
私にもう値打ちがないなら、血を分けた息子たちを気遣ってください。
　継母が容赦なく私の産んだ子らに仕打ちを加えるでしょうから。
子供たちはあなたにあまりにも似ていて、その姿に私は心を打たれます。
　目にするたびに私の両眼は潤《うる》みます。
天上の神々にかけて、祖父の光の輝きにかけて、
　私の尽力と私たちの愛の証たる二人の息子たちにかけて、願います。
結婚の床を返して。そのために乱心し、あれほど多くを犠牲にしたのです。
　言葉に信義を加えてください。今度はあなたが助けてください。

雄牛どもや戦士たちに立ち向かえ、と哀願してはいません。
　あなたの助けで大蛇を負かして眠らせようともしていません。
欲しいのはあなたです。私の力で手に入れ、あなた自身から受け取り、
　私が母親となったとき一緒に父親となった、あなたです。
どこに婚資があるかとお尋ねなら、あの平野で支払い済みです。
　そこを耕しさえすれば、あなたは金羊毛皮を持ち帰れましたから。
深い毛並みで人目を引く、かの黄金の雄羊も
　私の婚資です。それを「返して」と言っても、あなたは返しませんね。
五体無事のあなたも私の婚資ですし、ギリシアの若者らも私の婚資です。
　さあ、不実な人よ、シーシュポスの財産[*15]と比べてごらんなさい。
あなたが生きていることも、権勢ある家の花嫁と舅を手にしていることも、
　恩知らずになれることすらも、私のおかげです。
たしかに彼らをすぐにでも——でも、前もって罰を言うことにどんな
　意味があるでしょう。怒りから巨大な脅威が生じようとしています。
私は怒りの導きに従います。おそらく私はこのことを悔やむでしょう。

でも、いまは、誠のない夫のために心配りしたことが悔やまれます。
いま私の胸をかき乱している神がこのことをご照覧くださいますよう。
私の心がなにやら大それた企みをしている、それは確かです。

第十三歌　ラーオダメイアからプローテシラーオスへ

伝承　テッサリアの町ピュラケーを治めるプローテシラーオスは相愛の妻ラーオダメイアを迎えた直後にトロイア戦争にこの地方の軍勢の大将として出征する。プローテシラーオスの名は「いの一番に跳ぶ」を意味する一方、トロイア戦争に関わる神託の一つに、遠征軍の中で最初にトロイアの岸に降り立った者は命を落とすというものがあり、その名のとおりにプローテシラーオスは神託の告げた運命を成就して命を落とした。しかし、夫婦の愛はあまりに深く、夫の死もそれを裂きえなかった。夫の霊が妻のもとを訪れ、つかの間、喜びを分かち合ったとも、妻は夫の像を造り、それを本当の夫と信じて大切にしたとも言われる。
第十三歌は、夫の出征後、戦死の知らせが留守を守る妻にまだ届かずにいるときに書かれたという設定になっている。

ご無事を願い、愛を込めて届けます。願いの届くかぎり、叶いますよう、
　テッサリアのラーオダメイアよりテッサリアの夫へ。
噂では、風に阻まれ、あなたはアウリス[*1]で留まっているとのこと。
　では、私のもとからご出発のとき、この風はどこにいたのでしょう。
そのときこそ海はあなたの船の櫂を邪魔すべきでした。
　そのときなら荒れる水面も好都合でしたのに。
口づけももっと多く、餞《はなむけ》の言葉ももっと多く夫に与えられたでしょう。
　あなたに言っておきたかったことがまだたくさんあるのです。
ここからあなたは一気に連れ去られました。あなたに帆を張るよう促す
　風が吹いたとき、水夫たちは望んでも、私は望みませんでした。
風は水夫たちには好都合でも、愛する私には不都合でした。

　プローテシラーオスよ、私はあなたの抱擁から解かれ、
舌は餞の言葉を最後まで言えないままでした。
　なんとか言えたのは、悲しげな「お元気で」だけでした。
北風が吹き寄せ、帆をつかみ取って張り広げたと思うと、
　私のプローテシラーオスはもう遠くにいました。
夫の姿が見られたあいだはずっと、見ることが喜びでした。
　あなたの目をどこまでも私の目で追いました。
あなたの姿が見えなくなっても、あなたの船の帆は見えました。
　長い間、帆から私の眼差しは離れませんでした。
しかし、あなたも、船脚速い帆も見えなくなり、
　見えるものは海の他になにもなくなってからは、
光もあなたとともに去り、闇が覆いました。血の気を失い、
　膝が崩れ、私は卒倒したそうです。
なんとか舅のイーピクロスが、なんとか老齢のアカストスが、
　なんとか悲しみにくれる母が冷水で私の息を吹き返させました。

ありがたい気遣いでしたが、私にとっては無益なことでした。
　死ぬことができなかったのは不幸で残念なだけだったからです。
意識が戻ると、同時に悲痛な思いも戻ってきました。
　夫婦の愛を結ぶはずの身が清純でいることに胸が痛みました。
私には髪を梳《くしけず》ってもらう気も起きませんし、
　黄金の衣装を身にまとうのも嬉しくありません。
二本の角持つ神[*2]がブドウの蔓を絡めた笏杖で触れたと信じられている
　女のように、あちらこちら、狂気に駆られて、私はさ迷います。
ピュラケー[*3]の夫人たちが集まり、私にこう叫びます。
「ラーオダメイア様、王族らしい衣服を身につけてください」。
それでは、私は緋紫に染められた服を着るのですか、
　夫がこれからイーリオンの城壁の下で戦をするというのに。
私は髪を梳ってもらうのですか、夫が頭に兜をかぶるというのに。
　私は新しい服を着るのですか、夫が固い武具を着るというのに。
私にできるのはこの程度ですから、襤褸であなたの労苦を真似ていると

噂されましょう。こうして私は戦争のあいだを悲しく過ごします。
プリアモスの子、呪われたパリスよ、同胞に犠牲を強いる美男子よ、
かつて腹黒い客であったなら、今度は無能な敵になれ。
おまえがスパルタの人妻の容貌に難を打っていたか、さもなくば、
おまえの容貌が彼女の気に召さなかったならよかったのに。
それに、メネラーオスよ、あなたは奪われた妻のために骨を折るあまり、
ああ、復讐によってどれほど多くの者に涙を流させることか。
神々よ、お願いです、私たちから不吉な予兆を祓ってください。
私の夫がユッピテル帰還神への武具奉納を果たしますよう。
でも、私は悲惨な戦争を思い浮かべるたびに恐れを覚えます。
日差しで解けて滴る雪のように、涙がこぼれます。
イーリオンやテネドス、シモエイスやクサントス、また、イーデー、
名前の響きだけでもう恐れが湧き起こります。
略奪の暴挙に出るには、自分の身を護れなければなりません。
客人となったときに、あの者は自分の力を知っていたのです。

噂に聞けば、やって来たとき、たっぷりの黄金で瞠目させる姿は
　プリュギアの富をその身に携えているようで、
艦隊と戦士らの力も、荒ぶる戦争を遂行するに十分だったそうです。
　それで王国全体の何分の一が彼につき従っていたのでしょうか。
かの双子の妹、レーデーの娘を籠絡したのはこれらのものだと
　私は睨んでいます。これらはダナオイ勢に害を及ぼしえます。
ヘクトールとかいう者を私は恐れます。パリスによれば、ヘクトールは
　血まみれの手、鋼の心で戦争を起こす、というのですから。
私を大切にお思いなら、ヘクトールが誰にせよ、警戒してください。
　この名を胸に刻んでよく覚えておいてください。
彼を避けたとしても、他の敵どもを避けるのも忘れないでください。
　かの地にヘクトールは大勢いるのだとお考えください。
そして、戦闘準備のときはいつも、ご自分にこう言い聞かせてください、
　「ラーオダメイアの身を危うくするな、と私は言いつかった」と。
ギリシア軍がトロイアを陥落させる定めにあるなら、

　あなたも無傷のままで陥落の日を迎えますように。
目の前の敵に立ち向かって戦うことはメネラーオスに任せなさい。
　自分で奪い返させるのです、パリスに奪われた女を。
彼は突撃し、大義で負かした相手を武器によっても打ち負かすでしょう。
　敵の真っただ中から夫は妻を求めねばなりません。
でも、あなたの大義は違います。あなたが戦うのはただ生き延びるため、
　貞淑な奥方の胸へ戻ることを成就するためです。
トロイア兵よ、敵は大勢です。お願いです、一人だけ見逃してください。
　夫の体から血を流させないでください。それは私の血です。
夫は不向きな人間なのです、抜き身の剣で戦を交えるのも、
　敵対する戦士に情け容赦なく胸をさらすのも。
夫は戦いより、愛するときにずっと強くなれます。
　戦争は他の者に任せ、プローテシラーオスには愛を結ばせましょう。
いま打ち明けますが、あなたを呼び戻したくて、そうするつもりでした。
　でも、験《げん》が悪いという恐れから舌が思い止まったのです。

ところが、あなたがトロイアに向けて父祖の館の門を出ようとしたとき、
　あなたの足が敷居に躓くという予兆がありました。
それを見るや、私は呻きました。口には出さず、胸の中で言いました、
「どうか、これが夫の帰還を予示する兆しでありますように」と。
いまこの話をするのは、戦場であなたの気が逸りすぎないためです。
　こんな私の恐れがすべて風に流れて消えるようにしてください。
神託もまた理不尽な運命を告げています。誰かは知りませんが、それは
　ダナオイ勢のうちでトロイアの土を最初に踏む者に成就するのです。
夫を奪われて最初に嘆くことになる女は、なんと不幸でしょう。
　神々の計らいで、あなたの気持ちが前に出すぎずにいますように。
まわりに千の船があれば、あなたの船は千番目でいいのです。
　すでに幾重にも航跡の重なった水面を最後に分け進みますように。
このことも忘れないでください。船から最後に降りることです。
　そこはあなたの祖国ではありません。急ぐことはないのです。
でも、お帰りのときは、櫂も帆も使って船を進めてください。

　祖国の岸に上がったとき初めて速い歩みを止めてください。
太陽が隠れているときも、大地の上はるか高くあるときも、
　昼も夜もあなたを思って私の心は痛みます。
でも、昼よりも夜のほうが痛みが増します。夜が嬉しいのは、
　腕枕をしてくれる相手のいる女たちです。
夫のいない臥所で、私は嘘つきの夢を見ようと求めます。
　本当の喜びを欠くあいだ、偽りの喜びで満足するのです。
でも、どうして私の前に現れるあなたの姿は青ざめているのでしょう。
　どうしてあなたの言葉には悲嘆があふれているのでしょう。
私は夢を振り払い、夜の霊に祈ります。
　テッサリアに私の捧げ物の煙を欠く祭壇は一つもありません。
捧げた香の上に涙が落ちると、こぼれたところが明るくなります。
　それは生《き》酒《ざけ》を注いだときに炎が上がるのに似ています。
いつなのでしょう、私が待ちわびた腕で帰って来たあなたを抱きしめ、
　この身がぐったりするまで喜びをかみしめるのは。

いつになるのでしょう、あなたが同じ臥所で私にしっかり寄り添い、
　ご自分の輝かしい武勲を語ってくれるのは。
あなたが私にそんな話をするあいだ、聞くだけでも楽しいでしょう。
　でも、たくさんの口づけを奪いもし、与えもしてくれるでしょう。
そうするたびに、巧みに物語るあなたの言葉は中断しますが、
　甘美な休止を置くと、いっそう滑らかな舌で話ができるものです。
でも、トロイアを思い浮かべ、風と海とを思い浮かべるとき、
　恐れと不安に負けて、明るい希望も挫けます。
また、風が船出を阻んでいることにも、
　胸が騒ぎます。あなた方の出発準備は海原の意にそわないのです。
風に阻まれては、たとえ祖国に帰るときでも、誰も船出を望みません。
　海に拒まれながら、あなた方は祖国から出帆しようとしています。
他ならぬネプトゥーヌスが自分の建てた都[*4]への道を塞いでいます。
　あなた方はどこへ急ぐのですか。みな自分の家へ帰りなさい。
ダナオイ勢よ、どこへ急ぐのですか。風の反対意見に耳を傾けなさい。

その遅滞は不意の偶然ではなく、神の意志に発しているのです。
こんな大戦をして求めるのは恥ずべき姦婦のみではないのですか。
　まだ間に合います。イーナコスの船団[*5]は帆の向きを変えなさい。
でも、私は中止させるつもりはありません。中止の予兆はいりません。
　愛想良い風が穏やかな潮路を後押ししますように。
トロイアの女たちを私は羨みます。彼女らは、身内の者の涙に満ちた
　弔いを目にするとしても、敵が間近にいようとも、
新妻なら、自分自身の手で勇敢な夫に
　兜をかぶせ、ダルダニアの武具を渡すでしょうから。
武具を渡すとき、そのあいだにも口づけを受けるでしょう。
　このような支度は二人のいずれにも甘美なものでしょう。
夫を送り出すときには、無事戻るようにとの餞《はなむけ》に言うでしょう、
　「お帰りのときに武具をユッピテルに捧げてください」と。
夫は奥方から聞いたばかりの餞の言葉を胸に刻み、
　用心深く戦い、家のことを顧みるでしょう。

夫が戻れば、妻は盾を受け取り、兜の緒をほどき、
　疲れた体を迎えて抱擁するでしょう。
では、私たちはどうでしょう。なにも確かめられず、不安です。
　恐れから、起こりうるすべてが実際に起きたかのように考えます。
それでも、あなたが遠方の地で武具をまとって戦っているあいだ、
　私にはあなたの面影を写す蠟の像があります。
それに私は優しい言葉、あなたが聞くはずの言葉を
　語ります。それは私の抱擁も受け止めます。
信じてください。その像は見かけ以上のものです。
　蠟の像に声さえ加われば、プローテシラーオスその人になります。
私はこの像を見つめ、本当の夫の代わりに胸に抱き、
　返事をすることができるかのように、愚痴をこぼします。
あなたの帰還と、私には神にも等しいあなたの体にかけて誓います。
　また、私たちの魂を連れ添わせた一対の松明にかけて、
また、白髪で白くなるのを私が見るために、

あなた自身が守ってここへ戻すはずの頭にかけて、
私はあなたについて参ります。どこへなりと呼んでください、
たとえ――これは怖くて言えません――、生還されるにしても。
最後に短い忠告でこの手紙を閉じます。
　私を愛しくお思いでしたら、どうかご自愛なさってください。

第十四歌　ヒュペルメーストレーからリュンケウスへ

伝承　ダナオスはエジプト王ベーロスの息子であったが、双子の兄弟アイギュプトスと彼の五〇人の息子によって国を逐われ、ギリシアに渡ってアルゴス王ペラスゴスに迎えられた。復讐のため、ダナオスは自分の五〇人の娘をアイギュプトスの息子らと縁組みしたうえで、結婚初夜に夫を殺すよう指示した。娘の中でただ一人ヒュペルメーストレーだけが指示に背き、夫となったリュンケウスを助けたが、そのために投獄

されてしまう。そののち、ヒュペルメーストレーは赦されて、リュンケウスと結ばれ、息子アバースを産み、アルゴス王となったアバースの娘ダナエーから英雄ペルセウスが生まれる。その一方、新郎を殺害したダナオスの娘たちは冥界において穴の開いた瓶で水を汲む劫罰を受けているという。

第十四歌は、ヒュペルメーストレーが投獄された牢屋内からリュンケウスに宛てて心中の思いを綴る手紙という体裁を取る。

五

ヒュペルメーストレーがあまたの兄弟から一人残った者に書き送ります。

他はみな花嫁らの犯した罪で亡くなりました。

いま私は館に閉じ込められ、重い鎖で拘束されています。

私が罰を受けているのは道義を守ったからです。

この手であなたの喉に剣を突き通すことが怖くてできなかったこと、

それが私の罪です。思いきって罪を犯せば褒められていました。

でも、それで父の機嫌をとっているより、罪を背負うほうがよいのです。

この手が流血の仕事を免れたことに後悔はありません。

私が汚さずにすんだ婚礼の火を父が私の火炙りに使ってもいいのです。
　婚礼の儀式にかかげられた松明を私の顔へ突きつけてもいい、
あるいは、良からぬ目的で私に手渡した剣で私の喉を掻き切ってもいい、
　それで新郎が蒙らなかった死にざまを花嫁の私が蒙ってもいいのです。
それでも、死にゆく私の口から「悔いています」と言わせることは
　父にはできません。道義心を後悔する女は道義を守れません。
ダナオスと非情な姉妹たちこそ罪業を悔いるべきです。
　道に背いた所行のあとは決まってそうした顛末を見るものですから。
血で汚された夜を思い出して心が震えます。
　突然の慄《おのの》きで右手の骨の動きがままなりません。
この女は夫の殺害もなしえたとあなたはお思いでしょう。
　でも、自分がなさなかった殺害について書くことすら恐れています。
それでも、私は試みましょう。それは黄昏が大地に降りたばかりのとき、
　昼の明るさが去り、夜が始まる頃でした。
イーナコスの血を引く私たち*1は偉大なペラスゴスの屋敷内に案内され、

舅みずから武器を隠した嫁たちを迎えます。
黄金の装飾を施された松明がいたるところで光り輝き、
祭壇の炉は望まぬままに、道義に背く香を捧げられます。
会衆が「ヒュメーン、ヒュメナイオスよ」と呼びますが、神は逃げます。
ユッピテルの奥方[*2]さえ自身の愛でる都から去りました。
さあ、新郎たちが生酒《きざけ》でほろ酔いし、仲間たちの歓声も賑やかに、
生花の冠を香油滴る髪に巻き、
喜び勇んで新婚の閨へ——自身の墓となる閨へ——歩を運び、
葬儀にふさわしい寝台に体を載せます。
いまや彼らは料理と酒と眠気で重い体を横たえていました。
安心のうちにアルゴスを包んで深い休息がありました。
そのとき、私のまわりで瀕死の呻きが聞こえたように思えました。
いいえ、私はたしかに聞きました。恐れていたことが起きたのです。
血の気が失せ、心からも体からも温もりが去ります。
新婚の臥所に横たわりながら、私は凍りついていました。

ほっそりした麦穂を穏やかな西風が震わしたり、
　凍てつく風がポプラの葉を揺らしたりする、
それと同じか、それよりなお激しく私は震えました。体を横たえた
　あなたは私が飲ませたブドウ酒のせいで眠っていました。
暴虐な父の命令が恐怖を振り落としました。
　私は身を起こし、震える手に剣を執ります。
私の話に偽りはありません。私の手は鋭利な剣を三度振り上げ、
　三度とも悪らつに振り上げたところから元のところに戻りました。
私は喉元に当てました――真実を打ち明けさせてください――
　私はあなたの喉元に父の剣を当てたのです。
でも、恐れと道義心が残虐な企ての障壁となりました。
　貞潔な右手が課された仕事を拒みました。
私は緋色の衣を引き裂き、髪を引きむしり、
　ひそやかな声でこう自問自答しました。
「ヒュペルメーストレーよ、父はおまえを容赦しません。親の命令を

　果たしなさい。その男も兄弟の道連れになさい」。
「私は女で、乙女です。気性も年頃も柔和です。
　しとやかな手は荒々しい剣には向いていません」。
「さあ、やるのです。彼が寝ているうちに勇敢な姉妹に倣いなさい。
　おそらく、もうみんな夫の殺害を済ませているはずです」。
「もしこの手が犯しうる殺害があるとしたら、
　手を染める血は自死によるものでしょう」。
「彼らの死は自業自得です。叔父の王領を確保していますから。
　老体の父も、私たち姉妹もみな困窮し、流浪の身ですのに[*3]」。
「夫たちの死が自業自得として、私たちが何をしたというのでしょう。
　私にどんな過ちがあって、道義を守ることが許されないのでしょう。
私に剣は無用です。何のために戦いの道具を娘の身で使うのでしょう。
　私の指には羊毛と糸巻棒がずっと似合います」。
このように自分で自分に訴えるあいだに、涙が言葉のあとを追いかけ、
　私の目からあなたの体の上へ落ちます。

あなたが抱擁を求めて、目覚めぬままに腕を伸ばすと、
　あなたの手があやうく剣で傷つきそうになりました。
いまや私は父と父の従者と日の光の到来を恐れていました。
　私はこの言葉であなたの眠りを追い払いました。
「起きなさい、ベーロスの子孫よ、あまたの兄弟から一人残った者よ。
　急がなければ、あなたは永遠に続く夜に覆われてしまいます」。
あなたは仰天して起き上がります。眠りの気だるさが一切消え去ります。
　あなたは私が怯える手に勇ましく握った剣を目にして、
理由を尋ねます。「まだ夜が残るうちに逃げなさい」と私は言いました。
　まだ夜の暗さが残るうちに、あなたは逃げ、私は留まります。
朝になりました。殺害されて横たわる婿たちの体をダナオスが
　数えます。罪科の跡を足し合わせて、あなた一人だけ足りません。
ただ一人でも親族殺しにしくじったことに彼は我慢なりません。
　流された血が少ないと言って、残念がります。
私は父の足元から引きずり去られます。髪の毛を摑まれ、

　道義心が勝ち得た褒美として、牢獄に入れられます。
きっと、ユーノーの怒りが続いているに違いありません。それは、
　イーオーが人から牛となり、牛から女神となったときからです[*4]。
でも、罰には十分です。しとやかな乙女がモーと鳴き、
　それまでの美しさも、ユッピテルの寵愛もなくしたのですから。
イーオーは新しく雌牛となった姿で、河神たる父の岸辺に立ち、
　父なる水面に自分のものではない角を見ました。
嘆きを漏らそうとして、口からモーという鳴き声が出ました。
　彼女はその姿にも、その声にも仰天しました。
不幸な方、なぜ憤るのですか。なぜ水面に映る自分を見つめるのですか。
　なぜ新しい体にできた脚を数えるのですか。
ユッピテル大神の愛人として妹神に恐れられるばかりに、
　あなたのあまりにひどい飢えを和らげるのは木の葉や芝草です。
泉から水を飲み、自分の姿を見て呆然とし、
　生えている武器で自分を突きはしないかと心配します。

つい先ほどまで、ユッピテルにもふさわしいと見えるほどの
　富に恵まれたのに、衣もなく、むき出しの地面に身を横たえます。
海を渡り、陸地と、血のつながった河川を渡ってあなたが走ると、
　海も、川の流れも、陸地もあなたに道を譲ります。
どうして逃げるのですか。なぜ遠くの海までさすらうのでしょう。
　ご自分の相貌から逃れることはできないでしょうに。
イーナコスの娘よ、どこへ急ごうと、追うも逃げるも同じあなたです。
　あなたの前をあなたが案内し、あなたの案内にあなたが従います。
七つの河口から海へ注ぐナイル川が
　錯乱した牛の見かけを剝ぎ取って愛人の顔を露わにしました。
でも、はるか昔の話がなぜ必要でしょう。そんな話を白髪の老人から
　聞かされなくても、私のこの時代に嘆くべきことがあります。
父と叔父が戦争を起こし、王領の住まいから
　私たちは逐われ、落ち延びた先は世界の果てです。
「暴虐な叔父が玉座と王笏を独占する一方で、

　老体の父も、私たち姉妹もみな困窮し、流浪の身です。」
大勢いた従兄弟のうちで残るのはほんのわずかです。
　命を落とした従兄弟も、命を奪った姉妹も私に涙を流させます。
従兄弟と同じ数の姉妹も私は失った[*5]のですから。
　どうか、どちらも私が捧げる涙を受け取りますように。
さあ、あなたを生かす代償に、私を待つのは酷い責め苦です。
　私は有罪でしょうか。栄誉に値することをして裁きにかけられ、
かつては百人いた従兄弟と姉妹の中の末娘であった身が
　従兄弟一人だけを残して、悲運の死を迎えるのでしょうか。
でも、リュンケウスよ、もし道義を守った従姉妹を愛しく思うなら、
　また、あなたが私から受けた恩義にふさわしい人であるなら、
助けに来てください。もし私を見殺しにするなら、生をまっとうした
　体を人知れず葬儀の薪の上に置いてください。
そして、私の骨を誠実な涙で濡らしてから埋葬してください。
　私の墓には短い墓碑銘を刻んでください。

「国を逐われたヒュペルメーストレーは、道義心への理不尽な代償に、
　従兄弟から払いのけた死を己の身に受けた」。
もっと多くのことを書きたいのですが、鎖の重さで手が
　言うことを聞きません。力は恐れそのものによっても殺がれます。

第十五歌　サッポーからパオーンへ

伝承　この詩篇は手紙の差出人を実在した女性とする点で他の詩篇と大きな違いがある。サッポーは前六世紀初頭に活躍したギリシアでもっとも有名な女流抒情詩人であった。レスボス島のミュティレーネーに生まれ、そこで多くの取り巻きの娘らと——たいへん親密な関係であったことからレスビアンという言葉の由来をなした——生活をともにしながら詩作を行なった。他方、パオーンはレスボス島と本土を結ぶ船の船頭であったという話が伝わる。老女の姿で現れた女神アプロディーテー（＝ウェヌス）

が乗船させてくれるよう頼んだところ、彼が船賃を取らなかったので、女神は彼にどんな女性の心も虜にする魅力を授けたという。サッポーとパオーンを結びつける伝承は本詩篇以外には伝存していない。ただ、恋は抒情詩、とりわけサッポーの詩作の主要なモチーフの一つであることから、詩人の恋物語がどこかで生まれても不思議はなく、ギリシア新喜劇の数人の作家について『サッポー』と題される作品を書いたことが知られるので、それらにおいて扱われていたことが推測されている。

五

どうでしょう、気持ちを込めた筆跡をご覧になったとき、
目を向けてすぐに私のものとお分かりになりましたか。
それとも、差出人の名がサッポーと読めないうちは、
この短い書き物が誰からのものか分からなかったでしょうか。
ひょっとするとお尋ねかもしれません、なぜ私の歌が交互の
詩行なのかと。私は竪琴の調べのほうが得意ですからね。[*1]
でも、私の恋は涙なしではかなわず、エレゲイアは涙の歌ですが、
竪琴は私の涙のためになすところがないのです。

私は身を焼かれています。まるで御しがたい東風に煽られた火が
　作物に燃え移って焼けている肥沃な農地のようです。
パオーンよ、あなたはよくテュポーン[*2]の棲むアエトナまで遠出しますね。
　私はアエトナの炎に劣らぬ灼熱に捕らわれています。
いまの私にはよく調律した弦に結んで歌を
　生み出すことができません。歌は屈託のない心が作るものですから。
ピュッリアやメーテュムナ[*3]の娘らも
　レスボスの他の町の娘らも私の心に適いません。
アナクトリエーも安っぽく、色白のキュドローも安っぽく見えます。
　アッティスも以前のようには私の目を喜ばせません。
かつて指弾されながら愛した他の百人もの女たちも同様です。
　悪い男、かつて大勢の娘が分け合ったものを独り占めするとは。
あなたには美しい容貌があり、年頃も楽しい戯れにぴったり——
　ああ、私の視線を罠にかける美貌よ。
あなたが竪琴と矢筒を手に取れば、地上に現れたアポッローンです。

　頭に角をつければ、バッコスです。
ポイボスはダプネー[*4]に、バッコスはクノッソスの娘[*5]に恋をしましたが、
　二人の娘はどちらも竪琴の調べを知りませんでした。
この私にはペーガソスの泉に住まう女神ら[*6]が魅惑に満ちた歌を口伝えし、
　いまや私の名は世界中で歌われています。
祖国と竪琴の詩才とを同じくするアルカイオス[*7]にも、
　曲調の大きさでは譲っても、誉れの大きさでは負けません。
あいにく生まれつきの容姿には恵まれなかったとしても、
　私は容姿の不足を才能で埋め合わせています。
背丈は低いですが、名前は全世界を満たすほどのものが
　私にはあります。名前の大きさが私自身の身長なのです。
私は色白ではありませんが、ペルセウスに愛されたケーペウスの娘
　アンドロメデー[*8]も故国にふさわしい褐色でした。
白い鳩が色柄のある鳩とつがうこともよくありますし、
　黒いヤマバトが緑色の鳥に愛されることもあります。

あなたにふさわしい容姿と認められる女でないかぎり、
　あなたと釣り合わないなら、釣り合う女は一人もいないでしょう。
でも、私の歌を読んだとき、あなたは私も美しいと思いました。
　神かけて君一人の言葉だけが美しい、とまで言ってくれました。
私が歌っていたときのことは忘れません。恋は何一つ忘れませんから。
　あなたは歌っている私の唇を奪って口づけしてくれました。
口づけも褒めてくれましたね。私のなにもかも満足してもらえました。
　でも、いちばんよかったのは愛の営みです。
そのとき、私のいたずらっぽさをいつになく喜んでくれましたね。
　しきりに体を動かしたり、戯れにぴったりの言葉を言ったり、
そして、二人の快感がどちらのものとも分からなくなったとき、
　力尽きた体にどこまでも深い倦怠がやって来たものでした。
あなたがいま新しい獲物にしているのはシキリアの娘たちです。
　レスボスがなんでしょう。私はシキリア娘になりたい。
ああ、あなた方の国から逃亡奴隷を送還してください、

シキリアの母親たち、そして、シキリアの嫁たちよ。
あなた方も甘い言葉の嘘に騙されてはいけません。
あなた方に語っている言葉を以前には私に語っていたのですから。
シキリアの山々をよく訪れるエリュクスの女神[9]よ、あなたもどうか、
私はあなたに仕える身ですから、あなたの詩人にご配慮ください。
それとも、辛い運命は始めからの道筋を貫き、
つねに過酷な行路を変えることはないのでしょうか。
私の六歳の誕生日が過ぎたとき、あまりにも早く
親の骨を拾って涙を注ぎました。
兄は娼婦との愛の虜となり、財産を蕩尽しました[10]。
汚らわしい恥辱に加えて損失を蒙ったのです。
一文無しになったいま、俊敏に櫂を漕いで群青の海原を渡り、
悪しき失い方をした富を悪しき手段で求めています。
私は多くの誠実で立派な忠告をしたために、憎まれています。
私は兄思いの心から自由にものを言っただけでしたが。

まるで、どこまでいってもうんざりすることは尽きないかのように、
　幼い娘が心配を次々と持ち込みます。*11
このように私を嘆かせる原因の最後に来るのがあなたです。
　私の船は思いどおりの風を受けて進んではいません。
ご覧なさい、髪は整えないまま、うなじに垂れています。
　指には光り輝く宝石をはめていません。
安物の服をまとい、頭を飾る黄金はなく、
　髪の毛にはアラビア産の香料をつけていません。
幸薄い私です。身ぎれいにして好かれようと苦労する相手がありません。
　私を着飾る気にさせるただ一人の人がいないのですから。
私の心は柔らかく、軽い矢でも傷つきますから、
　いつでもなにか原因があって、いつでも私は恋しています。
私が生まれるときにそのような掟を運命の姉妹神が定め、
　私の人生には厳めしい糸を授からなかったせいかもしれませんし、
あるいは、習い事が性格を作り、技芸の師である

　タレイア[*12]が私を感じやすい性質にしているのかもしれません。
驚くことはないのです、私が髭の生え初める年頃の者に、
　男も愛せる年頃の者に心を奪われたとしても。
アウローラがケパロス[*13]の代わりにあなたをさらわないかと心配でした。
　さらおうともしたでしょうが、最初の獲物に心を奪われています。
どんなものでも見つけるポイベー[*14]があなたを見つけることがあれば、
　パオーンよ、ずっと眠り続けるよう命じられるでしょう。
ウェヌスはあなたを象牙の戦車に乗せて天に運ぶ[*15]こともできたでしょう。
　でも、夫マールスもあなたを好きになる[*16]ことが分かっているのです。
ああ、まだ若者ではなく、いまや少年でもなく、便利な年頃、
　ああ、あなたの年代の誉れにして大いなる栄光よ、
ここに姿を現しなさい。美少年よ、私の胸に戻りなさい。
　愛してくれとは頼みません。あなたを愛することを許してください。
手紙を書いていると、湧き出る涙が目から滴り落ちます。
　見てください、なんと多くのシミがここにできていることか。

出て行く決意がどれほど固くても、もっと穏当な別れ方もできたはず、
「レスボスの女《ひと》よ、お元気で」とぐらい言えたでしょうに。
あなたは私の涙も口づけも捨てていきました。
　結局、心配していなかったことをあとから悲しむことになりました。
あなたが私に残していったものはただ不正だけで、あなたも
　私の愛を思い出させる形見を手にしてはいません。
餞《はなむけ》の言葉も送りませんでしたが、餞の言葉を述べても、
　私のことを忘れないで、とだけしか言えなかったでしょう。
愛にかけて――この愛が決して消え果てませんよう――
　私の崇める神格、九柱の女神[*17]にかけて、あなたに誓言します。
誰かが私に「おまえの喜びは逃げて行くぞ」と言ったとき、
　私は長いあいだ涙を流すことも口を利くこともできませんでした。
瞼に涙が浮かばず、喉から言葉が出なかったのです。
　氷のような悪寒で胸が締めつけられていました。
我に返って悲しみが心を占めると、胸を叩くことも、

　髪を引きむしって叫びを上げることも恥ずかしくはなく、
ちょうど、愛情深い母親が亡くした息子の
　亡骸を火葬の薪積みへ運ぶときのようでした。
私が悲しめば悲しむほど兄のカラクソスは喜んで
　つけ上がり、私の目の前を行ったり来たりしながら、
私の悲痛の原因が恥ずべきものと思われるように、
「なぜ彼女は悲しむのか。娘なら生きてるぞ」と言います。
恥じらいと愛は一つにはなりません。町じゅう全部が
　見ていましたが、私は衣を引き裂いて胸をはだけていました。
パオーンよ、思うはあなたのことばかり。夢があなたを連れ戻します、
　美しく晴れた日よりもなお皓々《こうこう》とした夢が。
あなたが遠くの場所にいても、夢なら会えるのです。
　でも、眠りは喜びをさほど長続きさせません。
何度もあなたの両腕が私の肩を抱いているように、
　何度も私の両腕をあなたの脇の下に差し入れたように思います。

この口づけはたしかに、あなたがいつも舌にのせてくれたもの、
　もらうにも、あげるにもほどよい口づけ。
ときに私は甘く囁き、現実の言葉そっくりの言葉を
　語ります。唇だけが目覚めていて感覚があるのです。
これ以上は恥ずかしくて言えませんが、どんなことでもあって、
　楽しくて、濡れずにはいられません。
でも、太陽神が姿を現し、あらゆるものを照らし出すと、
　こんなに早く夢が行ってしまうなんて、と私は愚痴をこぼし、
洞窟と森を目指します。まるで森と洞窟が役に立つかのようですが、
　そこが私の秘密の喜びを分かち合ったところだからです。
そこへ向かう私は見境をなくしています。狂乱の女神エニューオーに
　憑かれたからです。髪を首筋になびかせています。
洞窟もいま見ればざらざらした石灰岩が天井をなすだけですが、
　かつて私にはミュグドニア[*18]産の大理石のようでした。
森はいまもあります。それはかつて何度も私たちに寝床を

　提供し、その上に繁った葉で陰を作ってくれました。
でも、森と私の主はいまはもうどこにもいません。
　いま、その場所はただの地面です。主あっての場所でしたから。
私は馴染みの芝についた跡を認めました。
　私たちの重さで葉がたわんでいたのです。
かつてあなたがいた場所に身を横たえて触れてみましたが、
　以前には愛想のよかった草が私の涙を飲み干してしまいました。
それどころか、梢も葉を落として悲嘆にくれているように
　見えますし、甘いさえずりを聞かせる鳥もありません。
夫に対して道にはずれた復讐をしたダウリスの母鳥だけが哀愁に満ちた
　歌をトラーキア生まれのイテュスのために歌っています。[*19]
鳥はイテュスを、サッポーは捨てられた愛を歌います。
　聞こえるのはそれだけで、あとはすべて真夜中のように静かです。
きらきらとして、どんなガラスよりも透明な
　神泉があります。神格が宿ると多くの人が信じています。

この泉の水面に睡蓮が枝を広げて
　そこに一つの森をなし、地面は柔らかな芝の緑に覆われています。
ここで私が涙に濡れながら疲れた体を休めたとき、
　目の前に一人のナーイアス[20]が立ち止まりました。
立ち止まると、言いました、「片思いの炎が
　おまえを焦がしているのだから、アンブラキア[21]の地に向かうがよい。
その高みからポイボスが広大な海面のいたるところに目を向けている。
　人々がアクティオンの、また、レウカスのポイボス[22]と呼ぶ神域だ。
ここからデウカリオーンがピュッラへの恋に燃えたときに身を
　投げたが、海に落ちた衝撃で体が傷つくことはなかった[23]。
たちまち、ピュッラへの恋は背を向けて逃げ去った。決して動じぬ
　心の強さができて、デウカリオーンは炎から救われた。
これがその地の変わらぬ掟ゆえ、すぐさま目指せ、高き
　レウカスを。岩場から飛び降りることを恐れるな」と。
彼女が忠告を与えた声とともに姿を消すと、私は驚愕して立ち上がり、

　目からこぼれる涙を抑えきれませんでした。
ああ、ニンフよ、私は行きます。教えられた岩場を目指します。
　狂気の恋に屈した恐怖よ、去れ。
どうなろうと、いまよりはよいはず。そよ風よ、吹き上げよ。
　私の体の重みを小さいものにしておくれ。
柔和なアモルよ、あなたも落ち行く私に翼をあてがってください。
　そうすれば、私の死がレウカスの海の罪とはならないでしょうから。
そうなれば私はポイボスに同業の具である竪琴を捧げましょうし、
　竪琴の下に二行の詩を刻むでしょう。
「ポイボスよ、御礼に竪琴を捧げた私は歌人サッポー。
　竪琴は私に似合い、竪琴はあなたに似合うゆえ」。
でも、あなたはなぜ私にアクティオンの岸へ不幸な旅をさせるのですか。
　あなたのほうがさすらいの旅から戻ればよいのに。
私の病を治すには、レウカスの波よりあなたの力がまさります。
　美しいあなたが尽くしてくれれば、私のポイボス[*24]になるでしょう。

それとも、ああ、どんな断崖や高波より残忍な男よ、あなたには
　できるのですか、私が死ねば、私の死を勲章とすることが。
いいえ、私の胸はあなたの胸と重ねるほうがどれほどよいことでしょう、
　岩場から真っ逆さまに投げてしまうよりも。
この胸は、パオーンよ、あなたがいつも褒めてくれた胸です。
　何度となく才覚にあふれた胸だと思ってもらえました。
いま私の弁が立てばよいのに。悲痛が技術の道を塞ぎ、
　災厄のために才能のすべてが行き詰まりました。
歌おうとしても昔のような力が私の思うとおりに出ません。
　悲痛が撥《ばち》を黙らせ、悲痛が竪琴に口をつぐませています。
海に囲まれたレスボスの女たちよ、これから嫁ぐ者もすでに嫁いだ者も、
　アイオリアの竪琴でその名を歌われた娘らよ、
あなたたちを愛したために私の評判が貶められた娘らよ、
　大勢で私の竪琴のもとへ集まるのはもうやめなさい。
あなたたちがかつて好んだものはパオーンがすべて奪い去りました。

　情けない。もう少しで「私のパオーン」と言いそうだったとは。
あなたたちの力で彼を戻してくれれば、あなたたちの歌人も戻るはず。
　あの男が詩才の力を与えもし、奪いもするのだから。
私の嘆願に効き目はあるのかしら。粗野な心が動くかしら。
　それとも、頑なな心に届かぬ言葉は風に持ち去られるかしら。
私の言葉を持ち去る風があなたの船を戻してくれればよいのに。
　つれない人、あなたに人の心が分かるなら、そうしていたはず。
もし戻るつもりで、あなたの船に願掛け成就御礼の捧げ物を
　用意しているなら、なぜ手間取って私の心を切り苛むの。
纜《ともづな》を解きなさい。海から生まれたウェヌスが恋する者のために海を統べ、
　そよ風が船脚を速めるでしょう。あなたはただ纜を解けばいいのです。
クピードー[*25]みずから船尾に座って舵を取るでしょう。
　みずから柔らかな手で帆の上げ下ろしをするでしょう。
もしギリシアのサッポーから遠く逃げたほうが嬉しいなら――
　でも、私から逃げるもっともな口実は見つからないでしょうが――

せめて、私を憐れに思って薄情な手紙を書き送ってください、
　レウカスの水面に私の運命を求めよ、と。　二二〇

第十六歌　パリスからヘレネーへ

伝承　トロイア王子パリスは、誕生前から母ヘカベーの夢見によってトロイアに災いをもたらすと考えられたため、生まれるとすぐに王宮の外へ出され、イーデー山の牧童として育った。この牧童時代、ユーノー、ミネルウァ、ウェヌスという三女神が一番美しいのは誰か競ったとき、その審判役に指名され、見返りに世界でもっとも美しい女性を約束したウェヌスに軍配を上げた。見返りとされた女性は、しかし、スパルタ王テュンダレオスの娘レーデーがユッピテルの胤から産んだヘレネーであり、このときすでにギリシア全土から名乗りを上げた——名だたる英雄ばかりの——求婚者の中からメネラーオスを選び、スパルタ王妃となっていた。パリスは自分の本当の出自を知ったあと、ウェヌスから約束された運命を実現すべく、エーゲ海を渡ってスパル

タを訪れ、本意を隠して、メネラーオスから歓待を受けた。第十六歌と第十七歌はこの時点で書かれた手紙という設定に立つ。このあと、パリスがヘレネーをトロイアに連れ帰ったことから、彼女を取り返そうとするメネラーオスと彼の結婚の際に誓いを交わしたギリシア全土の英雄たちが率いるギリシア軍とトロイアのあいだで十年にわたる戦争となり、ついには、トロイア陥落にいたる。

五

レーデーの娘よ、君にプリアモスの子が無事を祈ってこの手紙を送る。
　僕の無事は君からもらうのでなければ得られない。
言ってしまおうか。それとも、明らかな火の手は教える必要もなく、
　僕が望む以上に僕の恋情はすでに目に止まっているだろうか。
隠せるなら隠しておきたい。そのあいだだけは
　喜びに心配が入り込まずにすむだろうから。
だが、僕は隠すのが下手だ。だって、誰が恋の火を隠せたろうか。
　それはいつも自分を自分で照らして露わにしてしまうのだから。
でも、事実を声にも出してほしいと君が言うなら、

　僕は恋に身を焼かれている。これが僕の心を伝える言葉だ。
お願いだ。告白したことを赦して。嫌な顔をせず、このあとも
　君の器量に似つかわしい眼差しで読み通してほしい。
ずっと嬉しく思っていた。僕の手紙が歓迎されているので、
　同じように僕自身も歓迎されることに希望がもてるからだ。
それが実現し、君をもらえる約束が反故にならぬように願っている。
　アモルの母神が約束して、僕をこの航海へ促したのだから。
そうだ、僕は神の導きで——君が知らずに過ちを犯さぬように言おう——
　航海してきた。この企てにはおろそかにできぬ神格がついている。
僕の求める見返りは大きいが、もらってしかるべきものだ。
　キュテーラの女神[*1]が君を僕の新妻にと約束したのだから。
女神を水先案内にしてシーゲイオンの岸から進めてきたのだ、
　ペレクロス[*2]の船で海を渡る遠く危険な航海を。
女神は優しい微風と船を後押しする風を授けてくれた。
　海から生まれたのだから、海を掌握していても不思議はない。

女神の心が変わらず、海原とともに胸の滾りにも手助けしますように。
　僕の願いどおりの港へ届けてくれますように。
この恋の火はここで見つけたのではない。向こうから運んできたのだ。
　この火こそ僕がこれほど遠くまで旅する理由だった。
僕がここへ辿り着いたのは陰鬱な悪天候や針路を誤ったせいではない。
　タイナロス[*3]が僕の艦隊の目的地だった。
言っておくが、僕は商売品を運ぶ船で海に
　乗り出しはしない。あるだけの資財を神々が守ってくれればいい。
ギリシアの諸都市を見物するために来たのでもない。
　僕の王国の町々のほうが豊かだから。
目的は君だ。黄金のウェヌスが君を僕の褥に約束したのだから。
　僕は君を、まだ知りもしないうちから欲した。
君の顔を僕は目で見るより先に心で見た。
　噂に聞いたとたんに僕は心に傷を受けた。
でも、驚くには当たらない。それが定めなんだ。弓から放たれた矢が遠くから僕に命中し、愛を吹き込んだ。
運命は決まっていた。それを君が覆そうと試みないように言おう。
　聞きたまえ。嘘偽りなく語られた言葉だから。
母の出産が手間取り、僕がまだ胎内に留まっていたが、
　すでに子宮には十分な重みがかかっていたときだ。
母は夢を見ていた。そこに現れたのは巨大な
　炬火で、彼女の月満ちた子宮から炎を上げつつ出てきた。
母は驚愕して起き上がると、夜の暗がりに見た恐るべきことを
　老王プリアモスに話し、王は占い師たちに話した。
占い師の一人はイーリオンがパリスの火で炎上するだろうと告げた。
　それは、いま見てのとおり、僕の胸に燃える炬火だったのだ。
見かけは平民の出と映っても、僕の容姿と心の闊達さが
　隠された高貴の生まれを示していた。
森深いイーデー山の谷あいに一つの場所がある。
　街道からはずれ、松やトキワガシの木が生い茂り、

おとなしい羊も岩場を好む山羊も
　大きな口でゆっくりと反芻する牛も餌場としない場所だが、
ここから僕はダルダニア[*4]の城壁と高く聳える甍《いらか》と
　海原を眺めながら身を木にもたせかけていた。
するとどうだ。踏み進む足並みで地面が揺れているように思えた。
　これから話すことは、とても本当とは信じられないが、本当だ。
僕の目の前に立ち現れたのは、速やかな翼で進んできた
　巨大なるアトラースとプレーイオネーの孫[*5]。
見ることが許されたのだから、見たことを語ることも許されますよう。
　そして、神の五本の指は黄金の杖を握っていた。
一緒に三人の女神、ウェヌスとパッラスとユーノー[*6]が
　草地の上にたおやかな御足を下ろした。
僕は肝を潰した。恐怖で凍りつき、髪の毛が逆立った。
　そのとき僕に翼ある使いの神が言った。「恐れを捨てよ。
おまえは美の審判だ。女神たちの争いを決着させよ。

　美しさで他の二人にまさるべき一者は誰だ」。
僕が拒まぬように、神はユッピテルの名において命令を下すと、
　すぐさま上天に進路を取り、星々のもとへ昇って行った。
僕は気を取り直した。急に気が大きくなった。
　恐れることなく、女神らの一人ずつに目を向けて品定めした。
三人とも勝つにふさわしく、審判泣かせだった。
　三人全員が自分の言い分を通すことはできないのだから。
それでも、すでにそのとき三人のうちから僕は一人を選んでいた。
　それが誰だか分かるだろう。愛を吹き込む女神だ。
勝利への執着はすごいものだ。みんな必死にたいそうな
　贈り物で僕から自分に有利な審判を得ようとする。
ユッピテルの奥方は王国を、娘は武勇をくれると言う。
　僕自身も権力と勇気のどちらをもちたいか迷った。
ウェヌスが甘く微笑んで「パリスよ、そんな贈り物に動かされるな。
　どちらも不安と恐怖に満ちているから」と言った。

「この私はおまえが愛せるものをやろう。美しきレーデーの娘、
　母にまさって美しい娘がおまえの腕に抱かれるだろう」。
女神はこう言った。そして、贈り物も美しさもともに申し分なく、
　勝利を携えて天上へ戻るべく足を運んだ。
そのうちについに運命が好ましい方向に転じた。
　形見が本物と分かり、僕は王の息子であると判明する。
王家は喜んだ。息子が長い時間ののちに戻ったのだから。
　そして、トロイアはこの日を祝日に加えた。
いま僕が君を欲するように、そのとき娘らが僕を欲した。
　だから、多くの娘のあこがれを君は独り占めできるんだ。
王侯や将軍たちの娘らが求愛しただけではない。
　僕はニンフらにも心から愛された。
オイノーネー以上のどんな美人に僕が心を移すだろう。[*7]
　君の次では、彼女よりプリアモスにふさわしい嫁はいない。
だが、僕はどの娘にも嫌気がさしている。なぜなら、

　テュンダレオスの娘よ、君と結婚する望みが生まれたからだ。
僕は君の姿を、目覚めれば両の目で、夜には心で見ていた、
　瞳が安らかな眠りに負けてまどろむときにも。
目の前に見る君はどんなだったろう。まだ見ぬうちに君は僕を魅了した。
　僕は燃えていた。恋の火は遠くこの地にあったのに。
僕は君への希望をそれ以上おあずけにしておけなかった。
　だから、青い海を旅して僕の願いを叶えようとした。
プリュギアの斧がトロイアの松の木を切り倒す。
　それに、海水に対して有用などんな木も。
ガルガラ[*8]の険阻な峰から聳え立つ木々が奪い去られ、
　遠くイーデー山から無数の船板が僕のもとへ届けられた。
オークの木が快速の船の骨組みとすべくたわめられ、
　湾曲した船体に肋骨材が織り込まれる。
僕が帆柱に帆桁と一緒に帆布を取りつけると、
　鉤状に曲がった船尾に神々が描かれて鎮座する。

けれども、僕を運ぶ船には、小さなクピードーを連れ、
　君との結婚を保証する女神が描かれて立った。
船団建造に仕上げの手が加えられると、
　すぐさま僕はエーゲ海に乗り出すことを命じる。
だが、父と母が僕を思い止まらせようと哀願し、
　目指した旅が子思いの声で引き止められる。
妹のカッサンドラー[*9]もいつものように髪を振り乱した姿で、
　僕らの船がいまや帆を上げようとしていたときに
叫んだ、「どこへ急ぐの。あなたは劫火を携えて戻るでしょう。
　この水面を渡って求める炎がどれほど大きいか分からないのね」。
その予言に嘘はなかった。言われたとおりの火を僕は見つけたし、
　柔らかな胸の内に愛の猛火が燃えているのだから。
僕は港から出発し、順調な風にも恵まれて
　オイバロス[*10]の孫なる新妻よ、君の住む陸地へ船を着ける。
君の夫が僕を歓迎するが、このようなこともまた

　神々の配慮と意向によるものだ。
彼は見せてくれた、どのようなものであれラケダイモーン全土で
　見る価値のあるもの、見事なものを。
だが、僕は評判の容姿をこの目で見たいと逸っていたから、
　それ以外のものは目に入らなかった。
それを見たとき、僕は肝を潰した。感じたのだ、胸の奥底が
　驚きと感じたことのない不安で膨れ上がるのを。
それに似た顔立ちを僕は思い出せる。それは
　僕の審判を受けに来たときのキューテーラの女神だ。
もし君が一緒にあのコンテストに来ていたら、
　ウェヌス女神も優勝は覚束ないものだったろう。
君についての噂はたいへんな前評判を煽っていた。
　君の美貌を知らない土地はどこにもなかった。
プリュギアでも東方のどこでも、君に肩を並べる
　名声をもつ美女は他にいない。

だが、僕はこう言いたい。真実は評判にまさる。
　噂は君の美しさをほとんどやっかんでいる。
僕がここで見つけたものは噂が約束した以上のものだ。
　実物の君は令名を凌駕していたのだ。
だから、もっともだ、すべてを知ったテーセウスが恋に燃え[*11]、
　君を奪うことがあれほどの勇士にふさわしいと思ったのも。
それは君が一族のならいで艶やかな体育場の
　競技に女の身で裸の男どもに混じって加わっていたときのこと。
よくぞ彼は奪った。だが、いったいどうして返したのか。
　そんな立派な戦利品なら変わらぬ心で保管すべきだった。
僕ならまず首を刎ねられて肩から血を流すだろう、
　君を僕の閨房から奪い去られようとしたら。
僕の両手が君を手放してもよいと思うことがあるだろうか。
　君が僕の胸元から離れていくのに生きていられるだろうか。
君を返すことになっても、僕ならその前になにか手に入れずにおかない。

　僕の愛がまるっきりお手上げになりはしない。
僕は摘み取っただろう、君の純潔か、さもなくば、例の
　純潔を損なわずに奪うことができたものを。
君の身を僕に預けさえすれば、パリスの意志の固さが分かる。
　僕の恋の炎を消せるのは葬儀の炎だけだ。
僕は王国よりも君を選んだ。かつてない大きな王国を
　ユッピテルの后にして妹なる女神が僕に約束したのにだ。
君の首のまわりに両腕を投げかけられさえするならと、
　僕はパッラス女神がくれるという勇気も見下した。
いま後悔はないし、これからも愚かな選択だったと思うことはない。
　僕の心は思いの丈をいつまでも堅く抱き続ける。
どうか僕の希望を踏みにじるようなこと、それだけは
　やめてほしい。君ならどれほど苦労して求愛してもいいのだから。
僕は卑しい身で高貴な女性との結婚を望む者ではない。
　言っておくが、僕の妻となることが君の恥にはならない。

僕の家系を辿れば、プレーイアデスの一人[*12]とユッピテルが
　見つかる。それからあとの祖先のことは言わなくとも、
父はアジアの王権を握っている。それはどこよりも豊かな国、
　無辺の領土ゆえに横断することもまず困難な国だ。
そこで目にするのは無数の町々と黄金の甍《いらか》、
　そして、鎮座する神々に似つかわしい神殿だ。
君は見るだろう、イーリオンを、高い櫓で防備を固めた
　城壁、ポイボスの竪琴の調べによって築かれた城壁[*13]を。
どうして君に人口の多さを話す必要があるだろう。
　あの国土にも収まりきらないほどの国民がいる。
トロイアの婦人たちがびっしりと並んで君を迎えるだろう。
　僕らの王宮の広間に入りきらないプリュギアの花嫁がいるだろう。
君は何度も言うだろう、「なんて貧しいの、私たちのアカイアは」と。
　どの家一つをとっても、都に相当する富があるだろうから。
でも、僕が君たちのスパルタを蔑むことは許されない。

君が生まれた国は僕にとって豊かな国だから。
しかし、スパルタは質素だ。君には金持ちの身なりがふさわしい。
　そんなに美しい君にこんな場所は似合わない。
君ほど美しければ、金に糸目をつけずに飾り立て、
　どこにもないような贅沢な嗜好品をもつのがぴったりだ。
君は僕らの一族の男たちの身なりはもう見ているのだから、
　ダルダニアの娘らの身なりはどんなだと思うだろうか。
どうか心優しく、夫にふさわしくないとは思わないでほしい、
　プリュギアの男を。テラプナイ[*14]の田園で生まれた娘よ。
プリュギアの生まれで、僕らの血統であったのだ、いま
　神々にネクタルを水で割って飲ませている者[*15]は。
アウローラの夫[*16]もプリュギア人だった。ただ、彼をさらった
　女神の姿は夜の終点を示すのだけれども。
アンキーセース[*17]もプリュギア人だ。翼持つアモルの母神は彼と
　イーデーの峰で褥をともにすることを喜ぶ。

おそらく、容姿と年齢を比べれば、メネラーオスが
　僕より上だなんて君が判断することはないだろう。
少なくとも君の舅になるのは明るい陽光を追い散らし、
　馬たちを驚愕させて食事から目を背けさせる者ではない。[*18]
プリアモスの父は舅の返り血を浴びて
　ミュルトス海の水を罪で汚す者ではない。[*19]
僕の曾祖父[*20]はステュクスの川波の中で果実を
　取ろうとしたり、水の真ん中で水を求める者ではない。
でも、それにどんな意味があるのか。君はあの一族の男のものとなり、
　ユッピテルがこの家の舅となるはめになっているのだから。
なんという罪業だ。夜のあいだずっと、あの不相応な男が
　君を独り占めし、君を抱く喜びを味わっている。
ところが、僕が君の姿を見るのはようやく食卓が据えられたときだけ。
　そのときでも心を傷つけられることばかりやたら多い。
僕の敵どもに供したい宴があるとすれば、それは

注がれた酒を前にいま僕が味わっているような宴だ。
客にならなければよかった。僕の目の前で両腕を
　君の首にまわすのがあの田舎者であるなんて。
僕は嫉妬で胸が張り裂ける――でも、すべてを語らずにはいない――
　あの男が君の体にマントをかけて抱いているのだから。
だが、君たちがみんなの前で情愛深い口づけを交わそうとしたとき、
　僕は盃を手に取り、目の前にかざした。
あの男が君をさらに抱き寄せると、僕は視線を落とし、
　無理やり入れる食べ物が口の中にたまって増えるばかり。
僕は何度も嘆息を吐いた。そして気づいた。悪い人だ、君は。
　僕の嘆息に笑いを抑えられなかったね。
僕は何度も酒で心の火を押さえつけようとしたが、火は
　大きくなった。酔いは火に火を注ぐだけだった。
多くを見ないように、僕は首の向きを変えて寝そべる。
　だが、すぐに僕の目は君のほうへ呼び戻される。

どうしたらいいか僕は迷う。そちらを見れば心が痛むが、
　君の顔から目を離せば、もっとひどく痛むから。
なんとかできるかぎり僕は狂おしさを悟られないように努める。
　だが、恋は隠そうとしても見えてしまう。
君にごまかしは言わない。君には僕の恋の傷が分かっているから。
　願わくは、それに気づくのが君一人だけでありますよう。
何度、ああ、湧き出る涙のために顔を背けたことか。
　あの男に僕が泣いている理由を尋ねさせてはいけなかったから。
何度、ああ、酒の肴に恋物語を語ったことか。
　その一言一言を僕は君の眼差しに向けて話し、
仮の名前で僕自身のことだと合図を送った。
　知らなかったかい。僕なんだ、その本当の恋人は。
それだけじゃない。もっと慎みのない言葉遣いができるように、
　一度ならず酔ったふりもした。
そう言えば、ゆったりしたトゥニカから君の胸がのぞいて、

　露わな胸が僕の目に見えたことがあったが、
その胸は純白の雪か牛乳か、あるいは君の
　お母さんを抱いたときのユッピテルよりも白く輝いていた。
それを見て恍惚となった僕は——たまたま盃を手にしていたので——
　指のあいだからねじり細工の取っ手を落としてしまった。
君が娘に口づけすることがあれば、僕はすぐにその口づけを
　ヘルミオネー[*21]の幼い口から奪って喜んだ。
僕は仰向けに寝て昔の恋物語を歌ったり、
　あるいは、首の動きで秘密の合図を送ったりした。
だが、君の侍女頭のクリュメネーとアイトラーに
　ついさっき思いきっておべっかを使ってみたが、
二人ともただ、怖いわ、としか言わず、
　僕が頼んでいる言葉の途中で行ってしまった。
神々が君を一大勝負の賞品にしてくれたらよかったのに。
　勝者が君を自分の床に連れてゆけたらいいのに。

ヒッポメネースもスコイネウスの娘を競走の賞品にもらい受け、[*22]
　ヒッポダメイアもプリュギアの懐へやって来た。[*23]
アルキーデースがアケローオスの角を荒々しく折ったのも、
　デーイアネイラよ、君の抱擁を求めたときだった。[*24]
そうした掟に従うなら僕も果敢に行動しただろうし、
　君も自分が僕の労苦の結晶だと分かっただろう。
いま僕に残る手だては、美しき人よ、君に懇願し、
　君が許してくれるなら、君の足を抱くことだけだ。
ああ、美の誉れよ、双子の兄弟とともに地上に降り立った栄光よ、
　ユッピテルの娘でなければ、ユッピテルの妻にふさわしい人よ、
僕がシーゲイオンの港に戻るには君を妻とするしかない。
　さもなくば、亡命者としてこのタイナロスの地に骨を埋めよう。
矢の先がほんの少しかすっただけではない。
　この胸の傷は骨まで達している。
いま思い起こせば、こうなる定めだったんだ。僕が天の矢に

　射貫かれると告げた妹[*25]の予言は真実だったんだ。
ヘレネーよ、運命の与えた愛を軽んじることは慎みたまえ。
　そうすれば、神々は君の願いを快く聞いてくれるから。
多くのことが心に浮かぶが、もっと多くを面と向かって話すために
　僕を受け入れてほしい、寝静まった夜、君の寝間に。
それとも、君は恥や恐れを感じるのだろうか、夫との愛を汚し、
　正式な夫婦の床の貞潔な契りを裏切ることに。
ああ、田舎者とは言わないまでも、純朴すぎるヘレネーよ、
　そんなに美しいのに罪を免れられると思っているのか。
美しさをあらためるか、邪険でなくなるか、どちらかしかない。
　美しさと慎み深さの係争はたいへんなものだ。
ユッピテルも黄金のウェヌスもこのような密事を喜ぶ。
　だって、こういう密事じゃないか、ユッピテルを君の父にしたのは。
性格に親の種子が力をもつなら、まず無理なことだ、
　ユッピテルとレーデーの娘なのに、君が貞潔でいるなんて。

でも、君にも貞潔でいてほしい、僕のトロイアに住まうときには。
　そのときは、君の罪科は僕一人だけであってほしい。
さあ、過ちを犯すなら、結婚することで正せる過ちを犯そう。
　ウェヌスが僕に空約束をしたはずはないから。
けれども、君の夫も言葉だけでなく行為でも君にそう勧めている。
　客人の密事を邪魔しないよう、留守をしているのだから。
彼がクレータの王国を訪ねる機会としてこれは
　絶好だった。ああ、なんと機転が利く夫だろう。
出かける際に彼は言った、「そなたに任せるぞ、イーデーの
　客人のことは。妻よ、私になり代わって世話をしてくれ」と。
誓って言うが、君は夫の留守中に任されたことをなおざりにしている。
　君は君の客人の世話をちっともしていない。
君は期待しているのか、あんな唐変木に君の美しさが
　どれほどの宝か十分に分かると、テュンダレオスの娘よ。
君の見損ないだ。彼は知らない。貴重な財産だと思っていれば、

掌中のものをよそから来た男に預けたりはしないだろうから。
君が僕の言葉にも僕の熱情にも心を動かされないとしても、
　僕はあの男自身の用意した便宜を利用せずにはいられない。
そうでなければ僕はあの男自身の上を行く愚か者だろう。
　こんな安全な機会を漫然と見逃そうというのだから。
あの男はほとんど自分の手で君のもとへ恋人を連れてきた。
　君も純朴な夫が任せたことを利用したまえ。
夜のこんなにも長い時間、君も一人で独り身の床に横たわり、
　僕自身も一人で独り身の寝床に横たわっている。
君と僕、僕と君で一緒に喜びを結び合わせよう。
　そうすれば、夜も真昼より輝かしいものとなるだろうから。
そのとき僕は君が望むどんな神にもかけて誓いを立てよう。僕は
　君の誓詞を復唱して神聖な掟にこの身を捧げよう。
そのとき僕は——僕の過信ではないはずだ——
　その場で君を説き伏せてみせる、僕の王国を求めるように、と。

もし君が僕のあとを追ったと人に見られるのが恥ずかしく、怖いなら、
　この罪は君にはなく、僕が犯人だということにしよう。
だって僕はアイゲウスの息子[*26]や君の兄弟[*27]の行為に倣いたいから。
　君に触れるのにこれらより近い先例はありえない。
テーセウスは君を、かの兄弟はレウキッポスの双子姉妹をさらった。
　僕はそうした先例の四番目に数えられよう。
トロイアの艦隊が武器と勇士を積んで用意している。
　すぐにも櫂と順風を利して迅速な航海を進めるだろう。
君が強大な女王のようにダルダニアの町々を通るとき、
　民衆は新たな女神の到来と信じるだろうし、
君が歩みを運ぶ先々でシナモンが焚かれて香り、
　犠牲獣が屠られ、倒れる響きとともに地面を血に染めるだろう。
捧げ物を父や兄弟たち、母や姉妹たち、
　イーリオンのすべての娘ら、全トロイアが差し出すだろう。
ああ、情けない。これから起きることのわずかも僕には言えない。

君が受け取るものはこの手紙に記すことよりもっと多いんだ。
恐れることはない、君を奪った僕を激しい戦争が追い回さないか、
　偉大なギリシアがもてるだけの武力を駆り集めないか、と。
これまでさらわれた女は数多いが、一人でも武力で取り戻されたろうか。
　いいかい、そんなことを恐れるのは杞憂というものだ。
北風の名においてトラーキア人らがエレクテウスの娘を捕らえた。[*28]
　だが、ビストネス族[*29]の国は戦争にならず安全だった。
パガサイのイアーソーンはパーシス生まれの娘[*30]を新たな船で連れ去った。
　だが、テッサリアの国土はコルキスの軍勢に傷つけられなかった。
君をさらったテーセウスはミーノースの娘[*31]もさらった。
　だが、ミーノースはクレータ人を戦争に召集しはしなかった。
このようなことではいつも危険そのものよりも恐怖のほうが大きい。
　心配するのはかまわないが、心配しすぎは恥ずかしい。
それでも仮に大戦争が勃発すると想像したければ、想像してみたまえ。
　僕にも力があり、僕の矢も当たれば痛い。[*32]

アジアの国力は君たちの国力に劣らず、
　勇士にあふれ、駿馬に富む国だ。
アトレウスの子メネラーオスがどれほどの気概を見せようとも、
　パリスにはまさるまいし、武術でも右に出るはずがない。
僕はほんの子供の頃に敵を斬り殺して奪い去られた家畜を
　取り戻し、それにちなんだ名前をもらった。[*33]
僕はほんの子供の頃にさまざまな競技で若者らを負かした。
　負かした相手にはイーリオネウスやデーイポボス[*34]がいた。
僕への警戒は間近での戦いだけでよいと思われぬように言うが、
　僕の矢は狙ったとおりの場所に刺さる。
こんな芸当をあの男がほんの若造の時にできたなんて言えるかい。
　アトレウスの子にも僕のような技術を仕込めるかい。
どんなことでもできたとして、兄弟にヘクトールがいるかい。
　彼なら一人でも無数の兵士に匹敵するだろう。
僕にどんな力があるか君は知らない。僕の膂力に君は気づかない。

君は知らないんだ、君が結ばれるはずの夫がどんな人間か。
だから、君を取り戻そうとする戦争の嵐が起きないか、さもなくば、
　ギリシア軍の陣営は僕の軍勢の前に退却するか、いずれかだ。
それでも、僕は剣を手に執ることをいとわない。これほどの
　花嫁のためなのだから。大いなる褒賞は争いを誘う。
君にしても、君をめぐって全世界が戦ったなら、
　後世永遠に残る名声を得るだろう。
希望をもち、不安を捨て、神々に後押しされてここから出発したら、
　まったく心配はいらない、約束された贈り物を求めたまえ。

第十七歌　ヘレネーからパリスへ

あなたの手紙が私の目を汚してしまったいまは、

返事を書かないことがささやかな誉れに思えました。
あなたは大胆にも、異国から来て歓待の神聖な掟を踏みにじり、
正式に結婚した妻の操《みさお》を揺さぶろうとしました。
もちろん、それが目的でした。あなたが風吹き荒れる海原を渡り、
タイナロスの岸なる港に迎えられたのも、
異なる民族の出身ではありますが、あなたが
私たちの王宮の扉に閉め出されなかったのも、
これほどの奉仕の見返りに不正を働くためだったのです。
ああして入国したあなたは客か敵か、どちらだったのですか。
きっと、どんなに正しくても、こんな私の泣き言は
あなたから見れば田舎くさいと言われるでしょう。
ええ、私は田舎者でも結構、貞節を忘れず、
落ち度のない人生の指針を保てさえすればいいのです。
顔に陰鬱な表情をこしらえていなくても、
眉根も険しく厳めしい様子で座っていなくても、

私には曇りのない名声があり、これまで過ちなく生きてきました。
　私から手柄を挙げた姦夫はいません。
それだけに不思議です。何を心の頼りにこんな企てをしたのですか。
　臥所をともにできると思ったのはどういうわけですか。
それとも、ネプトゥーヌスの血筋の英雄[*1]が私に暴力を働いたので、
　一度さらわれた女は二度さらわれても当然とお思いですか。
私が心を許したとしたら、それは私の罪だったでしょうが、
　さらわれたとき、拒む以外に何が私にできたでしょうか。
それでも彼は自分の行為から求めた果実を得ませんでした。
　恐怖を除いてはなんら被害を受けずに私は戻ったのです。
ただ抗う私からほんの少しの口づけだけ恥知らずにも
　奪いました。それ以上には私を己がものとはしていません。
あなたのように自堕落なら、こんなことでは満足しなかったでしょう。
　神々がよりよき加護を下さるよう。彼はあなたとは違いました。
傷ものにせずに返してくれて、慎みで罪を減じました。

　若者が自分の行ないを後悔したことは明らかです。
テーセウスが後悔したのは、パリスが彼のあとに続いて、
　私の名が人の噂にならないことがないためでしょうか。
でも、私は怒りません。誰が恋する者に腹を立てるでしょう。
　ただし、あなたの言う愛が偽りではいけません。
だって、それも疑わしいのです。そう思うのは、自信がないから、
　私が自分の美貌をよく知らないからではありません。
それは、娘らに軽信が仇となることは多く、
　あなた方の言葉には信義が欠けていると言われるからです。
たしかに、他の女たちは過ちを犯し、貞節な婦人はまれですが、
　私の名がまれな女たちの中に入ることを何が妨げるでしょう。
あなたは私の母[*2]を見て、これはちょうどいい、これを
　先例にして私もなびかせられると思っているでしょうが、
母の過ちの場合、装った姿によって誑かされたので、
　そこに誤解があります。姦夫は羽毛で覆われていたのです。

私の場合、過ちを犯せば、知らなかったですませられることはなく、
　罪科を斟酌させるべき誤解もないでしょう。
彼女の誤解は立派でした。過失は犯人によって贖われました。
　私が罪を犯しても幸せと人に言わせるユッピテルがいるでしょうか。
あなたは生まれや曾祖父や王家の有名な方々を自慢しますが、
　こちらもれっきとした高貴な家で、十分に名高いのです。
ユッピテルが舅の祖父であること、また、タンタロスの子ペロプスや
　テュンダレオスの誉れのどれも言わずもがなとしても、
白鳥に欺かれたレーデーがユッピテルを私の父としています。
　彼女は神の化身を本当の鳥と信じ込んで胸に抱いたのでした。
さあ、どうぞ、遠くプリュギアの一族の始まりから
　プリアモスやその父ラーオメドーンのことを語りなさい。
彼らを私は尊敬しますが、あなたにとって偉大な栄光であり、
　五代前の方が私の名前からは一代前に当たります。[*3]
あなたの国の王笏は強力だとは思いますが、

　それでも、こちらもそれに劣らぬものだと思います。
この地が富や人口の点で
　負けていても、少なくとも、あなたの国は蛮夷です。
たしかに、お手紙は豪勢な贈り物をたっぷりと約束していますから、
　これなら女神様方の心でも動かせたでしょう。
でも、仮に私が貞節の境界線を越えようと望むとすれば、
　それらよりあなた自身を過ちの大きな原因とするでしょう。
私はこのままずっと落ち度のない名声を保つか、さもなくば、
　贈り物ではなく、あなた自身のあとを追うか、いずれかです。
私は贈り物を拒みませんが、いつでももらって一番嬉しい
　贈り物とは、贈り主ゆえに価値ある贈り物です。
ずっと大切なのです、あなたが私を愛して苦労してくれること、
　私のためにこれほど遠くまで水面を渡ってくれたことのほうが。
ほら、悪い人、そこの食卓でいまあなたがしていることも、
　気づかぬふりに努めてはいても、気づいています。

ときに私に、好色な人、恥知らずな眼差しを向けていますね。
　視線に力がこもっているのでとても目を合わせていられません。
ときに溜め息をつき、ときに私の次に盃を
　手に取り、私が飲んだところからあなたも飲みますね。
ああ、何度も何度も私は気づきました、指が秘密の
　合図を送り、眉はほとんど話しかけているのを。
幾度となく夫が見たのではないかと本当に心配し、
　しっかり隠していない合図に顔を赤らめました。
幾度となく小声か声に出さぬ囁きで言いました、
　「この人は恥を知らない」と。この言葉に嘘はありませんでした。
丸い食卓の上にも書いてありました。私の名前が
　酒を指で引き伸ばして記された下に「愛してる」の文字でした。
私は真に受けていないことを目の動きで示しました。
　ああ、情けない。こんな話し方ができるすべを会得したなんて。
私が過ちを犯すような女であったなら、こんな口説き文句にも

　気持ちが動き、それで心を捕らえられたでしょう。
正直言って、あなたには類いまれな美貌もありますから、
　あなたに抱かれたいと思う女もいることでしょう。
でも、他の女に罪のない幸せを譲るほうがいいでしょう。
　私の貞節をよそ者の愛のために堕落させはしません。
私を手本に美女なしですますすべを学びなさい。
　好きな楽しみを控えることは美徳です。
どれほど数多くの若者があなたと同じ望みを抱くと思いますか。
　それとも、パリス一人だけにものを見る目があるのですか。
あなたは他人より目が利くのではなく、軽率に無茶をするだけです。
　他人より才に長けているのではなく、厚顔すぎるだけです。
あなたが快速の船で来るのがいつならよかったかと言うなら、
　私の純潔を千人もの求婚者が求めたときです[*4]。
そのときに会っていれば、千人の中であなたが一番だったでしょう。
　夫でさえ、この私の選択を赦してくれるでしょう。

いま来ても喜びは先に人手に渡っています。遅すぎるのです。
　あなたはなかなか諦めませんが、お求めのものは他人のものです。
たとえ私が、トロイアの人よ、あなたの妻になることを望んだとしても、
　私は決してメネラーオスのものであることに不満はありません。
お願いです。お言葉でこの弱い胸をかき乱すのはやめて、
　愛しているとおっしゃるなら、私を傷つけないでください。
私に運命が授けた定めを守らせてください。
　私の操から恥ずべき略奪を望まないでください。
でも、それがウェヌスの約束だったのですね。高いイーデーの谷あいで
　三柱の女神があなたの前に裸身を現し、
お一方が王権を、次の方が戦争の栄誉を与えようとしたとき、
　もう一方は「テュンダレオスの娘を娶らせよう」と言いました。
私自身はとても信じられません。天上に住まう神格が
　ご自身の美しさをあなたの審判に委ねたなんて。
仮にそれが本当だとしても、少なくとも、後半は作り話です。

　そこでは、審判の見返りが私だと言われているのですから。
私はそれほど体に自信がありません。ですから、私が
　最高の贈り物だと女神が誓言したとは思えないのです。
私の美しさなど人間の目で見て褒められれば十分です。
　ウェヌスから賛辞をもらえば私は嫉妬を受けます。
でも、嘘だとは言いません。あなたのお世辞も支持します。
　なぜ私が、そうありたいものではないと、わざわざ言うでしょうか。
私があなたを信じないにもほどがある、と怒らないでください。
　事が大きいと信用できるまで時間のかかるのがつねですから。
ですから、ウェヌスの眼鏡にかなったのが私には第一に嬉しく、
　その次は、あなたが私を最高の褒賞と思ったこと、
あなたがパッラス女神やユーノー女神の賞品よりも
　噂に聞いただけのヘレネーの魅力がまさると考えたことです。
つまり、私はあなたにとって武勇であり、高貴な王権です。
　そう思ってくれる心を愛さないなら、私は鉄の女でしょう。

聞いてください。私は鉄の女ではなく、恋心に抵抗しているのです。
　相手が自分のものになるとはとても思えない人ですから。
なぜ私が水はけのよすぎる砂浜を反った鋤で耕したり、
　機会そのものが拒んでいる希望を追いかけたりするでしょうか。
私はウェヌスの密事に不慣れです。決してこれまで――
　神々が私の証人です――誠実な夫を計略で騙したことはありません。
いまも、私の言葉をもの言わぬ紙片に託していますが、
　こんな仕事を私の手紙が果たしたことはかつてありません。
経験のある女たちは幸せです。私は世間知らずなので、
　罪を犯す道は困難に違いないと思うのです。
心配そのものも障りです。すでにいま心が混乱して、みんなの
　目が私の顔に注がれているように思います。
そう思うのもゆえなきことではなく、民衆の悪しき囁きが聞こえました。
　アイトラー[*5]が私に幾人かの人の声を知らせてくれましたから。
でも、あなたは本心を隠してください。やめるというなら話は別ですが、

どうしてやめることがあるでしょう。本心を隠せるのですから。
ゲームです。でも内密に。私たちには最大ではなくとも、ずっと大きな
自由が与えられました。メネラーオスが留守なのですから。
たしかに彼は遠くにいます。やむをえぬ事情で出発しました。
突然の旅立ちですが、大切で正当な理由がありました。
あるいは、私がそう思っただけか。私は彼が行くかどうか迷ったとき、
「できるだけ早く戻るおつもりで行ってらっしゃい」と言いました。
その縁起のよい言葉に彼は喜んで口づけをくれると、「家のこと、
それにトロイアの客人の世話を頼むぞ」と言ったのです。
私はかろうじて笑いをこらえ、笑いを抑えようと苦労するあいだ、
彼に言えたのはただ、「そういたします」だけでした。
たしかに彼はクレータに向けて追い風に帆を広げましたが、
だからといって、なんでもしてよいと思ってはいけません。
私の夫はここを留守にするあいだも遠くから私に目を光らせています。
それとも、王侯には長い手がある[*6]のをご存じありませんか。

美しいことも重荷です。いつでも口をそろえて
　あなた方が褒めるので、夫の心配にそれだけ根拠ができます。
喜びをもたらす栄誉がいまのままでは私に痛手ともなり、
　世評を裏切るほうがよいくらいだったでしょう。
彼が留守中に私をあなたと一緒に残したことは驚くに当たりません。
　夫は私の性格と生き方を信じたのですから。
美貌は心配の種ですが、生き方は信頼しています。夫は
　廉直さに安心し、美しさに恐れを感じるのです。
転がり込んできた好機を無にするなとのご忠告、そして、
　夫の純朴さを存分に利用しよう、とあなたは言います。
そうしたいものの、怖くもあり、まだ気持ちの固まり具合が
　十分ではありません。踏みきれずに心が揺れています。
私の夫が留守である一方で、あなたは連れ合いもなく眠っています。
　そして、あなたと私は二人ともお互いに相手の美貌の虜です。
夜が長い一方で、私たちはすでに言葉を交わしています。

　そして、同じ屋根の下にどうしようもなく口説き上手なあなた。
これだけそろって罪に走らないなら、私は死んだほうがいいくらいです。
　それでも、なにかしら怖くてこの身は二の足を踏んでいます。
あなたが口説き落とせないなら、無理強いしてくれたらいいのに。
　私の田舎くささは力ずくで払い落とすべきでした。
不正が被害者自身に有益な場合がときにはあるものですから。
　少なくとも私の場合、無理強いで幸せになったでしょう。
むしろ、恋がまだ思い初めのあいだに抵抗しましょう。
　炎は点《つ》いてすぐならわずかの水を撒いただけで鎮火しますから。
旅人の恋は先行き不安です。旅人自身と同じく放浪しますから。
　これ以上たしかなものはないと思っても、失せてしまいます。
その証人にはヒュプシピュレーやミーノース[*7]の娘がいます。
　どちらも結婚の床がお披露目されなかったことを嘆きました。
あなたもまた、不実な男よ、長い歳月にわたり愛した
　オイノーネー[*8]を捨てたと言われています。

言われてもあなたは否定しませんから、私もあなたのことをすべて
　調べようと、いいですか、たいへんに心を砕きました。
それに、あなたはずっと変わらぬ愛を持ち続けたいようですが、
　それは無理です。すでにプリュギア人らは船の帆を張っています。
あなたが私と話をするあいだ、夜の期待に身がまえるあいだに、
　あなたを祖国へ送り届ける風がいまにも吹くでしょう。
航路の途中で捨て去ることになるのです、まだ新しさに満ちた
　喜びの思いを。風とともに私たちの愛は行ってしまうでしょう。
それとも、お勧めのとおり、ついて行って、誉れあるペルガマを訪ね、
　偉大なるラーオメドーンの家の嫁となりましょうか。
でも、私は翼ある噂が広める風聞を侮りはしません。
　噂は世界中を私への非難で満たすでしょうから。
私について他に何をスパルタが、何をアカイア全土が、
　何をアジアの諸民族が、何をあなたのトロイアが噂するでしょうか。
私のことをプリアモスやプリアモスの后がどう思うでしょうか。

また、数多くのあなたの兄弟やダルダニアの嫁たちはどうでしょう。
あなたにしても、どうして私がこれから誠実でいると期待できますか。
あなたという先例があるのに不安になりませんか。
誰であれ、イーリオンの港に入った異国人はみな、
あなたにとって心騒がす不安の種となるでしょう。
ご自分が私に怒って、「姦婦め」と何度言うでしょうか。
その罪は私だけでなくあなたにもあることを忘れてしまうのです。
あなたは過ちの非難者であると同時に張本人となるでしょう。
願わくは、大地が私の目の前で崩れ落ちてくれますように。
でも、私にイーリオンの富と幸せな暮らしを満喫せよ、
お約束よりなお豊かな贈り物を受け取れ、と言うのですか。
きっと、緋紫や高価な織物を私はいただけるのでしょう。
山積みの金塊が私を富者にするのでしょう。
こう言っても赦してください。あなたの贈り物にさして値打ちは感じず、
どういうわけか、私はこの土地に心を引き止められます。

私に害が及ぶようなとき、プリュギアの地で誰が救いに来るでしょうか。
　どこに兄弟を、どこに父の助けを求めればいいでしょうか。
イアーソーンがメーデイアにした約束はすべて偽りでした[*9]。
　それで彼女がアイソーンの家から追い出されなかったでしょうか。
見捨てられた彼女が戻る先はありませんでした。アイエーテースも、
　母イーデュイアも、姉カルキオペーももういなかったのです。
こんな恐れを私は抱きませんが、メーデイアも恐れていませんでした。
　でも、明るい希望はしばしば裏切られ、予感のとおりになります。
ご覧なさい、いま沖で翻弄されている
　どの船も港を出たときには海が穏やかだったのです。
炬火もまた私を戦慄させます。血まみれの炬火を産み落とした
　夢をお母様はお産の日の前に見たのですから。
また、予言者たちの教えも恐ろしく思います。ペラスゴイ勢の火で
　イーリオンが炎上することを予言したと言われていますから。
キュテーラの女神はあなたの味方です。女神が勝利を収め、

　二重の勝利記念柱を得たのはあなたの審判のおかげですから。
それだけに私はあの女神様方を恐れます。あなたの自慢話が本当なら、
　二柱の女神はあなたの審判のせいで面目を失ったのですから。
間違いありません。私があなたについて行けば、戦争が準備されます。
　ああ、なんということか、私の恋は剣と剣のあいだを進むのです。
それとも、ケンタウロスへの荒々しい宣戦布告をハイモニアの勇士らに
　強要したテッサリア娘ヒッポダメイアの例[*10]がありながら、
これほど正当な復讐に腰が重いとあなたは考えますか、メネラーオスや
　双子の兄弟やテュンダレオスが。
あなたはずいぶんと自慢して勇敢なお仕事を話しますが、
　あなたの言葉にそのお顔は釣り合いません。
あなたの体は戦場より色恋に向いています。
　戦争は勇士らにやらせて、パリスはいつも恋をなさい。
あなたがお褒めのヘクトールに戦いを代わってもらいなさい。
　あなたの汗にふさわしいのはもう一つの戦場です。

私もその汗を、賢さともう少しの大胆さがあれば、
　役立てるところですが、それは誰か賢い娘の役に立つのでしょう。
あるいは、ひょっとすると私も貞節を捨てて賢くなるでしょうし、
　逡巡したのち敗北のしるしに両手を差し出すでしょう。
密かに会ってこの件を話し合おうとのお求めですが、
　あなたが会談を装ってどんな下心をおもちか分かっています。
でも、急ぎすぎです。あなたの稲穂にはまだ実がついていません。
　ここで辛抱すればお望みにも好結果があるかもしれません。
以上です。心の秘密を分かち合う手紙には
　内緒の仕事を終えてもらいます。もう指が疲れましたから。
あとは侍女のクリュメネーとアイトラーを介して話しましょう。
　この二人は私のそばに仕える知恵袋ですから。

第十八歌　レーアンドロスからヘーローへ

伝承　ヘッレースポントス（現在のダーダネルス）海峡北岸の町アビュドスの若者レーアンドロスは対岸の町セストスに住む娘ヘーローに恋し、彼女との逢瀬のため、毎夜海峡を泳いで渡った。ヘーローは彼のために目印となるよう海岸の塔に灯りを点して待った。だが、海が荒れ、泳いで渡ることができない夜が続き、会えない辛さ、切なさを二人が手紙に綴ったというのが第十八歌、第十九歌の設定となっている。両詩篇の中では、二人の馴れ初め、忍び逢いをしなければならない理由が必ずしも明らかではなく、また、当然ながら、二人の恋の結末について示されていないが、ムーサイオスの叙事詩『ヘーローとレーアンドロス』（後五世紀後半か六世紀初め）では次のように語られている。いずれも類いまれな美男美女である二人の恋の火は愛神エロース（＝クピードー）の放った矢によって点され、セストスの町で営まれる女神アプロディーテー（＝ウェヌス）の祝祭においてレーアンドロスがヘーローを見初めたことから始まる。ヘーローは最初、本心とは裏腹に、アプロディーテーの巫女であること、異国の男との関係を両親が怒るであろうことを理由にしてレーアンドロスの求愛を拒もうとするが、結局、彼に口説き落とされる。そして、忍び逢いのためレーアンドロスが毎夜海峡を泳いで渡ることになったが、冬が来て、強風の吹きつのる夜、レーアンドロスは海に呑まれ、翌朝、流れ着いた彼の遺体を見つけたとき、ヘーローは塔から身を投げて死をともにした。なお、ムーサイオスについては中務哲郎氏による邦訳（『ギリシア恋愛小曲集』岩波文庫所収）があり、後世の受容も含めた詳しい解説が付されている。

アビュドスの男が挨拶を送る。自分で届けたかったが、
　セストスの娘よ、海の波が静まらない。
神々が私に心優しく、この愛を後押ししてくれるなら、
　君の目が心ならずとも僕の言葉を辿ることだろう。
でも、神々は優しくない。願掛け成就を遅らせているし、
　私に勝手知った水面を進ませてもくれないから。
君にも見えるだろう、空は瀝青よりも黒く、海面は風で

五

　荒れ、船倉の広い船でも容易に乗り出せない。
ただ一人、その剛胆さで僕の手紙を君に
　届けてくれるという水夫があり、港から出発した。
僕も乗り込もうとしたが、あいにく、纜が
　切られたときには、アビュドス全体から見張られていた。
以前のように僕は両親に隠しておけなかった。
　愛は秘めておきたいと思っても顕れてしまうものだから。
即座にこの手紙を書いて僕は言った、「幸せな手紙よ、行け。
　すぐにおまえに彼女の美しい手が差し伸べられるだろうから。
おそらく、彼女が寄せた唇に触れられさえするだろう。
　雪のように白い歯で封を破ろうとするだろうから」。
このような言葉をか細いつぶやき声で語ったあと、
　残りの話は右手が書面に書きつけた。
でも、手紙より、泳いでいくほうがどれほどよいことか。
　泳ぎ慣れた水面を切って進むほうがどれほどよいことか。

まったく、この右手は凪《な》いだ海面を叩くのに向いているのだから。
　でも、僕の気持ちを伝える務めにも向いている。
七日目の夜だが、僕には一年より長い時間に思える。
　ずっと海は波音を轟かせて沸き立っているのだから。
これらの夜のあいだに僕の胸を鎮める夢でも見られたら、
　海峡が荒れ狂い続けてもさほど長いと思わないかもしれない。
僕は岩の上に座り、君の岸辺へ悲しい眼差しを向けている。
　この体が行けないところへ心を運んでいる。
それどころか、塔の天辺に夜通しかかげられる灯りが
　僕の目には見える。でなければ、見えているように思う。
僕は三たび乾いた砂の上に衣服を脱ぎ捨てた。
　三たび裸の体で重い道のりに乗り出そうとした。
が、若さゆえの企てを膨れ上がった海が邪魔した。
　泳ぎ出ると逆落としの波が頭を呑み込んだ。
だが、疾風の中でも抜きん出て情けを知らぬおまえ、

　おまえはどうして頑固に私と戦いを起こすのだ。
ボレアースよ、おまえの仕打ちは海ではなく、僕に向けられている。
　これでは、おまえが恋を知らなかったら、何をしたことだろう。
そんなに冷酷なおまえでも、邪な奴め、その昔に
　アッティカ娘と熱く燃えた恋の火を否定はしまい[*1]。
おまえが恋の喜びを得ようとしたときに誰かが天空の門口を
　閉めてしまったら、おまえはどうやって辛抱できたろう。
お願いだ、助けてくれ。優しく、もっと穏やかな風を吹かせてくれ。
　そうすればヒッポテースの子[*2]もおまえに辛い命令を下すまいから。
甲斐なき頼みだ。僕の祈願をボレアースの唸りが打ち消している。
　波を揺らし、どこも鎮めようとはしない。
願わくは、いま僕にダイダロス[*3]が豪胆な翼を授けてくれればよいのに。
　ただ、イーカロスの海はここから遠く離れてはいないけれど。
何があろうと、僕は耐えよう。ただ、できればいい、この体を空へ、
　何度も危うい水面に浮かんだ体を持ち上げられればいい。

すべてが風と海峡によって拒まれているあいだずっと、
　僕の心は最初の密事のときのことに思いをめぐらす。
夜の帳《とばり》が降りる頃だった。思い起こすと嬉しくなるが、
　恋する僕は父の門扉から外へ出た。
出るやいなや、衣服ともども恐れも脱ぎ捨てて、
　透き通る水の海をしなる腕でかき始めた。
月がほとんどずっと揺れる光で行く手を照らしていた。
　まるで僕の進む道に忠実につき添う従者のようだった。
月を見上げて僕は言った、「輝かしい女神よ[*4]、好意を示したまえ。
　ラトモスの岩を思い起こしたまえ！
エンデュミオーンはあなたに厳めしいお心でいることを許しません。
　お願いです。優しい眼差しを僕の密事に向けてください。
あなたは女神でありながら天から降って人間に求愛しました。
　真実を言ってよければ、僕が慕う相手は女神です。
気だてが天上の神々の胸にふさわしいことは言うまでもありません。

　器量も本当の女神の域にしか格付けできません。
ウェヌスとあなたの器量には譲っても、他にまさるものはありません。
　僕の言葉を信じないなら、ご自身でご覧ください。
あなたが汚れない光線で白銀の輝きを放つときに
　星々はことごとく一歩下がって、あなたの光に道を開けますが、
そのように彼女は美しい女性の誰よりも美しいのです。
　疑うなら、あなたの目は節穴ですね」。
こんなことや、少なくともさほど違わぬ言葉を語りながら、
　僕は夜の水面をかき分けて進んでいた。
波は月の姿を反射させて光り、
　もの言わぬ夜に昼の輝きがあった。
どこにも声はなく、耳に届くものと言えば、
　体が押しのけた水の囁くような音しかなかった。
ただ、ケーユクスを愛して忘れぬアルキュオネーだけが、
　なにかしら甘美な嘆きを洩らしているように思えた。[*5]

すでに肩の下から両の腕が疲れていたが、
　僕は勇ましく水面の上高く伸び上がる。
遠くに灯りを目にしたとき、「僕の炎はあの灯りの中だ。
　あの岸辺に僕の灯りがある」と言った。
すると、突然、疲れた腕に力が戻った。
　波がそれまでより柔らかくなったように思えた。
身も凍る海の深みの冷たさを感じなくてすむように、
　逸る胸中に燃える愛の働きがあったのだ。
近づくほどに、岸が近くなるほどに、
　残りわずかになるほどに、進む気持ちが高まる。
やがて僕の姿も見えるところへ来ると、君が見ていると思って
　気持ちが強くなる。君が僕を元気にしてくれる。
なおも泳いでわが君を喜ばせようと奮闘し、
　君の目に入るように両腕を動かす。
君が海中へ入ろうとするのを乳母が押し止めようとする。

　実際、そう僕には見えたし、見間違いではなかった。
でも、乳母にはできなかった。君を引き止めようとしたが、
　君の足は波打ち際で濡れることとなった。
君は抱擁で迎え、幸せな口づけを結び合わせる。
　偉大なる神々よ、これこそ海を渡って求めるに値する口づけです。
君は自分の肩から衣を脱いで僕に渡し、
　海の滴で濡れた髪を乾かしてくれる。
そのあとのことを知るのは夜と僕らと一緒に過ごした塔と、
　僕に瀬を渡る道筋を示してくれる灯りのみ。
その夜の喜びが数えきれるなら、
　ヘッレースポントス[*6]の海藻も数えきれよう。
僕らの密事に与えられた時間が短ければ短いだけ、
　無駄にしないように気をつけた。
すでにティートーノスの奥方[*7]が夜を追い払おうとし、
　アウローラの露払いたる「明けの明星」が昇っていた。

僕らは急いで口づけを重ねる。やみくもに奪い合うようだった。
　そして、夜はあまりに短いと愚痴をこぼす。
そうしてぐずぐずしていた僕は乳母の苦い警告に促され、
　塔をあとにして寒々とした岸辺へ向かう。
僕らは泣きながら別れ、僕は乙女の海[*8]へ戻ってゆく、
　振り返れるあいだはずっとわが君を振り返りながら。
信じられないだろうが本当だ。ここへ来るときは泳ぎ手なのに、
　帰るときは難破者であるように思える。
これも信じてくれ。君のもとへ向かう道は下り坂に思えるが、
　君のもとから帰るとき、心ない水が山なすように思える。
僕は祖国へ戻るのがいやだ。そんなことを誰が信じられるだろうか。
　だが、少なくともいま僕は自分の町に留まるのがいやだ。
なんということか。心で結ばれた僕らが波で隔てられるなんて。
　心が一つの二人なのに、一つの土地に住めないのか。
僕が君のセストスに移るか、君が僕のアビュドスに移るかしよう。

　君の国を僕が好きなように君も僕の国が好きなのだから。
どうして海面が乱れるたびに僕までかき乱されるのか。
　どうして風という浮薄な理由で僕が邪魔されるのか。
いまや弓なりに跳ねるイルカたちも僕らの恋を知っている。
　思うに、僕は魚のあいだでも有名なんだ。
いまや通い慣れた水路は轍《わだち》ができている。
　まるで何度も車輪で踏みしだいた道のようだ。
このような道しかないと言って以前の僕は嘆いていた。
　ところが、いまは風のせいでこの道すらもないと嘆いている。
けた違いの高波でアタマースの娘[*9]の海は白濁し、
　船が自分の港にいても安全とは言えない。
この海は、沈んだ娘から最初にいまの名前を
　得たときも、こんなふうだったのだろう。
この場所の悪名はヘッレーを奪ったことでもう十分に高い。
　僕を助けても、名前に罪が顕れている。

僕はプリクソスが羨ましい。陰鬱な海の上を無事に越え、
　黄金の毛皮をもつ羊に運ばれたのだから。
でも、僕には羊や船の世話になる必要はない。
　この体で切り開ける海面になりさえすればいい。
技術も足りないものはない。泳ぐ機会がありさえすれば、
　僕は一人で櫂にも、船乗りにも、客にもなるだろう。
僕の目標はヘリケーでも、テュロス人が用いるアルクトスでもない。[*10]
　僕の愛はみんなの使う星座には目もくれない。
アンドロメデーや明るい冠座は他の者が目を向けるがいい。
　極北にきらめくアルカディアの熊座[*11]を見るがいい。
でも、僕はペルセウスやユッピテルやリーベルが恋した星[*12]を
　危うい道のりの標《しるべ》としたくはない。
他にある灯りのほうがそれらの星より僕にはずっと確かだから、
　これを導きとすれば僕の愛は暗闇でも迷わない。
これを見ているかぎり、僕は黒海の奥のコルキスへでも、

　テッサリアの松材の船[13]が通った進路を辿っていくだろうし、
泳ぎで勝てるかもしれない、若者パライモーン[14]にも、
　また、魔法の草で突如として神になった者[15]にも。
絶えず動かしているうちに何度も僕の腕は力が入らなくなり、
　広大な水面を渡る疲れから引き寄せられなくなる。
僕は両腕に言った、「労苦の代償は小さくない。
　すぐにおまえたちにわが君の首を抱かせてやるから」と。
すぐさま両腕は元気になり、自分の褒賞を目指してゆく。
　まるでエーリスの出走枠から飛び出した馬[16]のようだった。
こうして僕は自分を焼き焦がす愛を自分で守り、
　星座よりも天界にふさわしい娘よ、君のあとを追う。
そう、君は天界にふさわしい。だが、いまはまだ地上に留まりたまえ。
　さもなくば、僕に教えたまえ、天界へいたる道のりを。
君は地上にいる。なのに、幸薄い恋はめったに思いを遂げられない。
　僕の心も海峡も乱れる。

僕を隔てる水面は広くない。でも、それはなんの足しにもならない。
　狭い水域だからといって決して障害が小さくなりはしないんだ。
むしろ、世界の端と端にはるか離れて、
　わが君も希望も遠くに思っているほうがよいくらいかもしれない。
いま、君が近ければ近いほど、炎が近くで僕を熱くする。
　実体はいつもあるわけではないのに、希望だけはいつもある。
愛するものはもう少しで手が届くほどの近さにあるのに、
　ああ、僕は何度も「もう少し」と言って涙をこぼす。
［それはどこが違うだろうか、逃げ去る果実を摑もうと思うこと、
　また、水は口から逃げるのに、希望を捨てず追いかけることと。[*17]］
では、僕が君を抱擁するのは波がそう望むときしかないのか。
　冬の嵐のとき僕が幸せな目を見ることはないのか。
風と波ほど当てにならないものはないというのに、
　僕はいつも風と波に望みをかけることになるのか。
いまはまだ夏だが、どうなるだろう、海を傷つける

プレーイアスや熊番の星やオーレノスの山羊[*18]がいたら。
僕は自分がどれほど向こう見ずか知らないのか。さもなくば、
そんなときでも用心を知らぬ恋が海峡へ送り出すはずだ。
時機が来ていないから口約束だけしていると思わないでほしい。
約束の保証をあげるのに手間取ることはないだろう。
これから幾夜か波浪が高くとも、
水面が承知せずとも僕は思いきって行くだろう。
決行すれば、成功して無事でいられるか、
さもなくば、死が愛の苦悩に終わりをもたらすかだ。
それでも望むらくは、僕の体が向こう岸に打ち上げられること、
この身は難破しても君の港に着くことだ。
君は涙を流し、僕の遺骸に触れることを厭わず、
「彼が死んだ原因は私でした」と言うだろう。
きっと、僕が死ぬなんて縁起でもないと君は怒っているね。
手紙のこの個所に気を悪くしているね。

もう言わないよ。愚痴は慎もう。でも、海も怒りを収めるように、
　どうか、僕の祈願に合わせて君も一緒に祈願してくれたまえ。
僕に必要なのは短い凪《なぎ》だけ、そのあいだに向こう岸へ渡るから。
　君の岸辺に着いたら、あとは嵐が続けばいい。
そちらには僕の船にぴったりの船泊まりがある。
　僕の船がそこよりもよく停泊できる水面はない。
そこに僕をボレアースが監禁すればいい。そこに留まるのは嬉しいから。
　そのとき僕は泳ぐ元気が出ず、用心深くなるだろう。
聞く耳をもたない高波に非難を浴びせることもなく、
　泳いで行こうとしても海峡が冷淡だと愚痴ることもない。
どうか、風とたおやかな腕が一緒に僕を引き止めてくれるように。
　どうか、この二つの原因からそちらに足止めされるように。
嵐が許すなら、僕は体の櫂を使うだろう。
　君はただ、ずっと灯りを見えるところにかかげてくれ。
それまでは僕の代わりにこの手紙を夜通し君のそばにおいてくれ。

願わくは、あとを追って僕自身がほんの少しで着くはずだから。

第十九歌　ヘーローからレーアンドロスへ

レーアンドロスよ、あなたが送ってくれた挨拶の言葉[*1]を
現実の形でいただけるように、さあ、おいでください。
私には喜びを先延ばしするどんな遅れも長く思えます。
こう言っても赦してください。私の愛は辛抱が利かないのです。
私たちを焼く愛の火は同等ですが、私の力はあなたに劣ります。
男の人のほうが気持ちが強いのだと思います。
体と同様に、たおやかな娘らは心をしっかりと保てません。
あと少しの時間でもまだ遅れるようなら、もう倒れそうです。
男の人には狩りをしたり、晴れ晴れと田畑を耕したりして

五

　長い時間をさまざまに過ごすすべがあります。
広場に足を止めるもよし、香油が光る体育場を楽しむもよし、
　轡で馬の首の向きを変えて従わせるもよしです。
鳥を罠で捕らえるときもあれば、魚を竿で釣るときもあり、
　夜も遅い時間なら酒を注いで紛らします。
女の私はこうはいきませんから、胸を焼く火がこれほど激しくなくても、
　することといって残されたのは、愛することと以外にありません。
残されたことを私はしています。私の唯一の喜びであるあなたを
　とても返すことなどできないほどの愛で愛しています。
私は愛しい乳母とあなたのことを囁き声で話し、
　あなたの旅を手間取らせている原因は何かと不思議がります。
さもなくば、海を見渡し、厭わしい風にかき立てられた
　水面に向かって、ほとんどあなたと同じ言葉で叱ります。
でなければ、重い波が少しだけ厳しさを緩めたときに、
　来れるのに、あなたはどうして来ないのか、と愚痴ります。

愚痴をこぼすあいだに涙が愛をたたえる両目からこぼれ、
　私の心を知る老女が覚束ない指でこぼれた涙を拭います。
あなたの足跡が浜辺にないものかと何度も目をやります。
　砂地についた跡がそのまま残っているように思うのです。
あなたのことを尋ね、あなたに手紙を書くため、誰かアビュドスから
　来た人がないか、アビュドスへ行く人がないか探します。
言うまでもありませんが、私は何度も衣に口づけします。あなたが
　ヘッレースポントスの水面に向かうとき脱いでいく衣です。
こうして昼間が過ぎ、夜のより好ましい時間が
　陽光を追い払って星座を明るく見せたとき、
すぐさま私は館の天辺に夜通し点す灯りを
　置いて、通い慣れた道筋の目印とします。
そして、錘《つむ》を回しながら撚った糸を紡ぎ出し、
　女の手仕事で待っている時間の長さを紛らします。
そんなにも長い時間のあいだ私が何を話しているのか、ですって。

　私の口に上るのはレーアンドロスの名前以外にありません。
「乳母よ、わが喜びとなる人はもう家を出たかしらね。
　それとも、みんなが起きているので、身内を恐れているかしら。
あの人はもう肩から服を脱ぎ捨てているかしら、
　もうしっとりしたオリーブ油を体じゅうに塗っているかしら」。
乳母は頷きかけますが、それは私の口づけをもらいたいからではなく、
　忍び寄った眠気が老女の頭を動かすだけなのです。
ほとんど間を置かずに私は言います、「きっともう海に乗り出してるわ。
　しなる腕をかいて水面を切り分けてるわ」。
地面に届くまで仕上げた糸が二、三本になるともう、
　あなたが海峡の中ほどまで達しているか、と私は尋ねます。
ときに遠くを眺め、あるいは、ときに、心配げな声で祈ります、
　順風のもとであなたが快調に道のりを進みますように、と。
私の耳ははっきりとは聞こえない声をも捉え、どんな
　音がしてもあなたの到着に違いないと思います。

このように失望を味わいながら、夜のほとんどが
　過ぎたとき、疲れた両目に眠りが忍び入ります。
ひょっとして、悪い方、お嫌ですか、私と一つ場所で眠るのが。
　本心は来たくないのに、来ているのですか。
夢でしょうか、いま私はあなたを見つめています。近くまで泳いで来た
　あなたの濡れた両腕を私の肩で支えます。
あるいは、いつもの衣を滴のしたたる体にかけ、
　また、あなたの胸元に私の胸をつけて暖め、
さらには、慎み深い舌では口に出せない多くのこと、
　したときは嬉しくても、思い出すのは恥ずかしいことをします。
ああ、憐れな私。この喜びは束の間であり、本物ではありません。
　あなたはいつも夢と一緒に去っていくのですから。
ああ、もっとしっかりと求めるままに愛を結び合わせましょう。
　私たちの歓喜を本物で、現実のものとしましょう。
なぜ私は独り凍える夜を数多く過ごしたのでしょう。

　あなたはなぜ何度も私から離れては、長くそれきりなのですか。
たしかに、いまの海はもはや泳ごうとしてもどうにもなりません。
　でも、昨日の夜は風がもっと穏やかでした。
なぜあなたは見送ったのですか。起きないはずのことを恐れたのですか。
　なぜあんな好日を無駄にして、航路に乗り出さなかったのですか。
すぐにあなたが同様の機会を授かって出発できるとしても、
　それより昨夜のほうが時期が早いだけよかったのです。
でも、海が様相を変えて大荒れになるのは早いですよね。
　けれど、あなたが急げば、それより早く来れることも多く、
ここで嵐につかまっても、愚痴ることなどないはずだと思います。
　私を抱いていれば、嵐はあなたの邪魔にならないのですから。
少なくとも私はそんなとき風の音を嬉しく聞いたことでしょうし、
　水面が静まることを決して祈ることはなかったでしょう。
何が起きたために、あなたは波を怖がるようになったのですか。
　どうしていまは以前に見下していた海峡を恐れるのですか。

私は覚えています。一度あなたがやって来たとき非情な海の脅威は
　いまに劣らないか、大いに劣ることはないものでした。
私はあなたに叫びました、「向こう見ずはよろしいが、どうか
　あなたの勇気が私に不幸な涙をこぼさせませんように」と。
なぜいま急に恐れるのですか。あの豪毅さはどこへ失せたのですか。
　海を軽蔑したあの泳ぎの達人はいまどこにいるのですか。
いえ、以前のあなたに戻るより、このままでいてください。
　凪《な》いだ海を安全に渡って来てください。
あなたがずっと変わらず、お手紙のとおりに私たちが愛し合い、
　あの愛の火が冷たい灰にならないかぎりはそれでいいのです。
私が心配するのは、祈願成就を遅らせる風よりも、
　あなたの愛が風のようにあらぬところへ流れないか、
私の価値が薄れ、危険の前に本願が失われないか、
　私が労苦に引き合わない報賞と思われないか、ということです。
ときどき私は恐れます、生国が仇となって、アビュドスの閨には

　トラーキア娘の私では釣り合わぬ、と言われはしまいかと。
それでも、私はどんなことも辛抱強く耐えられますが、ただし、
　どこかの性悪女にあなたが心を奪われて気ままに過ごすこと、
他の女の腕があなたの首に巻きつくこと、
　新しい愛で私たちの愛が終わることは耐えられません。
死んだほうがましです、そんな罪で傷つけられるくらいなら。
　あなたの罪科より先に私が死の運命を身に受けましょう。
でも、あなたを見ていて悲しいことがあると察したから、
　あるいは、新たな噂に不安を感じたからこう言うのではありません。
すべてが心配なのです。実際、恋をして心安らかな者がいたでしょうか。
　離れている者同士ならなおいっそう心配がつのらずにいません。
一緒にいて、その場で分かる女たちは幸せです。
　心配するのは嫌疑が本当のときだけで、偽りなら無用ですから。
私の場合、虚妄に動揺する一方で、実際に不正があっても気づきません。
　どちらに思い違いしても同じように痛みが突き上げます。

どうかあなたが来てくださるか、さもなくば風かお父上のいずれかが
遅れの原因でありますように。女のせいではありませんよう。
でも、そうと分かったら、いいですか、私は悲しくて死んでしまいます。
私の死をお求めというなら、さっさと過ちを犯してください。
でも、あなたは過ちを犯しませんし、私はいたずらに怯えているのです。
あなたが来られないのは、嫉妬深い嵐が鞘当てをしているせいです。
ああ、憐れな私。なんという高波が海岸に打ちつけていることか。
陽光も黒い雲に埋もれて隠れています。
もしや、ヘッレーの母[*2]が娘愛しさから海へやって来たのでしょうか。
海に沈んだ娘のため涙をこぼして泣いているのでしょうか。
あるいは、うとましい継子の名がついた海を
海の女神に姿を変えた継母[*3]がいじめているのでしょうか。
この場所は、いまもそうですが、たおやかな娘らに好意を示しません。
この水域でヘッレーが命を落としましたし、私も苦しんでいます。
でも、ネプトゥーヌスよ、あなたはご自身の恋の炎を忘れず、

　どのような恋も凪で邪魔してはなりません。
だって、アミューモーネー[*4]も、右に出る者なしと評判の器量の
　テューロー[*5]もあなたの手にかかったという話は偽りではありません。
輝けるアルキュオネー[*6]も、ヘカタイオーンの娘カリュケー[*7]も、
　まだ髪の毛を蛇で結っていなかったときのメドゥーサ[*8]も、
金髪のラーオディケー[*9]も、天界に迎えられたケラエノー[*10]も、
　私がその名を本で読んだかぎりの娘らの話も偽りではありません。
この娘らは間違いなく、また、もっと多くの娘らが、ネプトゥーヌスよ、
　あなたの腰にたおやかな腰を添わせたと詩人たちは歌っています。
では、これほど何度も恋の力を経験していながら、どうして
　私たちの通い慣れた道筋を時化《しけ》で閉ざすのですか。
助けてください、荒々しい神よ。戦いは広い海と交えてください。
　二つの土地を隔てるこの海峡は狭いのです。
偉大なあなたにふさわしいのは、大きな船を翻弄することか、
　あるいは、艦隊全体にまで荒っぽい仕打ちをすることです。

海の神が泳いでいる若者を怖がらせるのは恥ずべきことです。
　そんなことは、そのへんの池でしても自慢になりません。
あの人はたしかに高貴な生まれ、高名な家の出ですが、
　あなたが嫌うオデュッセウス[*11]の血筋を引いてはいません。
お赦しください。二人をお守りください。泳ぐのは彼だけですが、同じ
　水面にレーアンドロスの体も私の希望も浮かんでいるのですから。
ほら、灯りがはじけました。これを書くために置いた灯りです。
　ぱちぱちはじけて、私に佳い兆しをくれました。
ご覧なさい、縁起のよい炎に乳母が酒をたらし、
　「明日、私たちは数が増えるでしょう」と言って、自分も飲みます。
海の上を滑るように乗り越え、私たちの数を増やしてください、
　私の心の奥底まで招き入れられた方よ。
ご自分の陣営にお戻りください、戦友のアモルを見捨てた人よ。
　私の体はどうしてベッドの真ん中に置かれているのですか。
恐れるものなどありません。挑戦者にはウェヌスも応援するでしょう。

　海から生まれた女神は海の道を平らにならすでしょう。
私自身も何度か波間を渡っていきたいと思いますが、
　この海峡はいつも男の人のほうが安全です。
だって、プリクソスとプリクソスの妹がここを通ったとき、
　女のほうだけが広い水域に名前を残したではありませんか。
もしや、ご心配は帰るための時間がないことですか。
　それとも、往復する労苦が重すぎて耐えられないと言うのですか。
では、それぞれに出発して海の真ん中で会いましょう。
　海面の上で鉢合わせの口づけをしましょう。
そうして、それぞれがまた自分の町へ戻りましょう。
　ささやかなことですが、なにもないよりはいいでしょう。
願わくは、私たちに人目を忍ぶ恋を強いる恥じらいの心が恋に譲るか、
　臆病な恋心が人の噂に譲るか、いずれかであればいいのに。
いまは熱情と慎みの心という相性の悪いもの同士が争っていて、
　ふさわしいものと楽しいものと、どちらに従うべきか迷います。

かつてペガサイのイアーソーンはコルキスの地に入ったとき、
　パーシス河畔で生まれた娘を船脚速い船に乗せて連れ去りました。
かつてイーデー山に育った間男はラケダイモーンの地へやって来たとき、
　略奪品を携えてすぐさま帰国しました。
あなたは愛するものを何度も求めますが、そのたびに置き去りにして、
　船でも渡るのが大儀になるくらいに何度も泳いで渡ります。
それでも、若さにまかせてうねる高波に打ち勝つ方よ、どうか、
　どうか、海峡を見下すと同時に恐れもしてください。
海は技術の粋を集めた船も沈めます。
　あなたはご自分の腕に櫂よりも大きな力があるとお考えですか。
レーアンドロスよ、泳ぐことをあなたは望みますが、水夫らは恐れます。
　彼らがそうするのはいつも船が難破した結果だからです。
なんということでしょう。私は促しながら、勧めたくありません。
　お願いです。どうか私の説得よりご自分の意志を強く貫いて。
ただ、あなたが来てくれさえすれば、波間に何度も振り下ろして

　疲れた腕を私の肩に投げかけてくれさえすればいいのですから。
でも、水色の波へ眼差しを向けるたび、私の
　胸はわけの分からない悪寒でただ震えることしかできません。
それに、昨夜の夢ほど心を乱したものはありません。
　そのお清めは私が供物を捧げて済ませてはありますが、
明け方近く、すでに灯明も休み始めるころ、
　正夢を見ることの多い刻限に、
眠気で力の緩んだ指のあいだから糸が落ち、
　首を枕の上にあずけたときでした。
このとき、私は風に煽られた波間を泳ぐ一頭のイルカを
　見誤りようもなくはっきりと見たように思いました。
イルカは高波によって乾いた砂地に打ちつけられると、
　憐れにも、波に見放されると同時に命にも見捨てられました。
それがなんであれ、私は恐れます。あなたも夢を笑わないでください。
　凪いだときでなければ腕を海に託さないでください。

ご自分を大事になさらないなら、愛した娘を大事にしてください。　二〇五
あなたがご無事でないかぎり、この身は無事ではいませんから。
でも、波が砕けているので、凪になるのも近いと希望がもてます。
そのときこそ穏やかな航路を安全に胸でかき分けてください。
それまでは、海峡を泳いでは渡れないのですから、
手紙を送ります。それで待つ間の厭わしい時間を紛らしてください。　二一〇

第二十歌　アコンティオスからキューディッペーへ

伝承　並外れた美男子アコンティオスはこれも類いまれな美貌の娘キューディッペーに恋し、その思いを遂げようと策略を講じた。すなわち、恋の女神アプロディーテー（＝ウェヌス）の神力が宿る黄金のリンゴ（ないし、マルメロ）の表面に「私はアコンティオスの妻になる」との言葉を刻みつけ、このリンゴをデーロス島のアルテミス（＝

ディアーナ）神殿でキューディッペーの足元に転がし、彼女にその言葉を口にさせる、つまり、アルテミス女神を立ち会いに彼女に結婚の誓言をさせるというものであった。策略は成功したが、キューディッペーはこの出来事を誰にも話さなかったため、両親は彼女に別の許嫁を決めてしまった。ために、アコンティオスは思いを果たせない一方、キューディッペーはこの許嫁との婚礼が準備されるたびに病に罹り、二人とも苦しむ仕儀に陥った。第二十歌、第二十一歌はこの時点で書かれた手紙という設定を取る。しかし、結局、このあと困難な状況は解消される。アポッローン神への神託伺いによって病気の原因が分かり、キューディッペーも事情を両親に打ち明けたことから、二人はめでたく結婚することになる。

恐れを捨てたまえ。いまはもう、恋する男に二度目の誓約はいらない。
　僕には一度の約束で十分だ。
最後まで読んで、君の体からわずらいを追い出しておくれ。
　君の体のどこに痛みがあっても、それは僕の痛みだから。
なぜ恥ずかしさが顔に出るんだい。ディアーナ神殿にいたときも、
　根っから品のいい頬に赤みが差していたじゃないか。

五

僕が求めるのは結婚と信義の契りだ。罪なことではない。
　僕の愛は夫となるはずの男の愛だ。間男の愛ではない。
あの言葉を思い出しておくれ。木からもいだ果実に
　託して僕が君の清純な手へ投げた言葉を。
そこに見出すのは君が結んだ約束。僕の願いはそれを
　たとえ女神が忘れても、乙女よ、君に忘れずにいてもらうことだ。
僕はいまも同じことを望んでいる。だが、その気持ちはずっと激しい。
　恋の火が時間の経つあいだに勢いを増して大きくなったからだ。
これまでも決して小さくはなかったが、いまや長い時間をかけて
　愛は君が僕にくれた希望を糧に成長した。
希望を僕は君からもらったが、君を信じたのは僕自身の熱い思いからだ。
　それは違うなんて君には言えない。女神が証人だからね。
女神はそこにいた。いたからこそ、君の言葉を耳に留めた。
　髪を振って君の言葉を受け入れたようにも見えた。
君は僕の欺瞞に騙されたのだと言ってくれてもいい。

　ただし、欺瞞の動機は恋心と言ってくれなければいけない。
僕が騙す目的は君一人と結ばれるため以外にはない。
　君が非難するもののおかげで僕は君を手に入れられる。
僕は生まれついてそれほど狡猾でもないし、経験を積んでもいない。
　いいかい、恋人よ、君が僕を熟練の人間にするんだ。
けれども、僕はなにもしていない。君を僕に撚りあわせた
　言葉の糸で結びつけたのは才覚あふれるアモルだから。
アモルが言ったとおりの言葉で僕が婚約を結んだ。
　アモルが法律顧問なので僕も巧妙になれた。
この行為に欺瞞の名をつけてもいいし、僕を策略家と呼んでもいい。
　愛するものを手に入れる意欲を策略と呼ぶかぎりはね。
ほら、また僕は手紙を書いている。求愛の言葉を送るよ。
　また一つ欺瞞だね。君の非難のたねになるわけだ。
僕の愛が君の迷惑になるなら、仕方ない、いつまでも迷惑をかけるし、
　君を追いかけるよ。よしてと、君がいくら言っても追いかける。

気に入った娘を剣にものを言わせて奪い取った人もいるのだから、
　僕が注意深く書いた手紙が罪になるだろうか。
神々が僕にもっとたくさんの縄目をかけさせてくれればいい。
　そうすれば、君が誓約履行を免れる方途を封じられるから。
策略はまだ千も残っている。まだ坂の登り始めの汗しかかいていない。
　僕の熱情はどんな試みも、し残すことを許さないだろう。
君を捕まえられるか怪しいとしても、捕まえる試みだけはする。
　結果は神々次第だが、それでも、捕まえてみせよう。
網の一部からは逃げられても、すべてをかわせはしないよ。
　君が思うよりたくさんの網をアモルは張りめぐらしたからね。
術策が効果を上げなければ、武力に頼ることにして、
　君を両腕に抱いて連れ去るよ。欲しくてたまらないからね。
僕はパリスのしたことを非難するような人間じゃないし、
　夫になるために男になった者を誰も咎めない。
僕も――いや、言わないよ。この略奪に対する罰が死であるとしても、

　君を手に入れられないことに比べれば取るに足らない。
君がそんなにも美しくなかったとしたら、求愛も控えめになったろう。
　君が綺麗だから、僕はどうしても大胆に走ってしまう。
こうさせるのは君と君の眼差しだ。それは星の輝きにも
　まさり、それが僕の恋に火をつけた。
こうさせるのは君の金髪と象牙のように白い首筋、
　それに、僕の首に差し伸べられることを願う両手、
また、品がよく、うぶではないが恥じらいをもった表情、
　さらに、テティスもかなわないと思うような足だ。[*1]
他のところも褒めることができるなら、僕はもっと幸せだろう。
　でも、間違いなく、粒がそろってるはずさ。
こんな美しさに駆り立てられたのだから、驚くには当たらない、
　僕が君の声という保証を得ようと望んだとしても。
要するに、君が自分は誰かの手に落ちたと認めざるをえないときは、
　必ず僕の計略に落とされて恋人となってくれたまえ。

反感は甘んじて受ける。受けただけの報賞が得られるならいい。

　どうして罪科ばかり大きくて、ふさわしい見返りがないのだろう。

ヘーシオネーはテラモーン[*2]が、ブリセーイスはアキッレウス[*3]が手に入れた。

言うまでもなく、どちらも勝者を夫としてそのあとに従った。

君がいくら非難しても、どれほど怒ってもかまわない。

　怒った君から僕が喜びを得られるかぎりはかまわない。

僕は君を怒らせても、その怒りを鎮めてもあげるよ。

ただ、君を宥める機会が少しはないといけない。

僕は君の見つめる前で泣きながら立っていてもいい。

　涙にふさわしい言葉をつけ加えてもいい。

奴隷たちが非情な鞭打ちを恐れるときにいつもするように、
　君の足元へ服従のしるしの両手を差し伸ばしてもいい。

君には権限がある。召喚したまえ。なぜ僕を不在のまま告発するのか。

　さっさと女主人がするように、来い、と命じるがいい。

君はうむを言わせず僕の髪の毛を引きむしってもいい。

　君の指で僕の顔に青あざをつけてもいい。
どんなことも辛抱しよう。もしやと心配なのはただ、
　君の手が僕の体で傷つかないかということだけだ。
でも、足かせや鎖で僕を縛ることはしないでおくれ。
　僕は君への不動の愛に縛られて奴隷奉公をするだろうから。
そうして、怒りがしたいだけのことをしてすっかり満足したら、
　君は心の中で言うだろう、「彼の愛はなんて辛抱強いのかしら」と。
どんなことにも耐えることが分かったとき、君は心の中で言うだろう、
　「これだけ立派な奴隷奉公をする人なら、私に仕えさせよう」と。
いま僕は不幸な欠席裁判の被告だ。しかも、僕の申し立ては、
　完璧であるのに、弁護人がいないので、結果を出せない。
不正が書けと命じたこの手紙も不正としてもいい。[*4]
　でも、君が抗議できるのは、もちろん、僕一人についてだけだ。
僕と一緒にデーリア[*5]まで約束を反故にされる謂れはない。もし
　僕のために約束を果たしたくないなら、女神のために果たしたまえ。

君が騙されたことで顔を赤らめたとき、女神はそこにいて見ていたし、
　君の声を耳に入れ、忘れぬように胸にしまったのだから。
前触れが現実となりませんように。あってほしくないが、自分の神意が
　傷つけられたと分かったとき、あの女神ほど猛威を振るうものはない。
証人にはカリュドーンの猪[*6]がいる。猪も仮借がなかったが、それにも
　劣らぬ仮借のなさを母親は息子に対して示した[*7]。
アクタイオーン[*8]も証人だ。彼はその昔、誰に野獣と思われたろうか。
　それ以前には自分と一緒に野獣たちを殺していた犬たちだ。
加えて、傲慢な母親[*9]がいる。体全体を石に包まれ、
　いまもプリュギアの地に涙を流す姿が見られる。
ああ、情けない。キューディッペーよ、僕は真実を言うのが怖い。
　僕自身のために偽りの忠告をしていると見られないかと思うからだ。
でも、言わなければならない。いいかい、このせいなんだ、君が
　婚礼の日が来るたびに何度も病気で床に伏すのは。
君を思う女神の配慮なんだ。君が誓いを破らぬように骨を折り、

　君が信義に違わず、自分の身を無事に守れるよう望んでいるんだ。
だから、君が信義に背く結果を求めるたびに、
　女神が君の過ちを正しているというわけだ。
気性激しい処女神の荒々しい弓を刺激するのは控えたまえ。
　手出ししなければ、まだ宥められるから。
お願いだ。たおやかな手足を熱病で台無しにするのは控えたまえ。
　僕に喜びを与える君の美しさをとっておいておくれ。
僕の心に火をつけるために生まれたその容貌をとっておいておくれ。
　色白の顔にほんのり浮かぶ赤みをとっておいておくれ。
僕の敵、君が僕のものにならないように邪魔立てする奴は、
　君の体調が悪いときにいつも僕が抱くと同じ思いをもてばいい。
僕は君が結婚するのでも、病気でも同じように心を苛まれる。
　自分でもどちらが望ましくないのか分からない。
そのあいだにも心身がやつれる。僕が君の苦しみの原因だからだ。
　僕の策略が君を傷つけていると考えるのだ。

どうか、落ちるなら僕の頭の上に女主人の偽誓の報いが
　降りかかればいいのに。僕が罰を受けて彼女が無事でありますよう。
それでも、君がどうしているか、知らぬことのないよう、何度も門前を、
　悟られぬようにしながら、不安な思いでうろうろする。
密かに侍女や召使いのあとをつけ、尋ねてみる、
　睡眠や食事で君がよくなったところがあるか、と。
惨めだ。だって、医者の処方を用意することも、
　手をさすることも、病床に付き添うこともできないのだから。
さらに惨めなのは、僕が君のそばから離されているときに、
　もっともいてほしくない男がおそらくそこにいることだ。
あの男は君の手をさすり、病床に付き添う。
　神々に疎まれ、僕にも疎まれているのに。
親指を当てて脈をとりながら、
　それを口実に白い肌の腕を何度も摑み、
胸元をまさぐり、おそらく、口づけを交わしもする。

　果たした仕事より賃金のほうがずっと大きい。
誰がおまえに僕の畑を先に収穫してよいと言ったのか。
　誰がおまえに他人の囲い地を通らせたのか。
その胸は僕のものだ。恥知らずめ、僕の口づけを奪うのか。
　ああ、僕に約束された体から手をどけろ。
不埒な奴、手をどけろ。おまえは僕のものになる娘に触れている。
　今後そんなことをすれば、おまえは間男だ。
相手がいない女たちの中から、他の男が文句を言わない女を選べ。
　知らないなら言ってやる。あれにはちゃんとした持ち主がいる。
僕の言葉を信じなくてもいい。契約の書面を読み上げよう。
　偽造だとは言わせない。彼女自身に読ませよう。
おまえだ、僕はおまえに言ってるんだ。他人の閨から出て行け。
　ここで何をしてるんだ。出て行け。そのベッドは塞がってるんだ。
たしかに、おまえ自身も僕と瓜二つの契約の文面を手にしているが、
　だからといって、おまえの言い分が僕の言い分にかないはしない。

彼女との契約を僕には彼女自身が、おまえには父親が結んだ。優先度は
　彼女が上だ。間違いなく父親より彼女自身が自分に近いんだから。
彼女のことで父親は約束をしたが、彼女自身は恋する僕に誓約をした。
　父親の立ち会いは人間だが、彼女の立ち会いは女神だったんだ。
父親が恐れる呼び名は嘘つきで、彼女が恐れるのは誓い破りだ。
　二つの恐れのどちらが大きいか、おまえは決めかねるか。
要するに、二人の危険を比べることができるようにするには、
　事実に目を向ければいい。彼女は床に伏し、父親は元気だ。
僕とおまえも勝負に向かう心情が異なる。
　僕とおまえでは希望の大きさも違えば、恐れも同等ではない。
おまえが求愛する立場は安全だ。敗れれば、それが僕には死よりも重い。
　おまえがたぶんこれから愛するものを僕はすでにいま愛している。
もしおまえが正義と正しいものに心を配る者であったなら、
　自分から僕の愛の火に道を譲ったはずだろう。
さあ、この野蛮な男は不当な言い分を譲らないから、

　キューディッペーよ、僕の手紙は君に話を戻すよ。
君が床に伏し、ディアーナ女神の不興を買っているのはこいつのせいだ。
　分別があるなら、こいつが戸口に近づくのを禁じたまえ。
こいつのせいで君はこんなにも厳しい命の危険に直面している。
　君の代わりに、危険を引き起こしている奴が倒れればいいんだ。
こいつを追い返さないとしても、女神が断罪した男を愛してはいけない。
　それで君はすぐに、それから僕もきっと、健康になるだろう。
乙女よ、恐れを抑えたまえ。安定した健康状態を得るには、
　約束を見届けた神殿を崇めさえすればいい。
天上の神意が喜ぶのは牛の犠牲ではなく、
　証人がいなくても守られるべき信義だ。
健康になるために、患部の切除や焼き落としを受ける人もあれば、
　苦い液汁をいやいや飲んで薬にする人もあるが、
そんなものは必要ない。ただ、誓い破りになることを避けたまえ。
　君と僕と、そして、交わした約束を一緒に守りたまえ。

過去の罪科は、知らなかったと言えば、赦されるだろう。
　君は盟約を読み上げたのを失念していただけだからね。
君はたったいま思い出した。僕が言ってあげたし、こんな体の不調を
君は、約束の履行を免れようとするたびに、耐えているせいでね。
でも、これを免れても、お産のときにきっと君は願うだろう。
　かの女神[*10]が命の光をもたらす手を差し伸べてくれるようにと。
女神はそれを聞いても、以前に聞いたことを思い起こして尋ねるだろう、
君がどの夫から胤を授かって産もうとしているのかと。
君は願掛けをするだろうが、君の約束が偽りなのを女神は知っている。
　君は誓言するだろうが、君が神々も騙せることを女神は知っている。
これは僕の問題ではない。もっと大きな懸念から僕は腐心している。
　僕の胸を不安にするのは君の命だ。
ご両親が危険な容体を心配していまさっき涙を流したのはなぜだろう。
　君が彼らに君の罪科を知らせないままにしているからだ。
なぜ知らせないのか。お母さんにはすべてを話してもいいじゃないか。

キューディッペーよ、君のしたことには少しも恥ずべきことはない。
事の次第を話して聞かせたまえ。僕が君を見初めたのは
　お母さんが箙もつ女神[*11]に犠牲を捧げていたときだったこと、
君の姿を見るや、もしや君も気づいたかもしれないが、突然、
　僕はその場に立ち止まり、君の体に目が釘づけになったこと、
君を賛嘆して見つめるあまり、恋の狂気の確かなしるしとして、
　僕の肩からマフラーがほどけて落ちたこと、
それから、どこからかリンゴの実が一つ転がってきて、
　知恵を働かせた文面で策略に富む言葉を運んできたこと、
それを神聖なディアーナの面前で読み上げたために、
　女神の立ち会いのもと、君の約束は動かせなくなったこと、
それに、どんなことが書かれてあったか、知らないことのないよう、
　君が以前に読んだ言葉をいま一度話して聞かせたまえ。
お母さんは言うだろう、「お願い、善き女神が結びつける相手に嫁いで。
　あなたが誓言した相手を私の婿にしてちょうだい。

誰であれ、その人にしましょう。ディアーナの気に召した人だから」と。
　母親とはそういうものだし、それでこそ本当の母親というものだ。
けれども、僕が誰で、どういう人間か、かならず尋ねさせておくれ。
　女神が君たちによい計らいをしたことが分かるだろうから。
かつてコーリュキデス[*12]らが足繁く集った島がある。
　エーゲ海に囲まれ、ケーアという名の島だ。
それが僕の生まれ故郷。それに、君たちが高貴な家名を
　尊ぶなら、蔑視された父祖の血筋と非難されはしない。
僕には富もある。後ろ指を差されたことのない家風もある。
　他になにもなくても、僕を君に結びつけているのはアモルだ。
君は誓言していなかったとしても、こんな夫を探し求めるはずだ。
　誓言した以上、こんな夫でなくても君は夫にせねばならなかった。
君にこの手紙を書けと弓を射る女神ポイベーが僕に夢の中で、
　君にこの手紙を書けとアモルが僕の起きているときに命じた。
二柱の神のうち一方の矢がすでに僕を傷つけた。

もう一方の矢玉が君を傷つけないように用心したまえ。
僕と君の身の安全は一体だ。僕と君自身の両方に憐れみをかけたまえ。
　どうして一石二鳥の救いをためらうのか。
このことが叶って、いまや合図の音が響き、
　デーロス島が感謝の犠牲獣の血で濡れるとき、
黄金で象った幸運のリンゴが奉納され、
　そこには事の謂れが二行に刻まれるだろう。
このリンゴの彫像によってアコンティオスは証言する、
　リンゴに刻まれたことが成就したことを。
手紙が長すぎて病弱の体を疲れさせてはいけないから、
　いつもの結語で閉じることにする。お元気で。

第二十一歌　キューディッペーからアコンティオスへ

ひどく怖くて、一声も発せずにお手紙を読みました。
　舌が知らないうちに神々に誓いをしてはいけませんから。
また罠にかけるつもりでしたね。でも、ご自分でお認めのように、
　私の約束は一度しただけでもう十分ですか。
私に読む気はなかったのですが、あなたにつれなくしていたら、
　たぶん、仮借ない女神の怒りが大きくなっていたでしょう。
私はなんでもしていますし、ディアーナ女神に香を捧げてもいます。
　それでも、かの女神はあなたを過分に贔屓《ひいき》し、
そう思われたいというお望みどおりに、消えぬ怒りで擁護しています。
　女神はヒッポリュトスに対してもこれほどはしませんでしたのに。

でも、処女神は乙女の年頃を贔屓したほうがよかったでしょう。
もしや、女神は私の年頃を短く終わらせるお考えでしょうか。
実際、原因のはっきりしない脱力感がつきまとい、
　医者も疲労を和らげる助けになりません。
分かりますか、やせ細って、いまあなたにこの返事を書くのもやっと、
　青ざめた肌の体を肘で支えるのもやっとです。
そのうえ、いま心配なのは、心を打ち明けた乳母以外の誰かが
　私たちの交わす言葉に気づきはしまいかということです。
乳母は部屋の扉の前に座り、私が中で何をしているか尋ねる人があると、
　私が安全に手紙を書けるように、「眠っています」と答えます。
でも、やがて、長い引き籠りの最良の口実である眠りも
　ぐずぐずと長引けば信用されなくなります。
ほら、いまやって来た人たちは中に入れないわけにはいかないので、
　乳母は咳払いをして、示し合わせておいた合図を送ります。
急いで私は書いていた途中の語句をそのままにし、

　手紙を摑むや、あわてて懐に隠します。
そこから取り出してまた書くと指がぐったりします。
　それが私にどれほどの負担であるかは見てのとおりです。
あなたがそれだけの人なら、心底、私は死んでもいいと思います。
　でも、私の人のよさは行き過ぎで、あなたにはもったいないのです。
ですから、これほど何度も体調を崩したのはあなたのせい、
　あなたの術策のせいで私がすでに罰を受け、いまも受けています。
これが、美しい女性だとあなたに褒めてもらって鼻を高くした
　見返りです。人に好かれたことが仇となっているのです。
私はあなたの目に醜女と映っていたほうがよかったのです。それなら、
　姿をけなされても救いが必要にはならないでしょうから。
それがいま、私は褒められて嘆き、あなた方が争うことで
　生きた心地がせず、自分自身の長所のために傷ついています。
あなたも譲らず、彼も自分が劣ると考えないなら、
　あなたと彼はお互いに相手の望みを邪魔し合うことになります。

私の身は船のように翻弄されています。一路沖へと
　北風に押し出されると、潮と波に戻されます。
愛しい両親の待ち望んだ火が迫るにつれ、
　それと一緒に体を尋常ならぬ熱が蝕みます。
情けない。結婚しようというまさにそのときに残酷な
　ペルセポネー[*1]が容赦なく私の家の戸を叩くのです。
もう恥ずかしく、また、やましい気持ちはありませんが、怖いのです、
　私が神々の機嫌を損ねることをしでかしたと思われないかと。
この成り行きは偶然だと言う人もありますが、また別の人は
　この新郎を神々が歓迎しなかったのだと言います。
あなたに対しても噂が立っていないなどとは思わないでください。
　一部の人はこれがあなたの魔術のせいだと考えていますから。
原因は分かりませんが、私の災厄は明らかです。あなた方が平和を
　追い出して、激しい戦いを起こすので、私が苦汁を嘗めています。
さあ、言ってください。いつものやり方でごまかさないでください。

　愛があなたにこんな仕打ちをさせるなら、憎しみは何をさせるのですか。
愛する相手を傷つけるとすれば、敵を愛するのが道理でしょう。
　お願いです、私を救うために、私を滅ぼすことを欲してください。
それとも、あなたにはもう、思いを寄せた娘が一向に気にならず、
　無情にも、謂れなく衰え、死ぬのをほっておくのですか。
あるいは、私のために非情な女神に訴えるあなたの祈願が無益なら、
　なぜ私に自慢するのですか。あなたは女神に顔が利きませんのに。
どちらがいいか選んでください。ディアーナを宥めるつもりはなく、
　私を忘れる。それとも、女神に忘れられて宥めることができない。
決して一度も、あるいは、あのときだけでも、私は
　エーゲ海に浮かぶデーロスを知らなければよかったのに。
あのとき、私の船は危うい星回りのもとで海に乗り出しました。
　航海を始めたのが不吉な時間だったのです。
私はどんな足取りで歩みを進め、どんな足取りで門口を離れ、
　どんな足取りで快速船の彩色した船板に触れたのでしょうか。

それでも、二度も逆風で帆船は港に戻りました。
　ああ、嘘です。頭が変でした。それは順風だったのです。
それは順風だったのです。出発した私を連れ戻そうとし、
　不幸な航路を邪魔しようとしたのですから。
願わくは、そのままずっと私の帆に向かい風があったらよかったのに。
　でも、風の浮薄さに愚痴をこぼすのは愚かです。
私はその地の評判に心を動かされてデーロスを訪ねようと逸り、
　船の進み方がのろいように思っていました。
いったい何度、櫂を漕ぐのが遅いと文句を言い、
　風に繰り出す帆を張り惜しんでいると不満をもらしたでしょうか。
はやミュコノスを、はやテーノスとアンドロスを過ぎました。
　輝けるデーロスが私の視界に入ってきました。
遠くから見たとき、私は言いました、「島よ、なぜ私から逃げるの。
　まさか、以前のように、大海の上を泳いではいないでしょう」[*2]と。
私が陸に上がったとき、すでに日はほとんど没して、

　太陽は緋紫の馬たちを軛からはずそうとしていました。
その馬たちを太陽がまたいつもの日の出へと呼び戻したのち、
　母の指図で私の髪が整えられます。
母はみずから私の指に宝石を、髪に黄金の飾りをつけ、
　みずから私の肩に衣装を着せます。
私たちはすぐに出発し、この島を愛でる神々に
　敬意を表して、黄金の香と生酒を捧げます。
母が祭壇を犠牲獣の血で濡らし、
　煙を上げる炉に祭儀のはらわたを積み上げるあいだに、
まめな乳母は私を他の神殿へも案内し、
　私たちは聖域から聖域へとふらふら足をさまよわせます。
私は柱廊で散策するかと思えば、王侯たちの貢ぎ物や
　あたり一面に立っている彫像に賛嘆します。
賛嘆しながら、無数の角から築かれた祭壇や、
　女神がお産のときに体の支えにした樹木や、

その他いろいろ――というのは、見たものすべてを思い出せないか、
　語りたくないからですが――デーロスにあるものを見ました。
たぶん、アコンティオスよ、これらを見ている私をあなたは見ていて、
　純朴な様子から、ものにできると思ったのでしょう。
私はディアーナの神殿に戻りました。階段が高く昇っている
　その場所より安全なところなどどこにもないはずでした。
足元に投げられたリンゴにつけられていたあの詩句――
　ああ情けない、いままたあなたに誓言しそうになりました。
それを乳母が取り上げると、驚いて「お読みなさい」と言いました。
　それで私は、偉大なる詩人よ、あなたの策略を読んだのです。
結婚という言葉を口にして混乱し、恥ずかしさから
　頬全体が赤らんだのが分かりました。
私は両目を胸元にあたかもはりつけにしたまま動かしませんでした。
　この目があなたの企てのお先棒を担がされたのですから。
悪い人、なぜ喜ぶのです。栄光を勝ち得たというのですか。

　男子が乙女を誑かしてどんな手柄になるというのですか。
私が立ち現れたとき、斧と盾を携えてはいませんでした。
　そんないでたちはイーリオンの土の上に立つペンテシレーア[*3]です。
アマゾーンの黄金で飾られた剣帯もありませんでした。
　ヒッポリュテーから奪ったような戦利品はなかったのです。
あなたは何を勝ち誇るのですか。あなたは私を騙しただけですし、
　計略に捕まった私は思慮に欠ける小娘にすぎません。
キューディッペーもスコイネウスの娘[*4]もリンゴが捕らえました。
　さあ、あなたはきっと第二のヒッポメネースになるのでしょう。
でも、もっと望ましかったのは――あなたを捕らえた少年[*5]は、
　あなたの話では、なにやら松明をもっているそうですし――
紳士の常道に従って自分の望みを欺瞞で損なわないことでした。
　あなたは私を搦めとるのではなく、説き伏せるべきでした。
私を求めたときに、なぜ言わないほうがいいと思ったのでしょうか、
　あなたを求めるべき理由が私にあったというなら。

どうして説得するより無理強いするほうを望んだのでしょうか、
　私が申し出を聞き入れ、あなたのものになりえたなら。
いまあなたに何の役に立つでしょうか、定式どおりに誓約をし、
　女神の立ち会いのもと、舌だけで誓いを結んでも。
誓いをなすのは心です。私は何一つ心とともに誓っていません。
　言葉に信義を加えるのは心だけです。
誓いをなすのは熟慮と魂による賢明な決定であり、
　そのような判断によらない拘束にはまったく効力がありません。
私が望んであなたに結婚の約束を与えたというなら、
　当然の権利として約束された床を請求なさい。
でも、私の与えたものが心のこもらぬ声だけだったなら、
　力をともなわぬ言葉だけがあなたの空しい取り分です。
私は誓っていません。誓いの言葉を読んだだけです。
　私はそんなやり方であなたを夫に選んではいけなかったのです。
そんな騙し方は他の男にしなさい。リンゴの次に手紙を送るのです。

　それがうまくいけば、金持ちから大きな富を奪い取りなさい。
王侯たちに誓言させなさい、自分の王国をあなたに差し出す、と。
　世界中の気に入るものすべてをあなたのものとしなさい。
それができるなら、いいですか、あなたはディアーナにすらまさります。
　あなたの手紙には神格降臨の力があるのですから。
とはいえ、こう言って、あなたに身を許すことを固辞し、
　私の約束についての釈明を述べ終えましたが、
正直なところ、私は非情なラートーナの娘なる女神*6の怒りが恐ろしく、
　私の体調悪化は女神の仕業ではないかと思っています。
そうでなければ、結婚の祭儀が準備されるたび、
　そのたびに花嫁の四肢が力を失って頽《くずお》れるのはなぜでしょうか。
すでに三度もヒュメナイオスは私のために据えられた祭壇を訪れながら、
　逃げ去りました。閨房の敷居のところで背を向けたのです。
のろのろした手で何度も油を注ぎ直してもなかなか点らぬ
　灯り、打ち振ってもなかなか燃え立たぬ松明。

何度か花冠をのせた髪の毛から香油が滴り落ち、
　裳裾を引く長衣はたっぷりのサフラン染めで輝いています。
でも、敷居に触れたらいつも、涙と死の恐怖、それに、
　あるものすべてが自分の儀礼とは縁遠いことを認めて、
みずから額より花冠を引きはずして投げ捨てると、
　光り輝く髪から厚く塗ったバルサムを拭い取ります。
陰鬱な人々が集まった中で嬉しげに立ち上がるのが恥ずかしく、
　長衣にあった赤が顔に移ります。
でも、ああ、情けない。体の節々を熱が焦がし、
　外衣がそんなはずがないというくらい重くのしかかります。
目の前に両親の悲嘆にくれる姿が見えます。
　そばにあるのは婚礼の松明ではなく、死出の松明です。
あでやかな箙を喜ぶ女神よ、助けてください。十分苦しんでいます。
　もう兄神様[*7]の健康をもたらす救いを授けてください。
あなたにとって恥辱です、お兄様が死の原因を追い払っているのに、

　あなたが逆らって私の死をご自分の事績の一つに加えるなら。
まさか、あなたが木陰深い泉で水浴しようとしたとき、
　私がそれとは知らず、あなたの浴場を覗いたことはないでしょう。[*8]
あれほど数多い神々のうちであなたの祭壇を私が通り過ぎたり、
　私の母親があなたの母神を軽んじたりしたことがあったでしょうか。
私が犯した過ちはただ偽りの誓いの言葉を読み上げたことだけ、
　験《げん》のよくない詩句を読める学があったことだけです。
さあ、あなたも、その愛に嘘がないというなら、私のために
　香を捧げてください。仇なした手に役立つことをさせてください。
女神はあなたが約束された娘をまだ手に入れていないために怒っています。
　なのに、なぜ私があなたの妻になれないようにするのでしょう。
あなたは私が生きていればどんな望みももてます。どうして女神は
　非情にも私から命を、あなたから私への希望を奪うのでしょうか。
また、誤解のないように言いますが、私を妻にする定めのあの人も
　私の病身に手を置いてさすったりはしていません。

彼はたしかに許される範囲で付き添っていますが、自分で自分に
　私の床は乙女のものだと言い聞かせています。
すでに私についてなにか感づいたことがあるようです。
　というのも、ときどきわけもなく涙をこぼしますし、
優しい語りかけも控えめで、まれにしか口づけを
　求めず、私を愛しい人と呼ぶ声もおずおずとしています。
感づいていても驚きません。明らかな兆候が暴露していますから。
　彼が来ると、私は右側へ向きを変え、
話をせず、目を閉じて眠っているふりをして、
　彼が触れようとすると、その手をはねのけます。
彼は嘆息をつき、無言の胸から溜め息を漏らします。
　機嫌を損ねたからというのです。そんなことはしていないのに。
情けない、あなたを喜ばせるなんて。思いが通じて嬉しいでしょう。
　情けない、あなたに私の気持ちを打ち明けてしまうなんて。
でも、私の怒りが愚図でなければ、あなたが私から復讐を受けるほうが

　ふさわしかったのです。あなたが私に罠を仕掛けたのですから。
お手紙には、私の病気見舞いを許してくれるように、とあります。
　あなたは私から遠い場所にいるのに、そこからでも仇をなすのですね。
どうしてあなたの名前がアコンティオスなのか不思議に思っていました。
　遠くから傷を負わせる切っ先をもっているから[*9]なのですね。
少なくとも私はまだそういう傷が癒えていません。
　投げ槍のように遠くから投げられたあなたの手紙による傷です。
でも、なんのためにここへ来るのですか。まさか、この憐れな体、
　あなたの才覚が得た大きな戦勝碑を見るためではないでしょう。
私は痩せ衰えて倒れ、肌は血色を失い——血と言えば、そんな色が
　あなたのリンゴにあったのをいま思い出します——、
色白の顔の下から赤みが浮かんで輝くことはありません。
　それはちょうど切り出したばかりの大理石のよう、
その色はちょうど宴に出される銀器のよう、
　触れると冷水のように冷たく透き通っています。

いま私に会えば、以前に会ったことのない女だと言うでしょうし、
「僕の術策が求愛したのはこんな人ではない」と言うでしょう。
私があなたと結ばれることのないよう、約束の履行を免除し、
　女神がそれを覚えていないように望むでしょう。
おそらく、私にもう一度、前とは反対の誓いをさせるでしょう。
　私に読ませる別の誓詞を送ってくるでしょう。
でも、あなた自身も求めていたとおり、あなたに見てもらえたなら、
　あなたに約束された娘の体の憔悴がお分かりになるでしょう。
アコンティオスよ、あなたの胸が鋼よりもまだ情知らずでも、
　私の誓詞のためにあなた自身が赦しを乞うでしょう。
でも、ご存じないといけないので申しますが、どんな手だてで治るか、
　いまデルポイに運命を告げる神へのお伺いをしている[*10]ところです。
この神もまた、根拠のない噂がいま囁いているように、なにやら
　なおざりにされた信義があることをみずから証言して嘆いています。
そのように神も、予言者も、神託も私に告げています。

まったく、あなたの願望を支援しない神託はないのです。
どうしてあなたはこうも支援されるのですか。もしや新しく見つけたのですか、
読まれると偉大な神々を捕らえる手紙を。
あなたが神々を手中に収めているので、私も神々の意志に従い、
進んであなたの望みを満たすべく投降します。
私は母に、騙された舌で結んだ盟約のことを打ち明けました。
恥ずかしさでいっぱいで、視線を地面に釘づけにしていました。
あとはよしなに。ここまで書くのも乙女には無理がありました。
こんなことを手紙であなたと話すのが怖かったのですから。
もう筆を使うのは十分です。万全でない体が疲れてしまいました。
病んだ手もこれ以上の仕事はできないと言っています。
いま、あなたと一緒に私が手に入れたいと望むことの他に何を
まだ記すことがあるでしょう。お元気で、と書き添えるだけです。

訳註

第一歌　ペーネロペーからオデュッセウスへ

＊1――トロイア戦争のときの老王。

＊2――スパルタの別名。

＊3――プリアモスの息子パリス。スパルタ王メネラーオスの后で絶世の美女ヘレネーをさらってトロイアに連れ帰り、トロイア戦争の原因をなした。第五、十六、十七歌参照。

＊4――ラーエルテースの経帷子を織っていることを指す（「伝承」参照）。

＊5――プリアモスの長子で、勇猛で知られたトロイア軍の総大将。

＊6――ピュロス王ネストールの息子で、父とともにトロイア軍に加わった。しかし、ホメーロス『オデュッセイア』四・一八七―一八八では、彼を倒したのは曙の女神エーオースの子でエチオピア王のメムノーンとされている。

＊7――ギリシア軍中随一の英雄アキッレウスの親友パトロクロス。総大将アガメムノーンとの対立からアキッレウスが戦線離脱したため窮地に陥ったギリシア軍を立て直そうと、パトロクロスはアキッレウスの武具を借りてまとい、戦場に立って手柄も上げたが、ついには、ヘクトールの手にかかって命を落とした。ホメーロス『イーリアス』第十六歌に語られた。

＊8――トレーポレモスは無双の英雄ヘーラクレースの子で、トロイア軍に加勢したリュキア王サルペードーンに討ち取られた（ホメーロス『イーリアス』五・六二七―六六二）。
＊9――アカイアは狭義にはペロポンネーソス半島北部の地方の名称だが、ギリシアと同義に用いられる。「アカイア勢」は「ギリシア軍」の意味。
＊10――アルゴスは狭義にはペロポンネーソス半島北東部にある都の名称だが、ギリシアと同義に用いられる。「アルゴス勢」は「ギリシア軍」の意味。
＊11――ウェルギリウス『アエネーイス』四・七八―七九「繰り返しトロイアの苦難を聞かせてくれるよう狂おしい思いでせがみ、繰り返し彼の語る口元に目が釘づけになる」。
＊12――トロイアの城市ないし城壁の呼称。
＊13――トロイア近くの岬。
＊14――「アイアコスの孫」の意味で、アキッレウスの別名。
＊15――アキッレウスはヘクトールを倒したあとも怒りが収まらず、遺体を戦車に括りつけ、トロイアの城市のまわりを引き回した（ホメーロス『イーリアス』二二・三九五以下）。
＊16――テーレマコスがピュロス王ネストールに父の消息を尋ねたことへの言及（「伝承」参照）。しかし、ホメーロス『オデュッセイア』一・一一三以下では、テーレマコスに父親捜しの旅を促すのは女神アテーネー（＝ミネルウァ）。ペーネロペーは息子の出発を知らなかった。
＊17――ホメーロス『イーリアス』第十歌に語られた次第。オデュッセウスは僚友ディオメーデー

スとともに夜間の偵察に出て、同じようにトロイア側から偵察に出てきたドローンと出くわし、これを捕獲、トラーキア王レーソス率いる援軍の到来と、王の馬がトロイアの草を食めばトロイアは陥落しないという運命の定めを聞き出したあと、ドローンを殺し、さらに、野営していたレーソス王の寝込みを襲って馬を奪った。

＊18――トラーキアの山の名だが、ここではトラーキアと同義。

＊19――トロイアの別名。イーリオンとも言う。

＊20――戦勝により占領した土地への「入植」はローマ人の習慣。ギリシア軍はトロイアに入植しなかったので、一種のアナクロニズム。

＊21――本来はトロイアを含む、小アジア北西部の地方の名称だが、ここでもそうであるように、トロイアと同義に用いられる。

＊22――ウェルギリウス『農耕詩』一・四九一―四九二「二度も私たちの血でエーマティアとハイモスの麓の広野が肥沃になる」。

＊23――ウェルギリウス『農耕詩』一・四九三―四九四、四九七「その地で農夫が曲がった鋤で大地を耕せば、……埋まった人骨を掘り返し、その大きさに驚くだろう」。

＊24――ホメーロス『オデュッセイア』一九・八九以下、乞食姿に正体を隠して自分の館に戻ったオデュッセウスに対し、ペーネロペーは夫の消息を尋ねる。三八、六三―六五の言及から、この手紙はテーレマコスが父親捜しの旅から戻ったあとに書かれていると推察される一方、この時点でペーネロペーを訪れる客人はオデュッセウスその人しかないことから、ペーネ

ロペーが手紙を託そうとしている相手をオデュッセウス本人と考える解釈が有力視されている。

*25——予言、医術、音楽などを司る神アポッローンのこと。トロイアの城壁はアポッローンと海神ネプトゥーヌスによって築かれた。

*26——ペーネロペーは父親捜しから戻ったテーレマコスから、オデュッセウスが女神カリュプソーに長く引き止められていた話を聞いていた（ホメーロス『オデュッセイア』一七・一四二—一四四）。

*27——オデュッセウスはカリュプソーに対し、妻の容姿が彼女に劣ると語っていた（ホメーロス『オデュッセイア』五・二一六—二一七）。

*28——以下、いずれもイタケー周辺の島。

*29——『オデュッセイア』の中では、これらの名前のうち、ペイサンドロス、エウリュマコス、アンティノオスは求婚者だが、ポリュボスはエウリュマコスの父の名で、メドーンはペーネロペーに忠実に仕える伝令役。

*30——イーロスはイタケーをうろつく乞食で、正体を隠したオデュッセウスを屋敷から追い払おうとしたが、英雄に叩きのめされた（ホメーロス『オデュッセイア』一八・一—一〇七）。メランティオスは求婚者に味方した山羊飼いで、最後はオデュッセウス親子に無残に殺された（ホメーロス『オデュッセイア』二二・四七四—四七七）。

*31——『オデュッセイア』では、求婚者らはテーレマコスの出発を知らず、戻ってくるところを

待ち伏せしようとする（四・六三二以下）。
＊32――ピロイティオスとエウリュクレイア。
＊33――エウマイオス。

第二歌　ピュッリスからデーモポオーンへ

＊1――アッティカはアテーナイを中心とする地方。ここではアテーナイと同義。また、シートネスはトラーキアの部族。ここではトラーキアと同義。
＊2――トラーキアの大河。
＊3――婚礼を司る神格。
＊4――海神ネプトゥーヌス。デーモポオーンの父テーセウスはアテーナイ王アイゲウスの子だが、ポセイドーン（＝ネプトゥーヌス）の子とする伝承もある。
＊5――恋と美の女神。ギリシアのアプロディーテーに相当。
＊6――（心を射抜く）弓矢と（恋の火を点す）松明はウェヌスの息子である愛神アモル（＝エロース）が携える武器。
＊7――神々の女王。権能の一つに新婦の付き添いがある。
＊8――五穀豊穣の女神ケレース（＝デーメーテール）。アッティカ地方のエレウシースの町で夜の秘儀が営まれた。
＊9――テーセウスの父、デーモポオーンの祖父。

*10——以下、名前の挙がる三人はいずれもアテーナイに向かう街道で旅人を襲った悪党で、テーセウスにより退治された。スケイローンは旅人を崖から投げ落として強盗を働いていたが、その報いを受けて海に投げ落とされた。プロクルーステースは捕らえた者の体を寝台に横たえ、はみ出す部分があれば切り落とし、丈が足りなければ寝台の長さまで引き伸ばした。シニスは旅人をたわめた二本の木に括りつけ、木のもとに戻る力で引き裂き、体を飛散させた。プルータルコス『英雄伝』「テーセウス」八―一一、ディオドーロス『世界史』四・五九参照。

*11——半人半牛の怪物ミーノータウロス。クレータの迷宮に閉じ込められ、アテーナイの若者が人身御供に捧げられていたが、テーセウスがクレータ王女アリアドネーの助けを得て退治した。第十歌参照。

*12——半人半馬の種族ケンタウロス。テーセウスの無二の友であるラピタイ族の王ペイリトオスはヒッポダメーとの婚礼の宴席にケンタウロスらを招いたが、酔ったケンタウロスらが新婦を含む女たちに乱暴しようとしたため、騒乱となった。テーセウスの働きもあり、ケンタウロスは退散させられた。この話をオウィディウスは『変身物語』一二・二一〇以下で取り上げている。

*13——テーセウスはペイリトオスが冥界の女王プローセルピナを花嫁として手に入れられるよう、一緒に冥界に降った。

*14——テーセウスはミーノータウロスを退治したあと、助けてくれたアリアドネーと結ばれたが、

アテーナイに帰る途中に立ち寄ったナクソス島で彼女のことを忘れて置き去りにした。第十歌参照。

＊15——置き去りにされたアリアドネーは酒神バッコスに見初められて結ばれ、その冠は天に昇って冠座となった。バッコスの戦車は虎が曳く。

＊16——トラーキアの部族。ここではトラーキアと同義。

＊17——暴虐で知られたトラーキアの王。次々行の二つの山はトラーキアの代表的な山。

＊18——次々行のアッレクトーとともに復讐女神。蛇の髪の毛をしている。

＊19——夜の鳥であるフクロウ。

＊20——埋葬を施されない死者の霊は平安を得られずさまよい続ける。

＊21——「刻まれるべき人よ（inscribende）」は底本その他の校本の採用する読み。写本の読みは「あなたは刻まれるでしょう（insciribere）」で、こちらを採用する校本もある。

＊22——第七歌も類似した碑銘で結ばれている。

第三歌　ブリセーイスからアキッレウスへ

＊1——アガメムノーン。

＊2——ギリシア軍の伝令。

＊3——アキッレウスの親友パトロクロス。一・一七参照。

＊4——アイアース。テラモーンはアキッレウスの父ペーレウスの兄。言及は、アキッレウスの戦

線離脱でギリシア軍が窮地に立ったとき、アガメムノーンがアキッレウスのもとに和解の使者を送ったことへのもの。ホメーロス『イーリアス』第九歌に語られた。

*5――ポイニークス。アキッレウスを養育した。

*6――オデュッセウス。

*7――ホメーロス『イーリアス』九・二六〇以下、和解のためにアガメムノーンが差し出す贈り物がオデュッセウスの口から伝えられる場面を踏まえる。

*8――ホメーロス『イーリアス』九・二八七には、クリューソテミス、ラーオディケー、イーピアナッサの名が挙げられる。

*9――アガメムノーンのこと。

*10――テティス。

*11――アキッレウスは和解を断る返事の最後に「明日の出発」を示唆し、「明け方に帰国か留まるか考える」と言う（ホメーロス『イーリアス』九・四二八―四二九、六一八―六一九）。

*12――アキッレウスの父ペーレウスが待つテッサリアの町。

*13――ペーレウスはアイギーナ王アイアコスの子で、アイアコスは神々の王ユッピテル（＝ゼウス）と川神アーソーポスの娘アイギーナとのあいだに生まれた。

*14――アキッレウスの母テティスは海の神格ネーレウスの娘。

*15――「ギリシア軍」を表す古語。

*16――アキッレウスの別名。一・三五参照。

＊17――軍神。ギリシアのアレースに相当。
＊18――ギリシア中西部アイトーリア地方の都カリュドーンの王オイネウスの子であるメレアグロスは女神ディアーナ（＝アルテミス）が送り込んだ怪物の猪を仕留めたが、その際、母親アルタイアの兄弟と諍いになった。より一般的な伝承では、兄弟を息子に殺されたアルタイアが息子の命運を握る薪を火にくべて焼き尽くし、兄弟の仇を討ったとされ、この話型をオウィディウスは『変身物語』八・二七〇以下で語っている。それに対して、ホメーロス『イーリアス』九・五二九以下で、ポイニークスがアキッレウスを説得しようとして語る例話においては、メレアグロスは母への怒りゆえに猪狩りを発端とする紛争から戦線離脱し、そのため苦境に陥った身内が母親も含めてこぞって戦いに復帰するよう嘆願したときも、これを頑なに拒絶したが、結局、妻から故国の町の悲惨な状況を聞いて、その災いから救ってやったものの、嘆願のときに約束された褒賞はもらえなかった、とされる。
＊19――アガメムノーンのこと。
＊20――嘆願の使者がアキッレウスのもとへ来たとき、彼は竪琴を弾き、勇士らの武勲を歌って心を楽しませていた（ホメーロス『イーリアス』九・一八五―一八九）。
＊21――実際にそばにいたのは親友のパトロクロス。
＊22――アキッレウスは母神テティスから、トロイアに戦えば帰国は叶わぬが不朽の栄誉が得られる一方、故国に戻れば栄誉は得られぬが無事に生きながらえる、という運命を聞かされていた（ホメーロス『イーリアス』九・四一〇―四一六）。

＊23――アイアース。
＊24――テティスが海の神格であることを踏まえた言辞。
＊25――アキッレウスの息子。
＊26――アガメムノーンがクリューセーイスを返す代わりにブリセーイスをもらい受けると言ったとき、アキッレウスは怒りから剣を抜きかけたが、アテーネー女神が彼一人の前に姿を現して諫め、思いとどまらせた（ホメーロス『イーリアス』一・一八二以下）。
＊27――第一歌＊25参照。

第四歌　パイドラーからヒッポリュトスへ

＊1――愛神。ギリシアのエロースに相当。
＊2――森と狩猟の女神ディアーナ（ギリシアのアルテミスに相当）の別名。「デーロスの女神」の意味で、ユーノーに迫害された母神ラートーナがそのときは浮島であったデーロスで産んだことから。
＊3――プリュギアの大地母神キュベレーに仕える者たち。
＊4――ドリュアスは木のニンフ、ファウヌスはギリシアのパーンに相当する牧神。
＊5――フェニキア王アゲーノールの娘エウローペーを見初めたユッピテルは真っ白な雄牛に変身して海辺で遊ぶ彼女に近づき、彼女が背中に乗ったところで海に入り、そのままクレータまで連れ去った。エウローペーは神の胤からミーノースを産んだ。

＊6――ミーノースの妻となった太陽神の娘パーシパエーは雄牛に恋して、これと交わり、半人半牛の怪物ミーノータウロスを産んだ。
＊7――アリアドネー。
＊8――クレータの都。ここでは、クレータと同義。
＊9――美男で知られたアテーナイの英雄。プロクリスという妻があったが、山に狩猟に出た際、曙の女神アウローラに見初められ、女神のもとに引き留められた。オウィディウスはケパロスの物語を『変身物語』七・六九〇以下で語っている。
＊10――アウローラの夫となったティートーノスは女神に求めて永遠の命を与えられたが、不老を授からなかったため、やがて老いさらばえ、ついには、萎んで姿も見えなくなった。
＊11――キュプロスの王キニュラースの娘ミュッラは父に恋し、真っ暗な部屋で正体を知られずに交わり、父の子を宿した。事が露見して出産前に乳香の木に変身したが、その木の中から生まれたのがアドーニス。ウェヌスは彼を見ているときにうっかりアモルの矢で傷を負ってしまい、熱愛に取りつかれた。この物語をオウィディウスは『変身物語』一〇・二九八以下で語っている。
＊12――ディアーナ女神が送り込んだ怪物の猪を退治しようとギリシア全土の英雄が集まった、いわゆるカリュドーンの猪狩りにおいて、カリュドーン王オイネウスの子メレアグロスは紅一点のアタランテーに好意を抱き、彼女が猪に一番槍を射当てたこともあり、自分の仕留めた猪を彼女に与えた。この次第をオウィディウスは『変身物語』八・三一七以下で語っ

ている。

＊13――ピッテウスはテーセウスの祖父。トロイゼーンはペロポンネーソス半島北東部の都。

＊14――テーセウス。

＊15――テッサリアに住むラピタイ族の王。

＊16――ミーノータウロスのこと。

＊17――アリアドネーのこと。

＊18――アマゾーンの女王ヒッポリュテー。

＊19――ギリシアのクロノスに相当し、ユッピテルの父である神サートゥルヌスの君臨した時代には黄金の種族と呼ばれる人々が悪行の汚れを知らず、生活の糧を得る労苦もない幸せな暮らしを送っていたとされる。

＊20――ユーノー。

＊21――ユッピテル。

＊22――太陽神ソール。

＊23――ディアーナ。

第五歌　オイノーネーからパリスへ

＊1――ヘレネーの夫メネラーオスの兄で、トロイアを攻めるギリシア軍の総大将となったミュケーナイ王アガメムノーンを含意し、彼をパリスが恐れていると推察しての言及。

＊2――二三―二四は直前の二行と内容が重複するので削除提案がなされ、これを受け入れる校本が多い。
＊3――トロイア近くを流れる川。
＊4――「伝承」参照。
＊5――パリスにウェヌスが約束した美女がヘレネー、つまり、人妻であることとの含意。
＊6――ネーレイデスとも総称される海の神格。ネーレウスも海神。
＊7――ヘレネー。スパルタ王テュンダレオスの妻レーデーは白鳥の姿で現れたユッピテルの胤からヘレネーを産んだ。
＊8――パリス、ヘクトールと同じく、プリアモスの息子、パリスの死後、ヘレネーを娶ることになる。
＊9――トロイア軍の大将で、ヘクトールの友人。
＊10――トロイアの長老の一人で、思慮深いとされ（ホメーロス『イーリアス』三・一四八、一五〇）、ヘレネー返還を具申した（同書七・三四七―三五三）。
＊11――ヘレネーを蔑んだ呼び方。エウリーピデース『アンドロマケー』四八六参照。
＊12――ヘクトールの妻。
＊13――カッサンドラー。アポッローン神に求愛され、予言の術を授かったが、体を許さなかったため、真実を予言しながら、誰からも信じられないことになった。
＊14――ヘレネーがメネラーオスと結婚する前に、テーセウスがペイリトオスの助けを得てさらい、

アッティカ地方のアピドナイに隠したが、彼女の兄弟であるポリュデウケースとカストールに救い出されたという。アポッロドーロス『ギリシア神話』三・一〇・七。一六・一四九―一五四、一七・二一―三二も参照。

*15――アポッローン神。一・六七参照。なお、ここに語られるような神とオイノーネーの関係についての典拠は他に知られていない。

*16――アポッローンはテッサリアにあるペライの町の若者アドメートスに恋し、牛を軛につないで野良仕事に従事したという(カッリマコス『讃歌』二・四八―四九、オウィディウス『変身物語』六・一二二参照)。

第六歌　ヒュプシピュレーからイアーソーンへ

*1――アポッローニオス『アルゴナウティカ』一・八九一―八九五では、ヒュプシピュレーがイアーソーンとの別れ際に、帰国したあとに再訪してくれるなら、王権を提供するが、そのようなことにはならないと思う、と語っている。

*2――アルゴー号は、往路は海を渡ったが、帰路は川筋などを辿り、ヨーロッパを横断する経路をとった。

*3――以下、金羊毛皮を手に入れるためにイアーソーンがコルキスで直面した困難な課題が挙げられる。イアーソーンはこれらをコルキス王アイエーテースの娘で黒魔術を心得るメーデイアの助けを得て克服した。第十二歌、また、このあと三二以下も参照。

＊4――このあと四一以下にも語られるように、ヒュプシピュレーはイアーソーンと結婚したものとされているが、アポッローニオス『アルゴナウティカ』にはそのような叙述はない。
＊5――テッサリアの別称。
＊6――ローマの婚礼は暮れ方に松明を先頭に立てた花嫁行列が新郎の家まで向かうことから始まる。その一方、葬儀の行列も松明を先頭に立てることから、二種類の松明はとくに一家の主婦としての女性の一生の始まりと終わりを画すものとして常套モチーフ。
＊7――二・四一参照。
＊8――婚礼を司る神格。
＊9――アルゴー号に乗り組んだ英雄たちの呼び名で、彼らが集結したテッサリアの町イオルコスまで支配権を伸ばしたミニュアース王にちなむ。
＊10――ミネルウァ女神の別名。
＊11――アルゴー号の舵取り。
＊12――ペロポンネーソス半島北東部の地方。
＊13――イアーソーンの父アイソーンからテッサリアの都イオルコスの王位を奪い、イアーソーンに金羊毛皮を取りに行くことを命じた王。
＊14――オルコメノス王アタマースの息子で、妹ヘッレーとともにテーバイから継母イーノーの迫害を逃れて空飛ぶ黄金の羊に乗り、コルキスに着いたあと、黄金の毛皮をアイエーテースに捧げた。

＊15——タナイスは現在のドン川。スキュティアは黒海北方の地。いずれも北の荒野を表象する。
＊16——ヒュプシピュレーの父トアースはバッコスとアリアドネー（二・七五以下、第二歌＊14、15参照）の子とされ、アリアドネーはミーノースの娘。
＊17——言及は、サイコロ遊びで出そうとする数と夫婦のかすがいとしての子供について同じラテン語 pignus が使われることにもとづいている。
＊18——お産を司る女神。
＊19——この時点でメーデイアとイアーソーンの関係は続いているので、エウリーピデースの悲劇で有名になった「子殺し」はまだ起きていないが、読者にメーデイアの名前がなによりまず喚起するイメージは「子殺し」だった。
＊20——アプシュルトス。父王アイエーテースの命を受け、ギリシアへ逃げるイアーソーンら英雄たちを大軍で追いかけたとき、メーデイアは彼を騙しておびき寄せ、イアーソーンに殺害させた（アポッローニオス『アルゴナウティカ』四・三三八—四八一）。
＊21——ヒュプシピュレーの祈願は最後のところを除いてほぼ成就することになる。イアーソーンに捨てられ、彼とのあいだに生まれた二人の息子を自身の手で殺し、空を飛ぶ龍の戦車で逃げ去った。しかし、そのあとのことを伝える伝承はない。

第七歌　ディードーからアエネーアースへ

＊1——幾重にもくねる蛇行で知られるリューディア（小アジア西部中央の地方）の川。白鳥との

関連は知られていない。
＊2——白鳥は死を前にして美しい声で鳴くとされた。
＊3——ウェルギリウス『アエネーイス』四・三二一—三二三「あなたのせいで消し去られた、恥の心も、それ一つで私を星の世界へ届かせていたかつての名声も」。
＊4——ウェルギリウス『アエネーイス』四・七九、八三「繰り返し彼の語る口元に目が釘づけになる。……身は離れていても彼の声を聞き、姿を見る」。
＊5——海の神格。ほら貝を吹く姿で表象される。
＊6——ヘーシオドス『神統記』一九二—一九三。
＊7——プリュギアはトロイアに同じ。「欺瞞」はプリアモスの父王ラーオメドーンに由来する常套モチーフ。ラーオメドーンはネプトゥーヌスとアポッローンに城壁を築いてもらった対価を支払わず、同様の欺瞞をヘーラクレースに対してもなした結果、英雄に都を攻略された。ウェルギリウス『アエネーイス』四・五四一—五四二「ああ、分からぬのか、救われぬ女よ。いまだにラーオメドーンの一族の不実に気づかぬのか」。
＊8——アエネーアースの息子。次々行に出るアスカニオスというギリシア名の別名。ユーリウス・カエサルの氏名 Iulius はこのイウールス（Iulus）に由来するとされた。
＊9——アエネーアースはギリシアではエウセベイア、つまり、敬神や孝心の徳にすぐれるとされ、それがトロイア陥落時に守護神像を携えた老父アンキーセースを肩に背負い、息子アスカニオスの手を引く姿に象徴された。ウェルギリウス『アエネーイス』では、この徳がピエ

タースというローマ的美徳に発展させられ、敬意の対象が神々から関係する人間社会全般に及び、その関係に相応の対処をしうるか否かに問題の焦点が置かれることになる。

*10――アエネーアースの妻クレウーサはトロイア脱出時の混乱の中ではぐれて命を落とした。英雄は姿が見えないのに気づいて捜しに戻ったが、妻の霊が彼の前に現れ、運命の実現のために出発せよ、と告げたので、それに従った（ウェルギリウス『アエネーイス』二・七三〇―七九五）。

*11――山へ狩りに出たとき、アエネーアースとディードーは突然の風雨のために従者らから離れて二人だけで近くの洞穴に逃れた。ユーノー女神が介添えして合図を送り、ニンフらの叫びが響いて、ディードーは婚儀が結ばれたと信じた（ウェルギリウス『アエネーイス』四・一六〇―一七二）。

*12――九七a―九七bは後世写本に伝えられるだけで有力写本にはないことから削除する校本もあるが、その場合、九七と九八がつながらず、あいだに欠行を想定する必要がある。

*13――ウェルギリウス『アエネーイス』四・四五七―四六一参照。そこでも、社から夫の声が聞こえたとの叙述があるが、どのような言葉で呼んだかは語られていない。

*14――ディードーに求婚して拒絶された王。ディードーがアエネーアースを迎え入れたことに憤慨し、その報いをユッピテルに祈願した（ウェルギリウス『アエネーイス』四・一八九―二一八）。

*15――「子種」のモチーフをウェルギリウスは、宿していたらディードーにとって慰めとなった、

という形で用いた（ウェルギリウス『アエネーイス』四・三二六―三三〇）。
＊16――トロイアの別称。
＊17――ローマを流れる川。現在のテベレ。
＊18――「なかなか辿り着けない」という含意の他に、目的地ラティウム（Latium）の名が、天界を逐われたサートゥルヌス神が隠れ住んだことから、「隠れる（latere）」に由来するという語源説を念頭に置く。
＊19――テュロスはフェニキアの都だが、ここではフェニキア人が建てたカルターゴーのこと。
＊20――トロイアの別名。イタリアを発ってトロイア建国の祖となったダルダノスにちなむ。
＊21――アエネーアースがトロイアで戦った敵であるアキッレウスとアガメムノーンを含意する。
＊22――海草を浜辺に打ち上げる強風が吹いていることへの言及。
＊23――ウェルギリウス『アエネーイス』四・四三三「ただ、空しく過ぎる時間がほしい。狂おしい熱情を鎮める時間がほしい」。
＊24――アンナは、まだ亡き夫への思いを振り切れないディードーを説得してアエネーアースとの恋に走らせ、アエネーアースが出発を決めたあとにはディードーの言葉を伝える使いをした。

第八歌　ヘルミオネーからオレステースへ

＊1――ピュッロスのこと。アキッレウスの父ペーレウスがアイギーナ王アイアコスの子。

*2――トロイア戦争時のトロイア軍の大将ヘクトールの妻。敗戦後、トロイアの女たちはそれぞれ奴隷としてギリシア軍の大将に仕えるべく連れ去られたが、アンドロマケーはピュッロスのものとなった。

*3――メネラーオスがパリスに奪われた妻ヘレネーを取り戻すためにトロイアに戦争を仕掛けたことへの言及。

*4――オレステースの父アガメムノーンとヘルミオネーの父メネラーオスは兄弟で、その父親がアトレウス。

*5――ヘレネーの父。

*6――アガメムノーンのこと。タンタロス、ペロプス、アトレウス、アガメムノーンと連なる。

*7――アガメムノーンがアキッレウスからブリセーイスを奪ったことへの言及。第三歌参照。

*8――アガメムノーンがトロイア戦争から帰還したとき、妻クリュタイムネーストラーと情夫アイギストスによって謀殺されたのに対し、オレステースは姉のエーレクトラーとともに母と情夫を殺して、父の仇を討った。

*9――白鳥に化けたゼウス（＝ユッピテル）がレーデーと交わり、ヘレネーとポリュデウケースが生まれた。

*10――ペロプスはエーリスの王オイノマオスとの、ピーサからコリントスまでの戦車競走に勝って王の娘ヒッポダメイアを妻にした。

*11――アミュクライはスパルタ近くの町で、スパルタと同義に用いられる。カストールはスパル

タ王テュンダレオスとレーデーの子で、ポリュデウケースと異父兄弟。二人は、妹ヘレネーを妻にしようとラピタイ族の王ペイリトオスが無二の親友であるアテーナイの英雄テーセウスの助けを借りてさらったとき、取り戻した。モプソピアはアッティカの古名。なお、七一―七二は次行と語句の重複があり、削除提案がなされ、それに従う校本もある。

＊12――ヘレネーがパリスにさらわれてトロイア戦争の原因をなしたことへの言及。

＊13――ペーレウスの子アキッレウスはパリスの矢でアキレス腱を射貫かれて命を落とすが、その矢はアポッローンによって導かれた。

＊14――ブリセーイスをアガメムノーンに奪われたときのことへの言及。第三歌参照。

＊15――ピュッロスのこと。エーゲ海の島スキューロスで生まれた。

第九歌　デーイアネイラからヘーラクレースへ

＊1――ギリシア軍、もしくは、ギリシア人のこと。

＊2――ユーノーの策により、ヘーラクレースより先に生まれることでミュケーナイ王となったが、ヘーラクレースを恐れて迫害を続け、いわゆる十二難業をヘーラクレースに課した。

＊3――ユーノーのこと。雷神はユッピテルのことで、ユーノーはユッピテルの妹であり、妻。

＊4――ユッピテルは、ヘーラクレースの母となるアルクメーネー（将軍アンピトリュオーンの妻）と交わったとき、夫の姿に化け、一晩を三倍の長さに延ばしたという。

＊5――海の神格。ここでは「大洋」の換喩。

*6――東の果てから西の果てまで。

*7――ヘーラクレースは死後、天界に昇って神々の列に加わる。

*8――西の果てにあるヘスペリデス姉妹の果樹園に黄金のリンゴを取りに行ったとき、アトラースが支えていた天球を一時的に支え、アトラースにリンゴを取らせた。

*9――ヘーラクレースはまだ赤子のときにユーノーがその揺り籠に送り込んだ二匹の蛇を捕まえたという。ピンダロス『ネメア祝勝歌』一・三五―五〇、テオクリトス『牧歌』二四・一〇―五九参照。

*10――エウリュステウス。

*11――ユッピテル。

*12――あとに言及される、レルナの水蛇、エリュマントス山の猪、ネメアのライオン、冥界の番犬ケルベロスのこと。これらを退治したり屈伏させたりしたことは「十二功業」に含まれる。また、これらとは別にヘーラクレースは、テスピオスの下でキタイローンのライオンを退治した。

*13――占いに用いる。

*14――ユッピテル。

*15――パッラス（＝ミネルウァ）女神のために歌舞を率いるアルカディアの乙女（セネカ『オイテーのヘルクレース』三六六―三六八）で、ヘーラクレースとのあいだにテーレポス（ミューシア王で、トロイア戦争時にアキッレウスに負傷させられたが、その槍の錆で傷を癒

された勇士）を産んだ（セルウイウス古注『牧歌』六・七二）。

＊16――アステュダメイア。ヘーラクレースとのあいだにトレーポレモス（トロイア戦争時にロドス軍を率いた大将）を産んだ。父はアミュントール（ピンダロス『オリュンピア祝勝歌』七・二四）。『イーリアス』二・六五三以下では、アステュオケイアという名で現れ、ヘーラクレースがセッレーエイス河畔のエピュレーという町から連れ去ったと語られる。

＊17――ボイオーティアの町テスピアイの王テスピオスの五〇人の娘たち。王はヘーラクレースに殺害の浄めを施し、娘らと英雄のあいだに五〇人の孫をもうけた。アポッロドーロス『ギリシア神話』二・四・一〇。

＊18――小アジア西部中央の地方リューディアの女王オンパレー。ヘーラクレースは狂気に憑かれて犯した殺人の禊ぎのために三年間の奴隷奉公をすることとなり、彼女に買い取られた。二人のあいだに生まれた息子がラモーン。

＊19――七・二参照。

＊20――ヘーラクレースは女王への奴隷奉公のあいだ、女王の服を着せられた。

＊21――ネメアのライオンのこと。

＊22――リューディアの古名。

＊23――トラーキア王ディオメーデースは人食い馬を飼っていたが、ヘーラクレースは王も馬も殺した。十二功業の八番目。アポッロドーロス『ギリシア神話』二・五・八参照。

＊24――エジプト王ブーシーリスは異国人を生贄に捧げていたが、ヘーラクレースに殺されたとい

う。アポッロドーロス『ギリシア神話』二・五・一一、ヘーロドトス『歴史』二・四五参照。

＊25――リビュアに棲む巨人。ピンダロス『イストミア祝勝歌』四・五二―五四bなどではポセイドーン（＝ネプトゥーヌス）の息子とされるが、この物語を詳しく語るルーカーヌス『内乱』四・五八九―六五五では、大地の女神から生まれ、そこから滋養分を得ていたアンタイオスをヘーラクレースは地面から持ち上げ、活力源を絶つことで倒した、とされる。

＊26――リューディア南部の沿岸地域。

＊27――「アルケウスの孫」の意味で、ヘーラクレースの別名。

＊28――以上三行、構文が不完全で、文脈にもそぐわず、削除提案がなされている。

＊29――九・二一―二二参照。

＊30――アルカディア（テゲアはアルカディアの古市）のエリュマントス山に棲む猪を倒した功業。アポッロドーロス『ギリシア神話』二・五・四参照。

＊31――トラーキア王ディオメーデースを倒し、その人食い馬を奪い取った功業。アポッロドーロス『ギリシア神話』二・五・八参照。

＊32――西方の国（ここでは、それが現在のイベリア半島を指すヒベーリアとされている）に棲む三つ首の怪物ゲーリュオネース（ゲーリュオーンとも言う）を倒し、その牛の群を奪った功業。アポッロドーロス『ギリシア神話』二・五・一〇参照。

＊33――三つの頭をもつ冥界の番犬ケルベロスを地上に引き出した功業。アポッロドーロス『ギリ

シア神話』二・五・一二参照。
＊34――アルゴリス地方のレルナに棲み、多数の頭をもち、それを切り落とすと、数が増えて再生する大水蛇を退治した功業。アポッロドーロス『ギリシア神話』二・五・二参照。
＊35――アルゴリス地方のネメアに棲む不死の怪物ライオンを絞め殺し、その毛皮を持ち帰った功業。アポッロドーロス『ギリシア神話』二・五・一参照。
＊36――ケンタウロスたちのこと。
＊37――シードーンはフェニキアの都。フェニキア産の緋紫の染料を用いた衣服は高価だった。
＊38――オンパレー。ヘーラクレースが彼女の服を着る一方（九・五七参照）、彼女は英雄のライオンの毛皮をまとい、棍棒と弓矢を手にした。
＊39――イオレー。
＊40――写本の読み（tegente）に従って訳出する。「似つかわしく（decente）」あるいは「口には出さずとも（tegente）」といった修正提案がある。
＊41――ボイオーティアの別名。
＊42――婚礼を司る神。
＊43――ギリシア西部、アカルナーニア地方の川とその神。デーイアネイラに求婚して、ヘーラクレースと争い、敗れて角の一本をへし折られた。その次第をオウィディウスは『変身物語』八・八七九―九・九二で語っている。
＊44――デーイアネイラの兄で、カリュドーンの野を荒らした大猪に対してギリシア中の英雄が集

まって狩りを試みたとき、これを仕留める誉れに浴した英雄。その次第をオウィディウスは『変身物語』八・二七〇以下で語っている。

＊45——デーイアネイラの父でカリュドーン王のオイネウスは、息子メレアグロスの死後、弟のアグリオスにより王位を奪われた。

＊46——兄弟を殺害し、父王オイネウスによって追放された。

＊47——メレアグロスのこと。運命の薪が燃え尽きるとき命も果てる定めだった。

＊48——母親アルタイアは、猪狩りでの諍いから自分の兄弟をメレアグロスに殺されたことから、息子の薪を燃やして復讐したあと、自殺した。

＊49——テューデウス。

第十歌　アリアドネーからテーセウスへ

＊1——ミーノータウロスのこと。

＊2——ナクソスの古名。

＊3——アリアドネーの母パーシパエーは太陽神の娘。

＊4——アテーナイのこと。ケクロプスは下半身が蛇の姿をしたアテーナイ建都の祖。

＊5——テーセウスの船を後押しした風。

第十一歌　カナケーからマカレウスへ

＊1――風神アイオロスとユッピテル（＝ゼウス）の系譜上の関わりを伝える典拠は他になく、詳細不明。
＊2――月の女神ポイベー（＝ルーナ）。
＊3――出産を司る女神。
＊4――婚礼を司る神格。

第十二歌　メーデイアからイアーソーンへ

＊1――運命の女神パルカエ。
＊2――アルゴー号のこと。テッサリアの山ペーリオンの松材で造られた。
＊3――六・一〇四参照。
＊4――テッサリアの東部地方。
＊5――コリントスの古名。
＊6――カルキオペー。プリクソスの妻となった。
＊7――太陽神。
＊8――ヘカテーの黒魔術への言及。
＊9――コリントスの地峡。
＊10――海峡の両側から門のように閉じ、挟まれた船を潰す岩。アルゴー号はこれを無事に通過してコルキスに着いた。

＊11――上半身は乙女で、腰のまわりに猛犬が取り巻いている怪物。メッシーナ海峡のイタリア側の洞穴に棲み、船を襲うとされた。
＊12――メッシーナ海峡に棲む渦潮の怪物。
＊13――シキリアの別名。「三角形」を意味し、シキリアの形に由来する名前。
＊14――「伝承」参照。
＊15――コリントスはシーシュポス（死後、登り坂で岩を押し上げる劫罰を受けていることで有名）によって創建された。

第十三歌　ラーオダメイアからプローテシラーオスへ

＊1――トロイア遠征のギリシア軍が集結したボイオーティアの港町。
＊2――バッコスのこと。
＊3――写本の読み（phylaceides）に従って訳出。「ピュッロスの（phylleides）」という修正提案もある。ピュッロスはテッサリアの町。
＊4――トロイア王ラーオメドーンの（あとで欺瞞と分かる）頼みを受けてネプトゥーヌスがアポッローンとともにトロイアの城壁を築いたことを踏まえる。
＊5――イーナコスはアルゴスの都を流れる川だが、ここでは、アルゴス、さらに転じて、ギリシアを含意する。

第十四歌　ヒュペルメーストレーからリュンケウスへ

＊1――アルゴスを流れる川と川神であるイーナコスの娘イーオーが苦難の末（八五以下参照）、エジプトの女神イーシスとなり、彼女の息子エパポスがもうけた娘リビュエーからエジプト王ベーロスが生まれた。

＊2――女神ユーノー。アルゴスは女神が愛でる都の一つ。

＊3――この詩行は写本には一一四行として伝えられていた。それをハウスマンがこの位置に移し、それにともなって、六二行と一一三行を削除した。

＊4――ユッピテル神は彼女と不義に及んだとき、現場を妻であるユーノーから隠すために彼女を雌牛に変身させた。ユーノーはこの牛をもらい受け、体じゅうに目のある怪物アルゴスに見張らせた。アルゴスはユッピテルの命を受けたメルクリウスに殺されたものの、イーオーの苦難はエジプトでイーシス女神となるまで続いた。

＊5――エウリーピデース『ヘカベー』八八六には、リュンケウスは兄弟を殺したヒュペルメーストレーの姉妹らに仇討ちを果たしたことが言及される。

第十五歌　サッポーからパオーンへ

＊1――本作品の韻律がヘクサメトロス（長短短六脚韻）とペンタメトロス（長短短五脚韻）を繰り返すエレゲイア詩形であるのに対し、サッポーがそれとは異なる抒情詩の韻律（「サッポー風」、「アルカイオス風」と呼ばれるものが代表的で四行一連のものが多い）によって

詩作したことを踏まえる。

＊2――巨人族の一人。天界に攻め上ろうとして、シキリア島の下に押さえつけられる罰を受けた。アエトナ山の噴火はテュポーン（テュポーエウスとも言う）が地下から吐く炎と考えられた。『変身物語』五・三四六―三五五参照。

＊3――いずれもレスボスの町。

＊4――愛神クピードーによって恋の火を点す矢がポイボス・アポッローン神に、恋の火を消す矢をニンフのダプネーに打ち込まれたことから、神はニンフに求愛したが、ニンフはそれを拒み、逃げる途中で月桂樹に変身した。オウィディウスはこの物語を『変身物語』一・四六六―五六七で語っている。

＊5――アリアドネーのこと。第十歌参照。

＊6――詩歌の女神ムーサ。ボイオーティアのヘリコーン山に住むとされ、そこには、天馬ペーガソスが蹄で蹴り出した泉ヒッポクレーネーがあった。

＊7――サッポーと並ぶギリシアの代表的抒情詩人。

＊8――エチオピア王ケーペウスの娘アンドロメデーは、母カッシオペーの舌禍の償いに海神への人身御供として海獣の餌食とされかけたが、そこへ通りかかった英雄ペルセウスに救われた。オウィディウスはこの物語を『変身物語』四・六六八以下で語っている。

＊9――愛と美の女神ウェヌスのこと。シキリア西端の町エリュクスに有名な神殿があった。

＊10――ヘーロドトス『歴史』二・一三五に、サッポーの兄カラクソス（一一七参照）がエジプト

で大金を払ってロドピスという商売女を身請けしたこと、そのあと故国に戻ったが、サッポーの詩の中で手ひどく非難されたことが伝えられる。

＊11――断片一三二L―P「私には美しい娘があり、金色の花のよう。愛しいクレーイス」。

＊12――詩歌の女神ムーサの一人。

＊13――四・九三参照。

＊14――ポイベーは月の女神。小アジア南部のカーリア地方の山ラトモスで羊飼いをしていた美少年エンデュミオーンを愛し、永遠の眠りを与えて夜をともにした伝承を踏まえる。

＊15――ウェヌスが美少年アドーニスを愛した伝承（『変身物語』一〇・五二九以下参照）を踏まえる。

＊16――軍神マールスについて少年愛に関わる伝承は知られていない。

＊17――ムーサ。

＊18――小アジアの北西部の地方で、大理石産出で有名なシュンナダの町があった。

＊19――言及されている伝承は『変身物語』六・四二四以下などに語られてよく知られた物語。トラーキア王テーレウスはアテーナイ王パンディーオーンの娘プロクネーを娶ったが、妻の妹ピロメーラーに暴力を加えた。姉妹は息子のイテュスを八つ裂きにし、その肉をテーレウスに食べさせて復讐を果たした。姉妹は逃げるあいだにツバメと夜鳴きウグイスに、追いかけるテーレウスはヤツガシラに変身した。プロクネーはツバメ、ピロメーラーは夜鳴きウグイスを意味する名前だが、姉妹の名前を入れ替えて語る伝承もある。ここではそち

らの話型が踏まえられている。ダウリスはポーキス地方の町で、ムーサ女神、従って、詩歌との関連も考えられるが、含意ははっきりしない。

＊20——水のニンフ。

＊21——ギリシア西部エーペイロス地方の町。

＊22——アクティオンはアンブラキアの南西三〇キロメートルほどに位置する岬。ポイボス・アポッローン神殿があり、この沖合で前三一年にオクターウィアーヌス軍とアントーニウス・クレオパトラ軍が戦った海戦で神がオクターウィアーヌスを支援したとされる。レウカスはアクティオンの南沖に位置する島（現在のレフカダ）。

＊23——デウカリオーンとピュッラは、よく知られた伝承では、人類を滅ぼそうとする神の怒りにより引き起こされた大洪水から二人だけ生き残った敬虔な夫婦で、彼らの投げた石から新たな人類が生まれたとされる。ここに語られるような物語を伝える典拠は他に知られていない。

＊24——医術の神でもあることを踏まえる。

＊25——愛神。アモルに同じ。

第十六歌　パリスからヘレネーへ

＊1——ウェヌスのこと。地中海の島キュテーラに有名な神殿があった。

＊2——パリスのために船を造ったトロイア人。その船は「すべてのトロイア人にも彼自身にも災

いとなった」（『イーリアス』五・六三―六四）。
＊3――ペロポンネーソス半島南端の岬。
＊4――七・一五八参照。
＊5――ユッピテルの使いを務める神メルクリウス（＝ヘルメース）。天を支える巨人アトラースとプレーイオネーの娘であるマイアがユッピテルと交わって産んだ。
＊6――ミネルウァに同じ。
＊7――写本が乱れていて意味をなす読みを編むことが難しい詩行。「オイノーネーの美しさ以上にどんな女性を僕が賛嘆したろうか」という読み替えも行なわれている。
＊8――イーデー山の峰の一つ。
＊9――アポッローン神に求愛され、予言の術を授かったが、体を許さなかったため、真実を予言しながら、誰からも信じられない（五・一一三以下参照）。次に言及される「劫火」の予言はトロイア戦争についてのものだが、パリスはヘレネーへの愛の火と解する。
＊10――テュンダレオスの父。
＊11――五・一二七―一三六参照。
＊12――トロイア建国の祖ダルダノスの母エーレクトラーはプレーイアデス（アトラースとデーイオネーの七人の娘で、スバル星団を構成する姉妹）の一人。
＊13――一・六七参照。
＊14――スパルタ近くの小さな町。

＊15――トロイア王家の美少年ガニュメーデース。ユッピテルが恋して天上にさらい、神々の酌人とした。

＊16――ティートーノス。ラーオメドーンの息子。アウローラがさらった男は他にもあり、また、ティートーノスは女神から不死を授かりながら、不老を得られなかったため、老衰することになったので、羨まれる存在とは言えない。

＊17――アンキーセースはプリアモス王の従兄弟。アプロディーテー（＝ウェヌス）と結ばれた次第は『ホメーロス風讃歌』五・四三以下に語られる。

＊18――メネラーオスの父アトレウスへの言及。彼は弟テュエステースが自分の妻と結んだ不義に対する復讐として息子たちを殺し、その肉を食べさせた。そのおぞましさに太陽神が馬車を逆戻りさせたという。

＊19――アトレウスの父ペロプスへの言及。彼はエーリスの王オイノマオスとの戦車競走に――王が自分に勝った者に娘のヒッポダメイアを嫁がせることにしていたので――挑戦し、王の馭者ミュルティロスを籠絡して王の戦車が壊れるように仕組み、王を殺した。さらに、馭者をも殺して遺体を海に投げ捨て、その海域に彼の名を残した。

＊20――ペロプスの父タンタロスへの言及。神々の宴に列なることができた特権を悪用し、神々の秘密を漏洩しようとしたことから、冥界の奈落でいわゆる逃げ水の劫罰を受けている。

＊21――第八歌を参照。

＊22――スコイネウスの娘アタランテーは徒競走で自分に勝った者と結婚し、負けた者の命を奪っ

ていたが、彼女に一目惚れしたヒッポメネースはウェヌスから授かった黄金のリンゴを走路の脇に投げて彼女を遅らせることで競走に勝利し、彼女と結ばれた。オウィディウスはこの物語を『変身物語』一〇・五六〇以下で語っている。

＊23――一六・二〇九―二一〇および第十六歌＊18参照。

＊24――九・一三七以下参照。

＊25――カッサンドラー。

＊26――テーセウスのこと。ヘレネーをさらったことについて、八・七一―七二参照。

＊27――ポリュデウケースとカストールの兄弟。メッセーネーの王レウキッポスの娘ポイベーとヒライラーをさらった。

＊28――北風の神ボレアースがアテーナイ王エレクテウスの娘エイレイテュイアをさらったという伝承について、ボレアースの本拠がトラーキアであることから、それがじつはトラーキア人の仕業だったという想定に立っての言及。

＊29――トラーキアの部族。

＊30――メーデイア。第十二歌参照。

＊31――アリアドネー。第十歌参照。

＊32――実際、トロイア戦争ではアキッレウスを倒すことになる。

＊33――パリスの別名アレクサンドロス（Alexandros）は「人（andros）」を「護る（alexein）」という意味を含む。

＊34――イーリオネウスの名はウェルギリウス『アエネーイス』の中でアエネーアースに従う武将に用いられる。デーイポボスについては五・九四参照。

第十七歌　ヘレネーからパリスへ

＊1――テーセウス。二・三八参照。
＊2――レーデー。白鳥に化けたユッピテルと交わった。
＊3――ヘレネーがユッピテルの娘であるのに対し、トロイア王家がユッピテルの胤を得たのは遠い昔であることを述べる。ただし、一般に知られる伝承では、系譜はパリス、プリアモス、ラーオメドーン、イーロス、トロース、エリクトニオス、ダルダノス、ユッピテルと遡り、七代前になる。ここで「五代前」とされている理由ははっきりしない。
＊4――ヘレネーにはギリシア中の名だたる英雄が求婚した。ヘーシオドス『名婦列伝』断片一五四―一五五、アポッロドーロス『ギリシア神話』三・一〇・八―九、ヒュギーヌス『神話伝説集』八一参照。
＊5――一六・二五九参照。
＊6――ヘーロドトス『歴史』八・一四〇に、ペルシア王の力の大きさを示して「手が非常に長い」という表現が見られる。
＊7――ミーノースの娘はアリアドネーのこと。二人の女性について第六歌、第十歌をそれぞれ参照。

＊8――第五歌を参照。
＊9――第十二歌を参照。
＊10――テッサリアの部族ラピタイの王ペイリトオスとヒッポダメイアの婚礼の席に招かれた半人半馬の種族ケンタウロスが花嫁を奪おうとしたことから戦いになったことへの言及。ハイモニアはテッサリアの古名。

第十八歌　レーアンドロスからヘーローへ

＊1――ボレアースがエイレイテュイアをさらって妻としたことを踏まえる。一六・三四五と第十六歌＊28参照。
＊2――風神アイオロス。すべての風を支配している。
＊3――アテーナイの工匠。クレータに亡命し、そこにミーノータウロスを閉じ込める迷宮を造ったことで知られる。クレータが厭わしく思われたとき、鳥の羽を蠟でつなぎ合わせて作った翼で空に逃れた。しかし、一緒に逃げた息子イーカロスは高く飛びすぎ、太陽の熱で蠟が融けて翼が壊れ、小アジア西岸沖の海に命を落とし、この海域に名を残した。オウィディウスはこの物語を『恋の技法』二・二一以下、『変身物語』八・一八三以下で語っている。
＊4――月の女神ポイベー（＝ルーナ）。一五・八九参照。
＊5――トラーキース王ケーユクスが海で遭難し、その遺体が故国の海岸に漂着したとき、これを見つけて駆け寄ろうとした妻アルキュオネーは走るうちにカワセミに変身した。夫婦の物

語をオウィディウスは『変身物語』一一・四一〇以下で語っている。カワセミが巣作りするときは海が凪ぐとされ、この時期にレーアンドロスは最初に海を渡った。

*6――現在のダーダネルス海峡。その名前は「ヘッレーの海」の意味で、プリクソス（六・一〇四参照）とヘッレーの兄妹が空飛ぶ黄金の羊に乗ってテーバイを逃れ、コルキスに向かう途中、妹がこの海峡に落ちたことに由来する。

*7――次行に出る曙の女神アウローラ。四・九六および第四歌＊10参照。

*8――ヘッレースポントス。

*9――ヘッレーのこと。第十八歌＊6参照。

*10――ヘリケーとアルクトスは大熊座と小熊座。

*11――大小の熊座はアルカディア娘カッリストーと、彼女がユッピテルにかどわかされて産んだ息子アルカスの化身とされることを踏まえる。

*12――翼あるサンダルで空を飛べる英雄ペルセウスはエチオピアに差し掛かったとき、王妃の傲慢の罪の償いに海獣への人身御供にされようとする王女アンドロメデーを見て、恋し、彼女を救って妻とした。リーベル（＝バッコス）とアリアドネーについては、第十歌の「伝承」参照。

*13――アルゴー号のこと。

*14――海の神格。「若者」はイーノーの幼い息子メリケルテースの化身とされることから。『変身物語』四・五二五以下を参照。

＊15――魔法の草を食べて海の神格になったグラウコスへの言及。『変身物語』一三・九一七以下を参照。

＊16――オリュンピア競技祭での戦車競走への言及。オリュンピアの町がエーリス地方にあることから。

＊17――一八一―一八二は詩想の面でも文体の面でも真正が疑問視されている。

＊18――いずれも、雨を呼ぶとされる星座。プレーイアス（ないしプレーイアデス）はスバル星団、「熊番の星」は牛飼い座。

第十九歌　ヘーローからレーアンドロスへ

＊1――一八・一参照。

＊2――ネペレー。ギリシア語で「雲」を意味する名前。

＊3――イーノー。狂気に憑かれた夫アタマースに追われて息子メリケルテースとともに海に身を投げ、海の女神レウコテアーとなった。

＊4――ダナオスの五〇人の娘の一人。父の指示で水を汲みに出たとき、ネプトゥーヌスに見初められた。『恋の歌』一・一〇・五―六。

＊5――ホメーロス『オデュッセイア』一一・二三五―二五九には、アイオロスの息子クレーテウスの妻であったテューローがテッサリアの大河の神エニーペウスに恋して川に通いつめたところ、ポセイドーン（＝ネプトゥーヌス）がエニーペウスに化けて彼女と交わり、ペリ

アースとネーレウスという二人の息子を産ませ、二人は王となったと語られる。
*6――プレーイアデス姉妹の一人。『祭暦』四・一七三参照。
*7――難読個所に対して、ヒュギーヌス『神話伝説集』一五七・二に、ネプトゥーヌスの息子として「ヘカトーンの娘カリュケーを母とするキュクノス」とあることにもとづく推測による読み。
*8――『変身物語』四・九七四―八〇一には、とりわけ髪が美しい乙女であったメドゥーサにネプトゥーヌスがミネルウァ女神の神殿で乱暴したため、神聖を犯された女神がメドゥーサの神を蛇に変えた、と語られる。ヘーシオドス『神統記』二七四―二七九も参照。
*9――他に典拠がなく、詳細不明。
*10――プレーイアデス姉妹の一人。
*11――一つ目巨人族キュクロープスの一人ポリュペーモスは英雄オデュッセウスにその目を潰されたことから父であるポセイドーン（＝ネプトゥーヌス）に、英雄を苦難に遭わせるよう祈願した。それに応えて海神は英雄に長く苦しい放浪を強いた。

第二十歌　アコンティオスからキューディッペーへ

*1――海の女神テティスは「白銀の足の」と形容される。
*2――ヘーシオネーはトロイア王ラーオメドーンの娘。ヘーラクレースが王の欺瞞に怒ってトロイアを陥落させたとき、テラモーンは英雄を手助けしたことでヘーシオネーをもらい受け

た。『変身物語』一一・二一六―二一七、アポッロドーロス『ギリシア神話』二・六・四。
＊3――第三歌参照。
＊4――九三はテクストに乱れがある。大意を訳出する。
＊5――女神ディアーナの別名。「デーロス生まれの女神」の意味。
＊6――カリュドーン王オイネウスが初穂の捧げ物をディアーナ女神にのみ怠ったとき、怒った女神は大猪を送って一帯を荒らさせた。『変身物語』八・二七〇以下。
＊7――三・九四と第三歌＊18参照。
＊8――テーバイ建国の祖カドモスの孫に当たる若者アクタイオーンは狩りのさ中に水浴中のディアーナ女神の裸身を見たために、女神によって鹿に姿を変えられ、自身の猟犬たちによって八つ裂きにされた。
＊9――テーバイ王妃ニオベーは子だくさんを自慢して、ラートーナ女神を蔑《なみ》したため、女神の子である兄妹神アポッローンとディアーナによって子供たちすべてを殺され、夫も失って、悲嘆のあまり、石と化しながら、なお涙を流した。『変身物語』六・一四八以下。
＊10――ディアーナへの言及。月の女神としての権能からお産の女神ルーキーナと同一視される。
＊11――狩猟の女神としてのディアーナ。
＊12――パルナッソス山の洞穴に住むニンフ。

第二十一歌　キューディッペーからアコンティオスへ

＊1――冥界の女王。ここでは「死神」ほどの含意。
＊2――デーロスはかつて浮島だったが、アポッローンとディアーナの母神ラートーナにお産の場所を提供したため、以後、固定された。
＊3――トロイアに加勢したアマゾーンの女王。次々行のヒッポリュテーはそれ以前の女王。
＊4――アタランテー。一六・二六五参照。
＊5――愛神アモル。
＊6――ディアーナのこと。
＊7――医術を司るアポッローン。
＊8――水浴中のディアーナの裸身を見たアクタイオーン（二〇・一〇三参照）への言及。
＊9――「投げ槍」を意味するギリシア語アコンティオンに由来する名前であることを踏まえる。
＊10――アッポローンの神託所へのお伺い。「伝承」参照。

解説

一、詩人の生涯と作品

生まれついての詩人

詩人オウィディウスについて、後一世紀後半に活躍した弁論家クインティリアーヌスは「自身の才能を愛しすぎた」（『弁論家の教育』一〇・一・八八）と評している。つまり、才能に恵まれすぎていたため、賞賛すべきところもある一方、湧き出るままに言葉をあふれさせ、抑制が足りない欠点があったというのである（同書一〇・一・九八も参照）。

こうした評価は詩人自身の証言とも合致する面がある。オウィディウスは前四三年三月二〇日にローマから北東へ九〇マイルほど離れた町スルモー（現在のスルモナ）で騎士階級の家に生まれ（『悲しみの歌』四・一〇・三―八、『恋の歌』三・一五・一一も参照）、一つ年上の兄とともに弁論によって身を立てるべく修練を積み、アテーナイに留学もしたが、兄がわずか二〇歳で夭折すると、すでに就いていた下級官吏職を辞し、立身の道を捨ててしまった。それは、もともと詩歌の道に魅かれ、密かに詩作に手を染めていたからだった（『悲しみの歌』四・一〇・三―四〇、同書一・二・七七）。つまり、自分は生まれついての詩人だった、とオウィディウスは言うのである。

恋愛エレゲイア詩からの出発――詩作第一期

オウィディウスの詩作は、代表作である『変身物語』、および、散逸した悲劇『メーデイア』以外、すべて――本書に訳出した『ヘーローイデス』も含めて――エレゲイア詩形という韻律で編まれている。この韻律はヘクサメトロス（長短々六韻脚）とペンタメトロス（長短々五韻脚）との二行一対を連ねるもので、ギリシアの伝統では、エピグラムや教訓詩に用いられたが、オウィディウスが詩作を始めた頃のローマでは、エレゲイアと言えば、恋愛エレゲイア詩を指し、一つのジャンルが確立していた。それは「報われない恋」、つまり、ただ一人の恋人のために、彼女がどれほどつれなくとも、それを耐えることによっていっそう深い誠実さ、一途さを貫いて見せる恋を「主観的文体」、つまり、詩人の一人称によるほとんど一方的な語りで綴る。その舞台立てとして、相手の女性が人妻であったり、あるいは、裕福なパトロンに囲われる立場にあるために逢瀬は隠れてするしかない「人目を忍ぶ恋」、恋人の仕打ちに耐える姿を奴隷の忍従に譬える「恋の隷従」といったモチーフ、実らぬ恋を恋人の家の閉ざされた門戸に象徴させる「閉め出された恋人」のトポスなどが創出された。ジャンルはガッルス（前六九年頃―前二六年）からティブッルス（前一九年没）、プロペルティウス（前五〇年頃―前一六年頃）へ引き継がれ、オウィディウスは自身がその発展の四人目であると記している（『悲しみの歌』四・一〇・四一―四四）。けれども、韻律上はエレゲイア詩形を用いながら、また、恋愛エレゲイア詩の常套を踏まえながら、詩人がそこに表現しようとする内容は本質的に異なっていた。

その違いは世代の差と呼応する面がある。オウィディウスの先輩詩人たちはユーリウス・カエサルとポンペイウスの衝突（前四九年）に始まるローマの内乱を間近に体験した。同胞が血を流し合う愚劣で悲惨な戦争は、オクターウィアーヌスがアントーニウスとクレオパトラ連合軍をアクティウムの海戦（前三一年）で破り、ようやく終わりを迎えるが、深い傷跡は詩人たちに反戦の主張を歌わせた。そして、この主張をもっとも明確に打ち出したのが恋愛エレゲイア詩人たちだった。なにより、愛は平和の原理であるという主張は分かりやすい。加えて、色恋に惚けて恋人のどんな命令にも奴隷のように従う男の生き方は、実社会で役立たずと世間からは蔑まれるが、そうして貫かれる恋人への信義という点では、人々のあいだの憎しみ、敵対関係の原因となる欺瞞や裏切りを排した誠実なものとして誇らしく逆説的に提起される。こうした先輩詩人たちに対して、オウィディウスは「ローマの平和」のもとで詩作を始めた。このとき、ことさらに「平和」を主張する必要はもはやなくなっていた。つまり、恋愛エレゲイア詩の伝統はその核にあったメッセージ性を失っていた。そうした伝統に連なって詩作しようとすれば、従前とは異なる新たな工夫を加えなければならない。それがまさにオウィディウスの行なったことであった。

オウィディウスが最初に公刊した作品は——一八歳から二〇代後半までに執筆された当初は全五巻であったものがのちに三巻にあらためられ、それがいまに伝わるとされる——『恋の歌』で、詩人の一人称の語りによって「報われない恋」を歌う点では、恋愛エレゲイア詩の体裁を整えていた。しかし、先輩詩人たちが「報われない恋」とそこに込めた平和への思いによって、ときに他の人間にはまねのできない、世間一般とは異なる独自の生き方を主張したのに対し、オウィディウスがそうした自負をもった生き方を歌うことはない。先輩詩人たちにとって「報われない恋」は特別なものであったが、恋愛エレゲイア詩というジャンルが確立したオウィディウスの世代では、恋と言えば「報われない恋」であることが当たり前となっていた。すると今度は、「報われない恋」、つまり、苦難ないし苦痛をその本質とするような恋を前提としながら、それを普通の恋、つまり、男女が思いを通じ、ともにいることの喜びを精神的にも肉体的にも分かち合うような営みという視点から眺めることに新鮮味が生まれてくる。それはある意味で凡俗の視点だが、すぐれた文学的表現に含まれる矛盾や逆説をそれが置かれた文脈から引き離して戯画化して描こうとするとき、この視点は有効であることが多い。細かな点は措くとして、「報われない恋」は普通の恋ではなく、また、もともと理屈では捉えきれないのが恋であるから、そこにはなおいっそう多くの矛盾や逆説が盛り込まれ、それが恋の不条理を効果的に表現する。対して、『恋の歌』は「報われない恋」をそうした不条理の文脈とは似て非なる文脈に置き直し、そのミスマッチから滑稽さを表現する。

それでも、『恋の歌』は形式の点で恋愛エレゲイア詩に属する。対して、それに続く『ヘーローイデス』全二一歌、『美顔法』(断片のみ伝存)、『恋の技法』全三巻(前二年頃公刊)、『恋の病の治療』一巻は恋愛エレゲイア詩の伝統を踏まえながら、別の文学ジャンルとの融合から生み出された。『ヘーローイデス』についてはあとに記すとして、『美顔法』以下の三作品は、技術を伝授する点で教訓詩の装いを借りている。たとえば、『恋の技法』では、男性が恋愛関係を築くにはどうすればよいか（第一巻）、築いた関係を維持するにはどうするか（第二巻）、女性の場合はどうか（第三巻）というように、恋を成功に導く技術を指南しようとする。恋愛エレゲイア詩の伝統においても、恋に関する忠告、助言のモチーフは現れた。しかし、そこでは「報われない恋」が真の恋であるから、恋を成就させるための方策が語られることはない。むしろ、恋という病は不治であり、その狂気に取り憑かれたら、逃れるすべはない、と説かれる。この点でまず、恋の技術を語るということ自体が恋愛エレゲイア詩というジャンルから見たとき、言ってみれば、その基盤を骨抜きにするようなものと言える。加えて、技術とは、それを習得すれば、同じものの再生産や同じことの再現を誰にでも可能にするものであるから、恋に有効な技術があれば、それを学んだ者は誰もが同じように恋を成就できることになる。これは、一方で右に触れた凡俗の視点と通じつつ、他方で、恋愛エレゲイア詩人たちが自分たちの恋を誰もまねできないような特別なものとし、それを自身の独自の生き方として主張したこととほとんど正反対の方向を向いている。

詩作第二期および第三期

さて、以上のような恋愛エレゲイア詩のある種のパロディーをなす作品を第一期の詩作とすると、『恋の技法』を公刊した前二年以降の第二期には『変身物語』全一五巻と『祭暦』全六巻という神話伝承と歴史を主要な題材とする大作が著された。『変身物語』はオウィディウスの作品の中で唯一、叙事詩の韻律であるヘクサメトロスを用い、ギリシア・ローマに加えて東方の変身に関わる大小の神話伝承二五〇あまりを天地創造から詩人の同時代までという時代的枠組みの中に連ねて語り継ぐ。『祭暦』はエレゲイア詩形を用いた教訓詩であり、一年の暦を追う形でローマの祝祭や歴史にまつわる縁起と星座の昇りと沈みを内容とし、各巻は一月からそれぞれの月の名前の由来について述べたあと、朔日から順に日々の記事を綴る。現存するのは第六巻まで、つまり、六月までの部分である。未完に終わった理由は、次に記すような不幸が詩人を襲ったことによると考えられている。なお、両作品についてより詳しくは、それぞれ拙訳（『オウィディウス祭暦』国文社、一九九四年、『オウィディウス変身物語1』京都大学学術出版会、二〇一九年）の解説に記したので、参照していただければ幸いである。

これら大作を世に出した生産的な時期は突然途切れた。後八年、アウグストゥス帝の命によって詩人が黒海西岸の町トミス（現在のルーマニア、コンスタンツァ）へ追放に処されたためである。追放の原因を詩人自身は「詩歌と過誤」(『悲しみの歌』二・二〇七)と言う。「過誤」についてははっきりしたことは分からないが、「詩歌」は『恋の技法』のこととされ、その内容がローマ古来の道徳的規範を復活させる施策を取ったアウグストゥスの怒りを買ったと考えられている。

それでも、オウィディウスはやはり生まれついての詩人であり、この不幸を詩作の材料に変えた。故国から遠く離れた蛮族の地に向かう途次も、追放生活のあいだも詩人は書き続け、追放の不如意、哀しみ、寂寥、赦免への懇願、ローマへの思慕などが『悲しみの歌』全五巻、『黒海からの手紙』全四巻に綴られた。『ヘーローイデス』との関連では、これらの作品が書簡形式をとったこと、また、思いを寄せる相手ではないものの、ローマという心から愛した対象から引き離された悲嘆を歌ったことでは、重なり合う面があることは留意してもよいかもしれない。

二、『ヘーローイデス』

書名

『ヘーローイデス（*Heroides*）』という書名は後六世紀初頭に活躍した文法家プリスキアーヌス『文法学教程』一〇・五四（H. Keil, *Grammatici Latini*. vol. 2, p. 544, l. 4）に現れる。ヘーローイデスは、ギリシア語で男性の英雄を意味するヘーロース（heros）の女性形ヘーローイス（herois）の複数形であり、神話世界で活躍を見せた女性たちを指す。その一方、オウィディウス自身はこの作品を単に『手紙（*Epistula*）』（『恋の技法』三・三四五）と呼んでいる。ただ、この題名は韻律の制約から単数形であるため、これがそのまま二一編の手紙を集めた詩集の本来の書名であるとは考えにくい。それでも、「手紙」が書名に含まれていた可能性はあるので、「神話世界の女性たちの書簡集」を意味する *Epistulae Heroidum* という書名を採用する校本も多い。邦訳はこれまで第一歌から第十五歌までについてのみ刊行され、そこでは原題として *Heroides* を掲げながら『名婦の書簡』という題名が当てられていた（松本克己訳、一九六〇年）。邦語文献では『名高き女たちの手紙』という訳もよく行なわれている。

本訳書が『ヘーローイデス――女性たちのギリシア神話』としたのは、表題については、プリスキアーヌスの証言から、少なくとも、この作品が古代に *Heroides* として知られていたのはたしかであること、ヘーローイデスという語の響きを生かしたかったことから原音を写し、副題については、神話が女性たちの目を通して生き生きと語られるところに詩想の輝きと豊かさがあるように思われたことによる。

「新しい作品」

『ヘーローイデス』は、エレゲイア詩形によりながら、神話の登場人物が思いを寄せる相手に宛てて記した書簡という体裁をとる。加えて、第一歌から第十五歌が女性から男性に宛てた手紙の形で、単独書簡とも呼ばれる一方、第十六歌から第二十一歌は三組の男女の応答をなし、往復書簡とも呼ばれ、一つの詩集に異なる二つの様式が見られる。

このような形の詩歌はそれまで他に例がなかった。実際、オウィディウス自身も『恋の技法』の中で、女性が読むべき文学作品の一つに『ヘーローイデス』を挙げる人もあるだろうことを記し、「詩人は他に知る人のなかったこの詩作を創出した」(『恋の技法』三・三四六)と述べている。また、『恋の歌』には、友人のサビーヌスが『ヘーローイデス』の単独書簡への返事を書いて送って寄越したという言及(二・一八・二七―二八)があり、そのようにサビーヌスが刺激されたのも、オウィディウスの試みが目新しいものであったからと推測できる。

しかし、それはなにもないところから突然生まれたということではない。そこには題材、文学ジャンル、形式などの面でじつに多様なものが取り込まれており、「新しさ」はそれら諸要素の融合とそこに加味された工夫に見出されるべきであると思われる。すなわち、恋愛を題材とする文学ジャンルである恋愛エレゲイア詩、男女関係の舞台を提供する神話、神話世界に立脚する叙事詩や悲劇、書簡形式、とくに差出人を女性とする体裁、さらには、修辞練習として特定の状況での有名人物の発話を創案する模擬弁論などで、次にはこれらについていま少し詳しく述べてみる。

恋愛エレゲイア詩

ローマにおいて恋愛エレゲイア詩が詩人の一人称の語りによって「報われない恋」を表現したことは右に見たとおりである。『ヘーローイデス』もエレゲイア詩形を用い、その多くにおいて思いの通じない書き手の苦しみが吐露されている点ではそれと重なる面がある。

この共通要素は、しかしながら、かつては作品の欠点とも見なされた。というのも、とくに単独書簡の内容は男の気持ちを自分に向けようとするものばかりで、どれも似たり寄ったり、という批判を受けたからである。さらに、こうした類型性は、オウィディウス自身の証言、および、模擬弁論のうち勧奨を行なう説得弁論と関連して、作品についてのまったく別の問題を出来させた。オウィディウスの『恋の歌』での『ヘーローイデス』への言及は第一、第二、第四、第五、第六、第七、第十、第十一、第十二、第十五歌を指すと思われる詩句を含む一方で、それ以外には触れていない（二・一八・二一―三四）。そこで、触れられていない詩篇は詩人の真作ではないのではないかという疑いが生じた。そして、神話の登場人物が特定の場面で特定の人物に対してどのような説得を行なうかという問題は説得弁論の格好の課題であるので、その練習のためにオウィディウスの詩作にならって類似の詩篇が偽作者によって作られることはありそうなことだと考えられた。

けれども、『ヘーローイデス』の各詩篇はそれほど類型的ではない。それぞれの個性を左右するのはなにより、手紙の舞台に用いられた神話伝承の特色、その文面から浮かび上がる書き手固有の性格と心の動きであろうと思われるが、これらについてはこのあとにより詳しく述べることとする。ここでは男女関係という外形的な要素にかぎっても、恋愛エレゲイア詩に歌われたよりもはるかに多様であることを記しておきたい。

第一歌、ペーネロペーの手紙はオデュッセウスの「お帰りが遅い」と記して始まり、急いで戻るよう呼びかけて終わる。このように相手と結ばれることへの希求はどの詩篇にもなんらかの形で現れる。また、遅れの理由をどこか他の女のところにいると心配する（七五―七八）のは恋愛エレゲイア詩の常套モチーフの一つであり、実際、すぐ次の詩篇にも現れる（二・九七—一〇四）。これらのことは「類型」を示唆するように見える。しかし、ペーネロペーとオデュッセウスの関係はそのような類型にはまらない。二人は誰よりも深い絆で結ばれた夫婦であり、なにより、オデュッセウスはペーネロペーが信じたとおりに帰ってくる、より正確には、次の「神話」の項で記すように、すでに帰ってきているのである。トロイア戦争のために間を裂かれた相思相愛の夫婦という点では、第十三歌のラーオダメイアとプローテシラーオスも同じだが、夫の帰還を信じる妻の思いがすでに叶わぬものとなっていること、戻るとしても生きてではなく亡霊としてであることは第一歌と対照的である。

同じ夫婦でも、第九歌のデーイアネイラは夫ヘーラクレースの身持ちをそれほど信用できない一方で、自分に乱暴を働こうとしたネッソスの言葉は信じてしまう。猜疑心と信じやすさは恋愛詩常套のモチーフである一方、それらがまた愛する存在を決定的に失わせる悲劇を演出している。第十四歌のヒュペルメーストレーとリュンケウスも夫婦であり、互いの愛もあるが、両者の父親の怨讐に翻弄された関係にある。

第三歌のブリセーイスはアキッレウスの正式の妻ではないが、『イーリアス』の中でアキッレウスはブリセーイスを妻のように考えていた。ここでは、彼女が彼に戻ってくれというのではなく、自分を彼のもとに戻してくれと願う関係にある。夫に相当する男性に助けを求める関係の手紙は第八歌、第十四歌にも見られる。しかし、前者は愛する夫オレステースから無理やり引き離されてネオプトレモスのものとなったヘルミオネーから、後者は父の新郎殺害命令に背いたために投獄されたヒュペルメーストレーから、というように状況が違っている。

以上の詩篇の場合、どのような形であれ、相手の男性が手紙の求めに応える可能性を残す関係と言える。それに対して、第二歌のピュッリス、第四歌のパイドラー、第五歌のオイノーネー、第六歌のヒュプシピュレー、第七歌のディードー、第十歌のアリアドネー、第十二歌のメーデイアの場合、思いが通じる余地はない。パイドラーの場合、関係をもちたくても、もてる見込みがない。その他は、恩義を忘れた薄情な男への恨み節として類型的に捉えられるかもしれない。異国からの客人と親密な関係になったあと裏切られたというパターンが共通している。けれども、第二歌と第七歌のように、自害という結末も同じなら、締めくくりの碑銘も同内容であることを見ると、類似の要素は対比や細かな変化の妙を演出するための道具立てであるとも考えられる。実際、ピュッリスの相手デーモポオーンは、戻ると約束して戻らない点で、恩知らずで不実と呪われても仕方がない一方、アエネーアースがディードーのもとを去ったのは運命と神々の命令に強いられてのことだったという大きな相違がある。自殺ということでは、アリアドネーの手紙もそれをほのめかして終わるが、伝承は、このあと彼女はバッコス神と結ばれることになっているので、ここにも対比が見て取れる。また、第六歌と第十二歌はともにイアーソーンに宛てられているが、別れてから時間が経ったのちに遠くレームノスから書き送るヒュプシピュレーの手紙と、人生の危機に直面して決断を迫るメーデイアの手紙では緊迫度に著しい差があることは明らかである。

往復書簡の場合、いずれも「人目を忍ぶ恋」であることは恋愛エレゲイア詩と共通するが、第十六、十七歌のパリスとヘレネー、および、第二十、二十一歌のアコンティオスとキューディッペーの場合、結局は恋が成就して夫婦となる点が異なり、第十八、十九歌のレーアンドロスとヘーローは二人の間の本当の障害が人間関係ではなく、自然である点に特色がある。

神話

『ヘーローイデス』は、第十五歌「サッポーからパオーンへ」を除いて、残るすべての詩篇がいわゆるギリシア神話に取材している。ギリシア文学とその伝統を引き継いだラテン文学において、哲学や歴史の著作も含め、神話に触れない作品は一つとしてない、と言えるほどである。ただ、その中でも、神話をまとまった形で扱うという意味で、神話を語るもっとも正統的なジャンルとしては、英雄叙事詩、讃歌、教訓詩、悲劇、小叙事詩などを挙げることができる。『ヘーローイデス』はそうした先行作品に語られたところを広範に利用した作品である。

このことは、言い換えると、この作品の読者にはそうして語られてきた神話についての予備知識が求められている、とも言える。たとえば、トロイア戦争の英雄オデュッセウスの帰国を主題としたホメーロスの叙事詩『オデュッセイア』の展開を知らずに第一歌を理解することは難しい。第三歌の場合なら、同じくホメーロスの叙事詩『イーリアス』の主題「アキッレウスの怒り」を知っている必要がある。第六歌はヘレニズム時代の叙事詩人アポッローニオス・ロディオスによる『アルゴナウティカ』を、第七歌はローマを代表する詩人ウェルギリウスによる建国叙事詩『アエネーイス』を踏まえる。悲劇作品では、エウリーピデースの『ヒッポリュトス』と『メーデイア』がそれぞれ第四歌と第十二歌、ソポクレース『トラキースの女たち』が第九歌の設定に用いられている。第十歌はカトゥッルス（前八四頃―五四頃）の小叙事詩をなす『詩集』第六四歌、第二十歌と第二十一歌はヘレニズム時代の学者詩人カッリマコスの教訓詩『縁起物語』の中に語られたところを題材とする。本書において各詩編の最初に「伝承」として背景となる物語を簡略に記したのも、そうした作品を読むために必要な知識を補うことを期したものである。

その一方で、作品自体は神話の登場人物によって記される体裁をとっているので、そこに書かれるのは当該人物の知りうる範囲の事柄とそれに関わるさまざまな心の動きのみである。要するに、作品が語る神話伝承は登場人物の視点を通したものである。このことは神話伝承についての読者の予備知識とうまく作用すると、一種の劇的皮肉の効果を上げる。劇場において舞台上の出来事をすべて知っている観客は、限られた知識しかない登場人物がそのために不適切な行動に出たり、誤った考えを抱くことに皮肉を感じる。登場人物がまだ知らない伝承の展開を知っている読者も同様の感興を覚えることになる。ただ、オウィディウスが作品の物語展開をよく知られた伝承どおりのものとして意図しているとはかぎらない。その相違が巧みに組み込まれていれば、サプライズの効果が上がる。

これらの効果と密接に関わっていると思われるのは、それぞれの手紙の執筆時点が物語展開のどこに設定されているかという問題である。じつは、この問題は第一歌についてのケネディーの解釈によって提起され、『ヘーローイデス』という作品全体の見直しにつながった。詳細は省くが、第一歌が踏まえる『オデュッセイア』の物語展開と突き合わせて見ると、手紙の執筆時点はオデュッセウスの息子テーレマコスが父の消息をピュロスの英雄ネストールやスパルタ王メネラーオスに尋ねて手がかりをつかめずに戻ったあとになる一方、このときペーネロペーのもとを訪ねた客人は正体を隠して故国に戻っていたオデュッセウス以外にないので、彼女がこの手紙を託そうとしているのはオデュッセウス本人に他ならない、とケネディーは解釈した。ペーネロペーは「ご自身がお戻りください」と記しているが、記すまでもなく、オデュッセウスは彼女の目の前に来ている状況だった、というのである。

ケネディーに続き、ウィリアムズは第十一歌について、エウリーピデース『アイオロス』(断片のみ伝存)の構成との比較から、カナケーは父親アイオロスによって自殺を命じられ、それを実行する直前にマカレウスへの手紙を書き残している一方、その瞬間にじつはマカレウスが彼女の助命嘆願を父に聞き届けさせ、いまその知らせをもってカナケーのもとへ向かっている、という解釈を提起した。マカレウスが間に合わなければ、カナケーはまったく無意味に命を落とす状況にあった、というのである。

さらに、西井は第十二歌について、従来の理解が執筆時点をメーデイアのイアーソーンに対する復讐決意以前、つまり、エウリーピデースの悲劇『メーデイア』での物語展開以前としていたのに対し、悲劇が決着を迎える直前に置くことを提案している。唐突な手紙の切り出しがすでに二人のあいだでかなりの交渉があったことを推察させること、悲劇『メーディア』との対応個所が観察されること、メーディアの怒りが炎の表象によって展開していることなどから、第十二歌のメーディアも復讐の意志を固めていると解し、それとは矛盾するように見える復縁嘆願（一二・一八五―一九八）については、英雄の拒絶を見越したうえで、そこまで言っても心が動かないなら、それによって生じる結果の責任はすべて英雄が負うべき、として最後通告を突きつける前段手続きと解釈した。結びの「なにやら大それた企み」は曖昧な表現でイアーソーンには脅しをなしつつ、読者には「子殺し」を明瞭に示す言葉である、というのである。

書簡形式

ギリシアと比較してローマにおける書簡形式の文学は多彩で、とくに韻文による書簡文学の発展が際立っている。ギリシアでは、著名な哲学者や政治家の手紙を偽作することがよく行なわれる以外に、書簡形式をとる創作の伝統がきわめて希薄で、それも現存するのは後二、三世紀のアイリアーノスやアルキプローン、後五世紀のアリスタイネトス（後五世紀）などローマより遅い時期のものしかなく、とくに、韻文による書簡文学がほとんど現れなかった。

対してローマでは、まず、カトゥッルス（前八四年頃―五四年頃）の『詩集』第六五歌と第六八歌がまとまった形で伝わるもっとも古い書簡形式の詩であり、いずれもエレゲイア詩形で書かれている。ともに詩人が友人から詩歌を求める手紙をもらったのに対し、実の兄を失った悲しみのために自作の詩が書けないと答えている。その一方、ホラーティウスは『書簡詩』第一巻を前二〇年もしくは一九年に、第二巻をおそらく前一三年以降にそれぞれ公刊した。この作品は人生訓や詩作を主題として詩人が各詩篇でさまざまな名宛人それぞれに相手との関係にふさわしい語りかけを見せる。より詳しくは拙訳（講談社学術文庫、二〇一七年）の解説に記したので、そちらを参照していただければ幸いである。また、プロペルティウスは、『詩集』第三巻までの恋愛エレゲイア詩において頻繁に友人の一人に呼びかけて手紙に通じる形を取っていた一方、恋愛詩から離れた第四巻では、第三歌が遠い戦地に出征した夫に宛ててローマに残された若妻が送った手紙という体裁をとった。この詩篇と比べると、女性から大切に思う相手に宛てられた書簡という点で『ヘーローイデス』の一つのモデルと考えられる一方、差出人が――現実の人物ではなく――神話の登場人物である点に『ヘーローイデス』の特色があることがあらためて認識される。

この特色から生まれる表現効果の一つは、「神話」の項で触れた劇的皮肉である。神話伝承について全体を把握している読者に対して、詩編の書き手の知る範囲は限られているために、そのあいだのギャップが感興を引き出す。

加えて、登場人物が綴る手紙にはその人物の性格が表れていることが期待される。というのも、文は人なり、というように、人柄はその人の書いたものによく表れるという認識はローマにおいても認められるからである。右に触れたホラーティウス『書簡詩』、とくに第一巻には、さまざまな名宛人を鏡として彼らに語りかける詩人の現況が多面的に描き出された。それに先立ち、キケローが残した大量の書簡からは、彼が名宛人に応じてふさわしい話題と記述の仕方を選び、名宛人との関係とともに、手紙を記すキケローの心情も浮かび上がっていた。さらに、時代は下るが、セネカ『倫理書簡集』においては、魂の修養をめぐって話し方と生き方が深い関わりのもとに重ね合わせて表現された。『へーローイデス』においても、男女の関係が多様であることは「恋愛エレゲイア詩」の項で触れたとおりであり、それぞれの関係に応じた性格描写が展開したとして不思議はない。

この点で、アンダーソンは第七歌のディードーについて、ウェルギリウス『アエネーイス』では悲運の女王として崇高に描かれたのとは異なり、ほとんど饒舌と言えるほどの言葉の横溢を通じて魅力的ではあるが、一人の平凡な女性として描かれていることを論じた。このような人物造形は、しかしながら、「恋愛エレゲイア詩からの出発——詩作第一期」の項で触れたオウィディウスの「凡俗の視点」と合致する一方、作品に対する批判として持ち出された「類型性」を帯びるように見えるかもしれない。けれども、ディードーについては『アエネーイス』において孤高とも言える個性が描き出されていたことを考慮する必要がある。フェニキアの王家に生まれ、幸せな結婚をしながら、貪欲な実の兄に愛する夫を殺され、臣下を率いて遠くアフリカ北岸に渡り、周囲の荒々しい部族の脅威にさらされながら、新たな都カルターゴーの建設を進める女王、自分の苦難の経験から漂着したアエネーアースの窮境に同情して援助を与えるも、神々の意志と策動に翻弄されて結果的にアエネーアースに裏切られたことから彼の子孫であるローマ人に対する永遠の敵意をカルターゴー人に焚きつけて自害した女性、そうした類まれな生涯が強い印象をもって語られた直後では、同じ状況をごく普通の女性の視点から語り直させることは少なくとも対比と変化の妙を生む。そして、この効果が第七歌の執筆時点、つまり、自害の直前という尋常ではない決断の時に設定されていることによっていっそう際立つこともたしかだと思われる。

第七歌の場合は、先行作品とは対照的な性格描写ということになるが、多くの場合は、伝承を生かしながら、工夫が加えられている。たとえば、西井は第十三歌について、無事を願う手紙が夫に届きさえすれば夫の帰還も果たされると信じる姿にラーオダメイアの強い愛を表現したという解釈を提起している。ラーオダメイアの深い愛情を表現することは先行作品と変わらないものの、諸伝承が夫の死後に焦点を当て、死も絶つことのできない二人の夫婦愛を語ろうとするのに対し、この詩編は夫存命を願い、あくまで信じ続けようとするラーオダメイアを描いている、というのである。この場合、手紙という媒体に必然的にともなう差出人と名宛人の距離、そして、書かれた時点と読まれる時点の時間的差異も表現効果に組み入れられていると言えるかもしれない。ラーオダメイアが手紙を書いたとき、仮にプローテシラーオスがまだ生きていたとしても、手紙がそこに込められた彼女の願いを叶えるように間に合うかどうか分からない。届いたときには手遅れかもしれない。それでも書かずにいられない熱情がそこに表現されていると思われるからである。

ここに見られる「書かずにいられない」理由、つまり、執筆動機という観点からそれぞれの手紙について考えることは性格描写と関連して作品理解に有益かもしれない。たとえば、第二十一歌、キューディッペーはアコンティオスが第二十歌に綴った求愛に対し、身も心も衰弱しているにもかかわらず、アコンティオスよりも長い文面で不満や非難の言葉で応える。しかし、結局、彼女は結ばれることを承知する。とすると、精神的にも肉体的にも無理をしながら、ほとんど意味をもたないことを書き連ねたように見え、手紙の目的は何だったのか不思議に思われる。このことをめぐる解釈は別に論じたので、結論のみを記すと、頭の中では自分がアコンティオスと結ばれる運命であることを承知し、それを受け入れてもいるが、彼の策略によって苦労させられたことを思うとすんなり向こうの言うなりになることは気持ちが許さない、相手の勝手さ加減に対する憤懣を言うだけは言っておこうとした結果がこの手紙であるというように訳者は考えている。この理解が正しければ、ここには一般の伝承には見られなかった生身の人間の感情の動きとそれを言葉に移して伝えることのできる知性が表現されているように思われる。というのも、カッリマコス『縁起物語』でも、また、時代は下るが、アリスタイネトス『愛の手紙』においても、キューディッペーはそのつもりではなくアコンティオスとの結婚の誓いを立てたことを口に出せずにいた慎み深い乙女とされ、自分の気持ちをはっきりと言葉にする女性としては描かれていなかったのに対し、第二十一歌のキューディッペーは、ケニーが指摘したように、法律用語にも対応しながら、アコンティオスの記した訴えかけの一つ一つに応えつつ自分の言い分を明瞭に主張していることが認められるからである。

また、この観点から右に紹介した第一歌での劇的皮肉、つまり、ペーネロペーはオデュッセウス自身に戻ってほしいという思いを動機として手紙を書いたのに、じつはオデュッセウスはもう彼女の目の前に来ていたという設定を見直すと、奇妙なことに気づく。というのも、一方で、すでに夫の帰還という彼女の望みは叶えられているのであるから、それを求める必要はもはやなくなっている、言い換えれば、彼女は目の前の夫に気づかないために不必要な手紙を書いた、ということになってしまう。他方、しかし、ペーネロペーは『オデュッセイア』の中できわめて聡明な女性として描かれていた。すると、オウィディウスは『オデュッセイア』の物語展開を細かに取り込みながら、ペーネロペーの人物造形に関しては彼女の特質を顧慮しなかったということになる。実際、リンドハイムは彼女を貞節に描くために才覚の要素が削られたと解釈している。しかし、それとは別の見方も可能であるかもしれない。これも別に論じたので、詳細は省くが、訳者は次のように理解している。

この詩篇のキーワードは二つ認められる。冒頭と結びに繰り返される、オデュッセウス「自身が戻れ」という表現、および、ちょうどその中間に置かれた、彼を「鉄の心」とする非難である。後者は、作品の他の個所でも使われているのと同じく、表向きは、思いに応えない非情な性格を意味している。ところが、『オデュッセイア』の中で「鉄の心」は、目的達成まではそれを損なう行為をどれほど欲しようと我慢するという固い自制心を表すのに用いられている。トロイアの木馬の策略において、そこに籠った英雄たちの妻の声音をまねてヘレネーが呼びかけたとき、それに応えて外へ出ようと逸る仲間を鉄の心で引き止めたのがオデュッセウスだった。乞食姿の英雄の正体に気づいた乳母エウリュクレイアは、オデュッセウスから口止めされたとき、自分には鉄の心があるので口外するはずがない、と答えた。求婚者らを成敗したオデュッセウスがペーネロペーの前に立ったとき、二十年ぶりに愛する夫と再会を果たしたとは思えないほど素っ気ない妻に対し、英雄は鉄の心と非難した。そのあと、夫婦だけが知る寝台の秘密を、言ってみれば、パスワードとして本人認証がなされて初めてペーネロペーはあふれる喜びを表現した。彼女は英雄が本物と確信できるまで鉄の心で自制したと言える。こうした含意は第一歌の執筆時点においても重要である。というのも、求婚者らへの復讐を翌日に控え、それまでは決して英雄の正体が知られてはならないからである。

その一方、乞食姿のオデュッセウスと話をしたペーネロペーは、彼女の見た夢を彼が求婚者ら全員の破滅の予兆であると解したあと、結婚相手を決めるための弓競技開催を発案し、そこでオデュッセウスしか引けない強弓によって復讐が果たされることになる。つまり、手紙はペーネロペーが英雄に英雄本来の姿を現す場を提供した直後に書かれている。このことは、ペーネロペーは目の前の乞食がじつは夫かもしれないと推測した可能性を想定させ、そこから、「自身が戻れ」という手紙の訴えに、乞食姿ではなく、英雄の「本来の姿で戻れ」という含意のある可能性が考えられる。彼女がそのように推測したかどうか、そのような含意を手紙に込めたかどうかは曖昧で確証するのは難しい。しかし、曖昧となることの必然性はある。というのも、一方で、もし手紙が求婚者に横取りされる危険を想定すれば、オデュッセウスの存在をわずかでも窺わせることはすべてを水泡に帰しかねないから、曖昧とならざるを得ない。他方また、目の前の乞食はまだ英雄本人と確定したわけではないから、含意を明瞭にすることはできないものの、もし本人であった場合、必ず手紙を読むはずで、知略で知られたオデュッセウスであれば、込められた意味を了解できるに違いない。曖昧さそのものが英雄の「鉄の心」を共有する聡明な女性の姿を示唆している。加えて、このような表現には手紙という媒体の特性が生かされている。というのも、手紙は名宛人から差出人への意思疎通の手段であるので、他の人間が読んで真意をまったく理解できなくとも、差出人とのあいだにコミュニケーションが成立すれば目的を達するからである。

さて、以上、作品の「新しさ」をめぐってそこに組み込まれた諸要素を概観した。『ヘーローイデス』はかつて思われたように浅薄な内容の作品ではなく、まだまだ開拓の余地のある奥深さを秘めていると思われる。本書がそのために関心を喚起する一助となれば幸いである。

三、参考文献

本書の訳出にあたって参照した校本、注釈、翻訳は次のとおりである。

Barchiesi, A., *P. Ovidii Nasonis Epistulae Heroidum 1-3*. Firenze 1992.

Dörrie, H. P., *Ovidii Nasonis Epistulae Heroidum*. Berlin 1971.

Kenney, E. J., *Ovid Heroides XVI-XXI*. Cambridge 1996.

Knox, P. E., *Ovid Heroides. Select Epistles*. Cambridge 1995.

Palmer, A., *P. Ovidi Nasonis Heroides with the Greek Translation of Planudes*. Hildesheim 1967 (Oxford 1898).

Showerman, G./ Goold, G. P., *Ovid Heroides and Amores*. Cambridge, MA/ London 1977.

松本克己訳、オウィディウス『名婦の書簡』(『世界文学大系67　ローマ文学集』、筑摩書房、一九六六年所収)。

「解説」に引用した研究文献は次のとおりである。その他の文献については高橋および西井の文献表を参照されたい。

Anderson, W. S., The *Heroides*. In Binns, J. W. (ed.), *Ovid*. London/ Boston 1973, 49-83.

Kennedy, D. F., The Epistolary Mode and the First of Ovid's *Heroides*. *Classical Quarterly* 34 (1984), 413-422.

Kenney, E. J., Love and Legalism: Ovid, Heroides 20 and 21. *Arion* 9, 388-414 (orig., Liebe als juristisches Problem. Über Ovids Heroides 20 and 21. *Philologus* 111 (1967), 212-32).

Lindheim, S. H., *Mail and Female. Epistolary Narrative and Desire in Ovid's Heroides*. Madison, WI 2003.

Williams, G., Ovid's Canace: Dramatic Irony in *Heroides* 11. *Classical Quarterly* 42 (1992), 201-209.

高橋宏幸「オウィディウス『ヘーローイデス』第1、20、21歌解釈試論」、平成16年度～平成18年度科学研究費補助金成果報告書『古典古代における書簡文学の研究』二〇〇七年。
西井奨『オウィディウス『名高き女たちの手紙』におけるギリシア神話の諸相』博士学位論文（京都大学）二〇一四年（https://repository.kulib.kyoto-u.ac.jp/dspace/bitstream/2433/188415/1/dbunk00649.pdf に公開）。

＊

本書の出版にあたっては平凡社、松井純氏にたいへんにお世話になった。いろいろな事情から完成までにずいぶん時間がかかってしまったが、原稿が出来上がると即座に編集・制作に取りかかってくださった。この場を借りて厚く御礼申し上げる次第である。

二〇一九年一〇月二三日

高橋宏幸

[著者]
オウィディウス（Publius Ovidius Naso 前43-後17頃）
ラテン文学黄金期の最後を飾った古代ローマを代表する詩人のひとり。エレゲイア詩形式の恋愛詩『愛の歌』『恋の技法』、叙事詩形式の『変身物語』で知られる。

[訳者]
高橋宏幸（たかはし・ひろゆき）
1956年千葉県生まれ。京都大学大学院文学研究科教授。著訳書に『カエサル『ガリア戦記』——歴史を刻む剣とペン』、『カエサル戦記集』全3冊（以上、岩波書店）、ホラーティウス『書簡詩』（講談社学術文庫）など。

平凡社ライブラリー 894

ヘーローイデス　女性《じょせい》たちのギリシア神話《しんわ》

発行日…………2020年1月10日　初版第1刷

著者……………オウィディウス
訳者……………高橋宏幸
発行者…………下中美都
発行所…………株式会社平凡社
〒101-0051　東京都千代田区神田神保町3-29
電話　(03)3230-6579[編集]
(03)3230-6573[営業]
振替　00180-0-29639

印刷・製本……藤原印刷株式会社
ＤＴＰ…………平凡社制作
装幀……………中垣信夫

ISBN978-4-582-76894-7
NDC分類番号992.1　B6変型判(16.0cm)　総ページ376

平凡社ホームページ https://www.heibonsha.co.jp/

落丁・乱丁本のお取り替えは小社読者サービス係まで
直接お送りください（送料、小社負担)。